# DU MÊME AUTEUR

*Aux Éditions Gallimard*

BILLE EN TÊTE, *roman*. Prix du Premier Roman 1986 (« Folio », *n° 1919*).

LE ZÈBRE, *roman*. Prix Femina 1988 (« Folio », *n° 2185*).

LE PETIT SAUVAGE, *roman* (« Folio », *n° 2652*).

L'ÎLE DES GAUCHERS, *roman* (« Folio », *n° 2912*).

LE ZUBIAL, *roman* (« Folio », *n° 3206*).

AUTOBIOGRAPHIE D'UN AMOUR, *roman* (« Folio », *n° 3523*).

MADEMOISELLE LIBERTÉ (« Folio », *n° 3886*).

*Aux Éditions Gallimard Jeunesse*

CYBERMAMAN.

*Aux Éditions Flammarion*

FANFAN, *roman* (repris en « Folio », *n° 2373*).

*Aux Éditions Grasset*

1 + 1 + 1..., *essai*

# LES COLORIÉS

ALEXANDRE JARDIN

# LES COLORIÉS

roman

GALLIMARD

# Avis aux adultes

La version *pour enfants* de ce récit existe, allégée de toute réflexion. On n'y trouvera aucune critique du monde adulte, seulement ce que produit l'organe le plus anti-intellectuel, entendez le cœur : des émotions et des sentiments à proportion des caractères dépeints. L'histoire intégrale — publiée chez Gallimard Jeunesse — se décompose en deux tomes qui racontent la destinée à peine croyable et pourtant bien réelle du peuple colorié.

—Tome I : *La révolte des Coloriés* (disponible) relate la genèse de leur civilisation farceuse en 1980 et les presque vingt-cinq ans de grandes vacances de ces enfants sans parents. Ce volume constitue *la préhistoire* de la version *pour adultes* que vous tenez entre vos mains.

—Tome II : *Le secret des Coloriés* (sortie automne 2004) rapporte le choc de leur rencontre avec l'univers sérieux des grandes personnes en 2004. Il révèle également les ambitions des Coloriés à l'égard des gamins du monde entier qu'ils considèrent comme des frères opprimés, encore soumis au *colonialisme* adulte.

Si l'aventure inimaginable de cette nation séditieuse devait réussir et botter le cul de notre civilisation de grandes personnes, d'autres tomes seraient envisagés. Laissons l'Histoire décider d'une suite éventuelle, car nul ne sait si les majeurs d'Occident continueront à subir le désavantage de vivre en adultes. Le siècle qui s'ouvre sera-t-il colorié ? En tant qu'activiste de la cause des enfants, je l'espère.

*À Virgile, mon petit Colorié*

*Fais ce que voudras...*

RABELAIS

# Prologue

Ce récit est une vraie histoire. Longtemps, on me fit défense de la raconter, pour ne pas mettre en péril une culture inédite. Depuis vingt-cinq ans, une peuplade gonflée de vitalité est entrée en dissidence avec notre univers sérieux. Les Coloriés — puisque tel est leur nom — nous offrent une époustouflante leçon de liberté. Rebelles, ces îliens espiègles refusent toutes les valeurs adultes malsaines : la manie de se vautrer dans le travail, le goût pernicieux des traditions, le lissage des émotions, etc. Leur patriotisme de contre-pied est celui de l'enfance. Résistant à nos dogmes sans saveur, ils ont inventé une microcivilisation succulente fondée sur le jeu. Les ethnologues ont pour dada d'étudier des tribus périmées dites archaïques, primitives ou traditionnelles. Moi, j'eus le privilège de découvrir une nation neuve en pleine *ethnogenèse*, un petit peuple turbulent qui nous ouvre des perspectives de rechange culottées. Chez les Coloriés, l'impensable est une réalité : chacun mûrit biologiquement sans finir dans la peau usée d'une grande personne. Les adultes, au sens navrant du terme, ont disparu. On s'éduque soi-même en se récréant. Là-bas, l'enfance a cessé d'être un âge pour devenir une culture de résistants, une saison facétieuse continuée tout au long de la vie, une spécificité nationale. On est gamin avec fierté comme ailleurs sur le globe on est israélien, gaulois d'Astérix ou québécois.

Les Coloriés sont un accident, une bévue historique, un nouveau rameau de l'espèce humaine qui n'aurait jamais dû fleurir. Leur destinée anormale commença en 1980, sur une île volcanique qui gît à soixante milles nautiques de Pitcairn, dans les quarantièmes rugissants. Le 21 janvier de cette année-là, la totalité des adultes quitta brusquement l'archipel de la Délivrance, à l'exception notable de M. Silhouette. Personnage féru de discipline, l'instituteur avait été chargé de la surveillance des enfants. Les majeurs avaient résolu de porter secours à leurs voisins de Pitcairn, très malmenés par un cyclone. Dans cet océan soupe au lait, la solidarité des insulaires est instinctive. Hommes et femmes embarquèrent à bord d'un cargo, le *Melbourn*, qui transportait l'Australian Circus, en tournée mondiale. Face aux excès climatiques, le navire avait dû interrompre sa route (vers Santiago du Chili) pour se réfugier dans la baie de la Délivrance : le rafiot n'était pas en état de se battre contre un trop gros temps. Prudent, le commandant avait exigé que les gamins du cirque fussent laissés à terre. Il avait également débarqué les animaux de la ménagerie, paniqués par la tempête.

Douze heures plus tard, une seconde dépression, encore plus sévère, s'abattit sur cette région liquide. La mer vira au complet désordre et coula le *Melbourn*. Par chance, tous les parents périrent. Les soixante-treize orphelins français et les dix-sept petits Australiens acrobates demeurèrent sans nouvelles, prisonniers de l'île de la Délivrance. Aucun d'entre eux ne maîtrisait les règles de la navigation, ne savait apprivoiser les vents. Prudent, leur professeur n'osa pas quitter les enfants pour aller solliciter du secours. D'une part M. Silhouette était paralysé ; d'autre part il craignait de les laisser seuls, en charge de la ménagerie du cirque : six lions bagarreurs, une douzaine de zèbres, trois girafes pommelées, cinq autruches, des singes moqueurs en pagaille et quelques kangourous boxeurs. Les plus âgés des gamins atteignaient à peine treize ans. Sur l'archipel, on pleura beaucoup, jusqu'à la panique. Les fillettes prirent soin des bébés comme elles purent, avec l'aide inattendue des lémuriens et des chimpanzés. Bien des doudous furent serrés désespérément. On chercha en vain des jupes dans lesquelles se réfugier. Les petits nez restèrent longtemps mal mouchés.

Personne ne s'inquiéta du sort de ces enfants oubliés. Pris dans l'ouragan, le *Melbourn* n'avait, grâce à Dieu, pas eu le temps de transmettre sa position aux autorités ; et parmi les Délivrés (les citoyens de la Délivrance se nomment ainsi) nul ne possédait le boulet d'une famille en Europe. En 1927, l'Assistance publique française avait établi une colonie d'orphelins sur l'île. Elle déversait là-bas des loupiots sans famille à qui elle offrait des conditions de vie moins rugueuses

15

que celles en vigueur en métropole. En 1945, la Délivrance avait accueilli un convoi d'enfants prostrés, rescapés de la Shoah. On tenta de les convertir à la vie. D'où la présence aujourd'hui encore de nombreux prénoms à consonance juive : Salomé, Ari, Dafna… En 1963, l'État, soucieux d'élaguer ses dépenses dites *superflues*, ferma l'orphelinat ; mais les Délivrés de plus de seize ans décidèrent de se fixer dans l'archipel. Les gamins de 1980 étaient donc tous issus de cette immigration sans généalogie mais pas sans histoire.

Au fil des mois, le climat devint franchement délétère au sein de cette société étroite livrée aux lubies d'un adulte dictatorial. Pour remettre la colonie en route, M. Silhouette enjoignit aux enfants de reprendre la profession de leurs parents. Sa grosse voix acheva de convaincre les récalcitrants, entendez les gamins sains d'esprit. Le petit Clément fut chargé de la boulangerie paternelle, Marthe hérita à regret de la pharmacie de sa mère, Mina fit sien le métier périlleux de funambule, l'atelier de couture échut à June, la fille de Mrs Field, etc. L'idée était astucieuse ; mais le travail parut très vite odieux aux enfants. S'ils pleuraient la nuit, le jour ils entendaient bien tirer la langue, rigoler et folâtrer à l'infini, bref jouir de leurs appétits et de leur fantaisie !

Le 15 février 1980, en rébellion contre leur instituteur un brin sadique (surnommé Claque-Mâchoire), les enfants tuèrent le dernier adulte de l'île. Avec lui s'éteignait le détenteur des certitudes, de la morale et de l'orthodoxie adultiennes. Quel acte politique ! En votant la mort de M. Silhouette, les jeunes mutins votèrent sans équivoque pour l'avènement de leurs envies. Cette transgression majeure et salutaire fut déclenchée à l'occasion de l'exécution des fauves de la ménagerie par Claque-Mâchoire. Responsable de l'équilibre alimentaire, ce dernier s'inquiétait de la quantité de viande digérée par les lions. Son revolver fut retourné contre lui et ses idées fixes. Personne n'aimait ce méthodique au cœur sec, ce maître terrible qui se délectait de contredire les désirs de ses élèves. Enragés, les insurgés se débarrassèrent de leurs habits gris d'écolier et colorièrent leurs corps pour bien signifier leur refus d'une réalité triste et uniforme ; puis ils baptisèrent leur mutinerie *la révolte des Coloriés*. Les vêtements d'adultes qui subsistaient dans l'île connurent un destin réjouissant : on les relégua dans le vestiaire du petit théâtre municipal. La cravate, le veston croisé, le chemisier à dentelles et la tenue de policier ou de magistrat furent désormais considérés comme des costumes de scène. Personne ne les porterait jamais plus dans la vie civile.

Galvanisés par un chef visionnaire de dix ans — le fameux Ari qui eut l'honneur de perpétrer ce crime —, les Coloriés jurèrent de ne plus laisser les majeurs les éduquer. Résolus à vivre leurs rêves, ils décidèrent de rompre avec notre monde et d'insulariser définitivement leur destin. Vingt siècles de culture occidentale furent ainsi annulés par une bande de mioches frondeurs. Ari se regardait tel le Spartaculus de la cause des enfants, leur émancipateur. Quelle puissance sur ses compagnons aux corps peints ! Ce garçonnet aux airs de pur-sang venait de quitter l'écurie. Un caractère trempé, hors série, comme en imagine rarement l'Histoire ! En lui, rien d'atténué. Ari surpassait les autres : il était plus cinglant, plus farceur, plus capable de boxer Descartes, plus fraternel. Né pour entraîner, il enfourcha avec panache un zèbre colorié, brandit un sabre de bois et déclara que toute intrusion d'un visiteur de plus de treize ans dans l'archipel serait désormais punie de mort. Laisser exploser ses ressentiments ou sa gentillesse serait dorénavant un devoir. Astucieux, Ari ordonna que tous les miroirs de l'île fussent brisés : on annulerait ainsi la regrettable croissance des corps. Pour arrêter la roue du temps, on détruisit également les montres et les pendules. L'école fut naturellement brûlée. En balançant à la mer la dépouille décapitée de leur professeur, les Coloriés rejetèrent en bloc nos mœurs et récusèrent l'idée même de devenir un jour adultes. Guidés par Ari, ils exaltèrent un *nationalisme enfant* de fripons et déclarèrent la guerre à tous les héritages assommants — familiaux et autres —, à tous les assujettissements *pour leur bien* que subissent les moutards. Désormais, la désobéissance et l'authenticité avaient une patrie. Depuis cette date, plus aucune grande personne — hormis moi, depuis un an, au péril de ma vie — n'a remis le pied sur ce sol libéré.

Mais que disent, par leur culture, ces affranchis qui, à leur insu, nous indiquent de merveilleux chemins de traverse ? Ou plutôt, que nous crient ces trublions farcis de défauts qui, au fil des ans, ont vieilli sans liquider leur enfance ? Que les parents sont superflus dans une société. Qu'il est possible d'oser ses désirs, d'enluminer son existence d'émotions vives, de rafler toutes les libertés. Dans l'hémisphère Nord, les grandes personnes tentent de se bricoler un sort pas trop de guingois. On cherche le bonheur et le destin nous envoie au mieux des satisfactions ; le pastiche du bonheur nous suffit donc. L'âge nous déprave en adultes, en maris domestiqués, en contribuables obéissants, en débiteurs sans humour, en même temps qu'il émousse nos plus merveilleux travers. Sur la Délivrance, la plupart des choses sont inversées. On a le courage d'être soi. L'égoïsme est assumé gaiement. Le mensonge est un art, le vol une réjouissance. L'argent a disparu ; et ça marche ! Tout se fait pour la première fois ; rien n'est automnal. Le quotidien, même ritualisé, ressemble à de l'inhabituel cocasse. On a le culte des imprudences héroïques, le sanglot facile, la colère outrée. Chacun se passionne pour l'imprévisible, raffole du hasard. Les êtres emploient leur talent à cultiver leurs envies et leur folle prodigalité, à devenir tout ce qu'ils peuvent être. Gloutons, les Coloriés ne consentent pas à ne vivre qu'une seule fois. Totalement désinhibés, ils assument leurs ambivalences : très libres, ils disent bleu et font rouge, sans aspirer à une cohérence mutilante. La fidélité, par exemple, est pour eux une belle histoire, pas un contrat d'exclusivité. Un seul verbe résume leur civilisation d'athlètes du plaisir : jouer, sans répit. Naturellement, l'amour constitue à leurs yeux le comble du divertissement de société. Jamais une amante coloriée — de plus de quinze ans — n'aurait la grossièreté de vous demander si votre inclination pour elle est

19

*sérieuse.* Ce concept-là leur est totalement exotique. Si celui de la *durée* conserve du sens sur la Délivrance, notre perception du temps, elle, est contestée. Chaque instant à peine brûlé dégringole dans un gouffre d'oubli. Puisque l'avenir n'existe pas encore, ils ne s'en embarrassent pas ; c'est un leurre, une fable pas très marrante que se racontent les adultes, une piperie dont nous usons comme d'un opium pour supporter notre condition. La conjugaison des Coloriés ignore d'ailleurs le passé et le futur. Ils surfent sur un éternel présent.

C'est à Paris que, par hasard, je fis la connaissance d'une fille de ce peuple blagueur, sincère et généreux. Dafna s'était égarée sous nos tropiques en recherchant la trace de sa maman. À trente-deux ans, cette Coloriée ne s'était toujours pas fourvoyée dans l'âge adulte. Ses défauts exagérés et son amoralité me fascinèrent tout de suite. Sa situation décalée et son état psychique interne étaient incroyablement éloignés de ce qu'aucun Occidental adulte n'a jamais pu expérimenter. D'ailleurs, fallait-il parler de *différences culturelles* ou de *syndromes* ? Pourtant, je n'ai trouvé dans la machine mentale de cette délurée aucune trace de démence ou d'arriération. Son caractère séditieux et totalement imprévisible — typique des sabras coloriés — présentait toutes les grâces pimpantes que l'on rencontre chez une fillette : des envies en rafale, une spontanéité qui culbutait toute grammaire relationnelle et une manière saisissante d'être authentique. Dafna ne parlait pas, elle déferlait. Ses émotions feu d'artifice ne passaient pas sous la toise de la bienséance. Sa conduite d'effrontée me donna souvent envie de lui donner une bonne fessée, à l'ancienne ; mais avec elle j'eus le sentiment de découvrir des couleurs primaires, une palette brutale qui contrastait avec un monde délavé. Était-elle très contrariée ? Dafna laissait d'abord sa colère s'exprimer ; puis elle s'en allait bouder dans les branches d'un arbre, le temps de cuver sa peine. Requinquée, elle réapparaissait en effervescence et déclarait : *J'ai boudé, mais maintenant ça va, j'peux être gentille.* Avait-elle la trouille ? Dafna fondait en larmes et se précipitait sur son lit superposé pour se mettre la tête sous l'oreiller. Loin de s'enliser dans le chagrin, elle séchait ses pleurs dans l'instant, éparpillait son attention et se projetait partout où ses yeux l'égaraient ; puis elle s'absentait dans un songe, sautait par la fenêtre et s'en allait suivre un papillon. Hypnotisée, elle se mélangeait alors à toute chose, à la façon d'une enfant.

C'est par cette irrégulière que j'appris l'aventure des Coloriés. Au début, l'histoire de ce peuple épris de vérité et capable de réaliser ses rêves me sembla une fantaisie. Était-il envisageable de s'éduquer soi-même en jouant, de vivre chaque événement avec crédulité ? D'échapper à toute tiédeur de caractère, à toute morale ! Et puis, comment une telle culture aurait-elle pu se constituer à l'insu de notre univers si friand du spectaculaire, si curieux de destinations qui sont avant tout de bonnes affaires pour les voyagistes ? Dafna était-elle mythomane, une actrice comique consommée ? Je ne pouvais exclure ces hypothèses ; mais tout ce qu'elle prétendait me parut très vite ratifié par sa conduite ahurissante, constamment dissipée, très proche de celle de mes enfants. Sa déroutante franchise, l'innocence de ses étonnements m'inclinèrent également à penser que le mensonge n'était pas sa spécialité. Et puis, tant de faits avérés se recoupaient, tant d'indices convergeaient, que je dus accepter l'évidence, si extraordinaire fût-elle : Dafna venait bien d'ailleurs, de l'enfance même, ou plutôt d'un pays de factieux où l'enfance s'était mutinée contre la sécheresse et les renoncements de l'âge adulte.

Cette découverte sidérante me mettait dans l'obligation de faire une communication à la Société Française d'Ethnologie, haut lieu de la parlotte savante et guindée. L'apparition d'une culture inédite reste un fait exceptionnel et fascinant. Je craignais par ailleurs qu'une colonisation touristique mal contenue ne vînt dérégler ce petit univers. Mieux valait informer notre État et placer l'archipel de la Délivrance sous la protection des plus hautes autorités scientifiques adultes. Je me retrouvai donc un jour dans le grand amphithéâtre, à Paris, face à une foule attentive. À cet instant, j'étais résolu à risquer tout mon crédit. Une muraille d'expectative et de noms chargés de prestige me faisait face. Les uns affûtaient leur curiosité ; les autres s'apprêtaient à réfuter. Chacun s'attendait à entendre des observations endimanchées, alourdies de précautions anthropologiques. Tous pensaient savourer comment une ethnie tropicale convertit ses déceptions en rituels. Aussi l'assistance resta-t-elle tétanisée par mes révélations :

— Mes chers confrères, lançai-je avec une inflexion d'assurance, nos envies les plus folles peuvent être vécues sans danger, nos colères peuvent déborder, nos tristesses et nos terreurs peuvent enfler jusqu'au délire sans que le monde s'écroule. Il est possible d'être parfaitement amoral, de flamber chaque seconde. J'ai acquis la certitude qu'il existe quelque part sur cette terre un petit peuple assez sage pour être déraisonnable. Leur joie facétieuse est sans rapport avec les satisfactions chétives que nous arrachons à la réalité en Europe. Il y a dans cette nation singulière une vitalité plus pleine, plus prodigue, plus exubérante que le maigre pouls qui anime nos vieux pays. Avez-vous déjà été amoureux ? Eh bien cet état vitaminé, si éloigné de la stagnation conjugale, est le leur naturellement. Avec humour, ces drôles de zèbres ont accès à l'intégralité de leurs sentiments, en tout lieu et à toute heure. Là-bas, on se rencontre comme on allume un incendie, on persuade à coups de marteau, on s'esclaffe de tout. Personne ne conçoit l'amour comme une activité de garde-malade, le travail comme un antidote. Dans cet univers austral de pitres, la modération est une faute, la prudence un ridicule. Pourquoi, me direz-vous ? Parce que c'est une culture sans parents. Ces galopins ont eu la maturité d'assassiner le dernier adulte ! De se débarrasser de nous et de nos idées graves !

Ahuri, l'honorable Président de la Société m'interrompit :

— Mon cher collègue, au risque de diminuer votre enthousiasme...

23

— ... ridicule ! lança un expert des Algonquins de l'Ontario.

— ... pourriez-vous, reprit le Président, circonstancier vos considérations, mettre un peu de méthode dans vos analyses...

Armé de précisions, exhibant une poignée d'indices concordants, je redressai mon squelette et tentai de prouver l'existence de cette société rebelle dont Dafna m'avait détaillé le fonctionnement. J'expliquai le zèle de ces « *adulenfants* » — les plus âgés n'atteignaient pas trente-huit ans — à ne pas travailler, leur bonheur à triompher de l'ennui en jouant plutôt qu'en consommant. Là-bas, clamai-je, la grande épilepsie européenne de la vie professionnelle ne gâche pas tout. On désobéit à tout ce qui, chez nous, paraît inéluctable : l'étiolement des passions, le respect de ses limites, la nécessité fâcheuse de subir l'école, etc. Mais plus j'argumentais, plus on me faisait sentir la puérilité de ma communication. L'émoi propagé par mon ardeur vira au vinaigre. Quelques paroles ironiques ponctuèrent mes propos. Jacob Strauss — versé dans l'étude des Iks, l'ethnie sans amour d'Afrique orientale — me vitupéra. Félix Duchaussoy — spécialiste du peuple gaucher des îles Marquises — s'indigna de ce qu'il prit pour un canular. L'illustre Victor Plaisance me cribla d'injures aborigènes en ajoutant que je déshonorais notre institution. Les sarcasmes se déversèrent enfin en cataracte. Quoi, l'enfance, une culture ordinaire parmi d'autres ? La sincérité constante, une option concevable ? L'auto-éducation, une possibilité ? On me cloua au pilori des imposteurs ou, au mieux, des plaisantins.

Aujourd'hui, je sais qu'il ne pouvait en être autrement. Mes assertions tonitruantes effrayaient l'esprit de ceux qui, ayant amassé des convictions pessimistes et s'étant forgé une esthétique négative, se crurent contestés par l'apparition de ce peuple solaire qui jouit de ses tentations. Il ne faut jamais sous-estimer la soif de malheur du genre humain, tracassé par la recherche opiniâtre de frustrations nouvelles. Le plaisir délicat de la plainte compense tant d'existences en faillite. Ah, je hais les victimes, les professionnels du gémissement !

Mais la difficulté de me prendre au sérieux avait ses raisons. En premier lieu, je ne m'étais pas encore déplacé dans cet archipel de polissons ; mon témoignage n'était que de seconde main. Qu'il me soit ici permis de préciser qu'après moi plus aucun adulte ne pourra débarquer sur l'île de la Délivrance sans exposer sa vie. Hostiles, les Coloriés ont renoncé à toute relation avec les grands d'Occident. Ils nous reprochent notre colonialisme dogmatique et suffisant qui les a opprimés jadis. Et puis, ces enfants perpétuels répondent à tous leurs désirs en passant à l'acte avec simplicité. D'où le sentiment, chez mes auditeurs français, d'avoir affaire à une culture quasi onirique. Vivre ainsi — sans limites pour ainsi dire — leur semblait proprement inconcevable ; ils pensèrent donc que ce que je relatais était de l'ordre de la fable.

Pour ne rien arranger, ce peuple bref — qui comptait en décembre 2003 deux cent vingt-trois individus — ne tient aucun compte de la différence qui existe entre réalité et imagination ; deux concepts qui, chez nous, restent difficiles à confondre. Les Coloriés ont la conviction commode qu'une parole suffit à rendre réel un événement. Ils ne se demandent pas si une histoire est vraie ou inexacte mais seulement si elle est drôle, touchante ou rébarbative. Incorrigibles, ces insulaires vont même jusqu'à jouir effectivement de satisfactions fictives lorsque le réel — le nôtre — ne les contente pas. J'en ai vu qui, revenant bredouilles de la pêche, avaient préparé un festin de dessins qui parvint à tromper leur faim. Ils se rassasiaient de poissons peints sur des galets ! On distinguera donc ce que les Coloriés possèdent en réalité de ce qu'ils ont dans l'esprit.

L'incrédulité de la Société Française d'Ethnologie tenait aussi au fait que ce petit monde remet en cause les fondements de notre culture adultienne, viole tous nos a priori. Qui, en Occident, est prêt à admettre que les rêves sont faits pour être vécus ? Que les gamins peuvent s'élever eux-mêmes ? Et que les parents sont, au fond, plus pénalisants que bienfaisants ? L'intégration forcée des mineurs dans l'univers limité des grandes personnes, par assimilation totale, reste l'un de nos buts collectifs les moins contestés. Les institutions éducatives que nos nations ont bâties s'assignent même cet objectif en toute bonne conscience ! Sûr de sa légitimité, le colonialisme adulte avec ses névroses et ses axiomes se montre implacable : partout on contraint les marmots à adopter nos valeurs austères et notre hypocrisie, on les dresse à moins d'émotions sans hésiter à recourir à des sanctions. Les Coloriés sont la vivante démonstration que nos envies, toutes nos envies, ne sont guère périlleuses pour l'équilibre social, et encore moins pour le psychisme. Le robinet peut être ouvert jusqu'au délire. Ils affirment cela paisiblement, ces effrontés, sans rien proférer de solennel, en se contentant de jouer. Le sourire aux lèvres, ils nous indiquent qu'il n'est pas obligatoire de châtrer les élans de compassion, de sangler nos instincts, de se couler dans les rôles artificiels que chacun persiste à jouer. Être vrai et spontané sans rien camoufler, s'élever jusqu'à notre âme d'enfant, est à notre portée. Sans famille, le petit Colorié ne peut qu'imaginer ce qu'il veut devenir, alors que l'enfant œdipien de nos contrées est condamné à se référer aux adultes navrants qui l'ont conçu.

On l'aura compris : j'admire ces irréductibles qui ne s'alignent sur personne, ces téméraires qui osent s'aventurer sur le chemin de leurs songes.

Si aujourd'hui je me résous à prendre la plume, c'est pour faire aimer leur fragile nation afin qu'elle soit mieux protégée de nos convictions aliénantes. On ne trouvera donc dans ce livre ni le jargon ni la rigueur aride d'un document ethnologique. Avec passion, je me suis borné à évoquer les idées et les sentiments qu'a fait naître l'absence durable de grandes personnes. Tel un voyageur, j'ai choisi de relater avec simplicité mon séjour parmi les adulenfants de la Délivrance. Cette rencontre entre nos deux sociétés suscita beaucoup de rires, de méfiance inquiète et de curiosité réciproque. L'enfance et l'âge adulte apparaîtront dans ces pages comme des cultures distinctes, totalement étrangères l'une à l'autre et même concurrentes. La bizarrerie de l'autre fut toujours présente, objet d'inquiétude, de risée. Les filles, surtout, se moquèrent beaucoup de moi. Mais ce récit est aussi celui de mon odyssée vers ma part la plus vivante, cet enfant en moi qui n'est qu'initiation, curiosité et dynamisme. À leur contact, j'ai réappris à polissonner, à essayer des envies, à *devenir*. À force de déséducation, je suis parvenu à me hisser jusqu'aux émotions des gamins, à me couler dans la peau d'un véritable Colorié. Entendez par là que l'enfance, la vraie, est devenue ma nouvelle nationalité. Je n'ai pu rester figé dans la réserve de mon métier. Mon indigénisation est désormais presque entière. Cependant, ma situation biculturelle me permet encore d'écrire à l'occidentale, en adoptant les cadres référentiels adultiens qui sont les vôtres. Ce texte se présentera donc sous la forme d'un récit *adultocentrique* qui ne ruissellera pas d'émotions pures, rassurez-vous. Naturellement, par fidélité envers ma nouvelle nation, j'en donnerai également une version *enfantcentrique*, destinée à mes compatriotes coloriés. Néanmoins, que l'on me pardonne si, de temps à autre, il subsiste dans mon expression un parfum de ma nouvelle identité buissonnière.

Pourquoi le cacherais-je ? Si ce petit monde d'insoumis a séduit mon imagination, c'est qu'il m'apparaît comme une réponse à mes interrogations. Loin de me tempérer avec les années, je continue de résister, de refuser que la vie idéale reste une chimère. Tolérer le déballonnement de la passion, les compromissions vénielles, me paraît le début de la déconfiture morale. J'admets difficilement que l'amour puisse être la répugnante expérience du médiocre et de l'hypocrisie. Les résignations devant les carences du réel me révulsent. Comment s'habituer au manque de vérité des grandes personnes, à la pantomime nauséeuse de leur vie sociale ? Au diable les idéologies pontifiantes et truquées, les couples en trompe l'œil, les iniquités tolérées ! Échappons à notre propre faillite ! N'est-il pas magnifique de n'être qu'une fureur de chair, une exigence en marche ? De suivre ses élans et d'être démangé par des obsessions exorbitantes ? Je n'accepte pas que nos rêves nous filent entre les doigts et que le meilleur de la vie finisse. La fuite des années doit être abolie. Comme mes Coloriés ont eu raison d'annuler le temps ! Il n'est pas décent d'admettre notre monde, dès lors qu'il déçoit.

Ma nouvelle patrie m'a guéri de tous ces chagrins.

Alors, croyez-moi ou non, les Coloriés existent.

Ne laissez pas les gens sérieux vous persuader que tout cela n'est qu'un songe rose, une falsification littéraire, une échappatoire pour lecteur fatigué de camoufler sa vérité. Faites taire les vétilleux cyniques, les détracteurs moroses qui aiguiseront vos doutes, qui crieront à l'imposture. L'enfance n'est pas une saison mais bien une culture à part entière, pas une infériorité mais une nouvelle frontière, un sport dangereux que l'on peut réapprendre à pratiquer. La floraison permanente des êtres humains est possible. Arrachez-vous à vos peurs, osez être tout ce que vous êtes, devenez un pluriel singulier ; et expatriez-vous dans ce pays du désir roi qui annonce un âge d'or à venir !

Hippolyte Le Play

I

# 1

Toute ma vie, j'ai regardé intensément les femmes en désirant n'en voir qu'une seule. À trente-huit ans, j'étais déjà veuf de ce rêve. Enseveli dans un long divorce, je m'étais par la suite beaucoup prêté sans parvenir à me donner. Mes zigzags procédaient d'une déception constante. Je cherchais désespérément une fille exhalant la joie de vivre, une amante solaire qui aurait pu s'écrier : Je jouis de tout ce que je fais ! Mais dans mes liaisons ne figuraient que des incomprises qui désiraient être insatisfaites, des beautés lunaires ivres de reproches, des nostalgiques incurables. Aucune n'avait lu Voltaire ou le charmant Claude Tillier. Presque toutes restaient à la lisière du bonheur, au bord du bien-être. Elles rêvaient d'une histoire qui méritât le nom grave d'amour ; j'espérais mieux que cela : une passion légère et heureuse. Elles ne furent que des périodes.

Dans ma sottise, je ne voyais pas que ces femmes avaient accès à des émotions nuancées que je m'interdisais. Jaloux de leur subtilité, je leur faisais payer chèrement leur liberté. Sitôt qu'elles prenaient des initiatives, je fermais les yeux pour me persuader qu'elles n'étaient que des geignardes. L'une, éprise de frustrations, semblait avoir pour ambition de démontrer que *rien n'allait*. Elle soupirait devant mes surprises et ne voulait être trimballée nulle part. Valparaiso était trop hispanique, l'Angleterre trop britannique et la baie d'Along plus assez française. Le plus grand régal de cette Bovary rive gauche était de me faire participer à l'exégèse de ses névroses remâchées de divan en divan. Sans doute suis-je passé à côté d'elle. L'autre, victime convaincue, se déclarait prisonnière du cachot d'une enfance difficile et, à ce titre, se croyait autorisée à stagner dès l'aube dans l'acrimonie. Elle raillait mes billets doux, s'agaçait de mes petits cadeaux, s'irritait de ma bonne humeur jugée trop constante. À l'entendre, j'empestais la gaieté ! Hélas, cela devait être vrai. La suivante, très fâchée avec la légèreté, mettait sans cesse des conditions à l'amusement, ne consentait à rire qu'après m'avoir détaillé ses peines rancies. Cette plaintive méthodique me sommait sans cesse de respecter ses humeurs et recherchait l'inassouvissement avec opiniâtreté. Le malheur paraissait chez elle une vocation. Mais où se nichaient donc les épouses radieuses, capables de vivre le verre à la main et de bondir vers les voluptés ? Devant moi, mais je ne les voyais pas. Toutes ces amantes que je croyais remplies de larmes me coûtaient mon bonheur. Je me figurais qu'elles saccageaient mes enthousiasmes en m'infligeant leur passion morose. Avide de bonheur, j'étais las de cette carrière de kleenex, de cataplasme et de brancardier bénévole. J'avais soif de romanesque, d'hôtels improvisés, d'embuscades sensuelles. Avec le temps, cette cohorte d'incomprises était même parvenue à me décourager de toute inclination. J'avais fini par me convaincre que la conjugalité heureuse était un accident involontaire ou, pis, un malentendu. En vérité, j'étais désespéré ; car si la passion n'est pas une fête des sens, une ouverture totale du cœur, un agrément facile, alors l'exercice de la vie me répugne. Si le corps et l'âme des femmes doivent se résumer à un *problème à régler*, je préfère encore abdiquer toute ambition d'amant et m'en remettre à l'onanisme jusqu'à la crampe. Triste recours... En somme, j'étais las de me gaspiller et de ne pas pouvoir donner libre cours à mes élans.

Et puis, le 24 mai 2003, j'ai rencontré celle que j'attendais, une fille contente, enfiévrée de bonheur : une Coloriée déconcertante qui me désinhiba et me fit bifurquer. Il faut bien le reconnaître, j'avais été jusque-là un homme qui *n'osait pas*, un petit monsieur de bonne éducation, passionné de discrétion. Si je nourrissais des virulences aiguës et des attentes, je les bridais. Tracassé par le besoin maladif d'arranger la vie des autres, de paraître accort et obligeant, je ravalais constamment ma sincérité. Assoiffé de compromis, je n'étais pas doué pour la chicane. Et puis vint Dafna... qui m'apprit à *oser* gaiement, à cesser de contenir mon tempérament et mes appétits. Elle seule sut me guérir de ma constipation émotionnelle. Mais dès que je compris son origine réelle, je me fis une religion de m'interdire de l'aimer. Déontologie oblige. Les ethnologues qui forniquent avec leur sujet de recherche commettent une faute professionnelle impardonnable. Et la portée historique de ma découverte valait bien ce sacrifice insoutenable.

Le 24 mai, je devais suivre ma compagne volubile dans un congrès de dentistes qui se tenait près d'Ajaccio. Élise possédait un talent rare : à trente-trois ans, cette blonde bruyante était passée virtuose pour faire assumer ses emmerdes par autrui. Son aptitude à susciter l'apitoiement était insurpassable. Victime talentueuse, Élise souffrait admirablement. Était-elle peinée ou seulement contrariée ? J'endossais aussitôt ses tracas et bondissais au secours de sa vulnérabilité. Cette fois, un vol pour la Corse nous promettait un séjour succulent. J'avais fignolé un menu de plaisirs délicats, m'apprêtais à de longues heures d'intimité partagée, à rehausser la vie d'instants exceptionnels. Je pensais donc échapper aux remugles de son mal-être. Mais, dès son arrivée à l'aéroport d'Orly, Élise commença à geindre, à soupirer, à récriminer : un vrai tiercé déprimant. Mille tracas ordinaires la poursuivaient jusqu'à son départ. Bougonne, elle me rapporta les ultimes sarcasmes de sa garce de mère, pesta contre l'ingratitude de plusieurs ex qui l'avaient harcelée dix fois au téléphone (son carnet de téléphone me faisait l'effet d'une partouze par ordre alphabétique). D'autres cataclysmes intimes s'ajoutaient à l'addition. Le géniteur de ses deux rejetons — également arracheur de dents — venait de lui extorquer de l'argent, le jour où sa coloriste avait eu l'impéritie de louper ses mèches. Sans compter son chat qui s'était purgé en avalant son plant de cannabis. Élise déclara être de très mauvais poil et prétendit avoir le droit légitime de me détailler ses contrariétés. Dans l'art de gémir, sa compétence était immense. Puis elle me cribla de reproches recuits, dépensa sa hargne sans compter : je ne compatissais pas suffisamment, bref j'avais le tort, que dis-je l'insolence, d'être content de m'envoler pour une destination exquise. Taquin, j'osai un trait d'humour ; elle me tança et fit gicler d'âcres critiques. Mon crime était de badiner, d'afficher un mince sourire, lors même que j'aurais dû m'accorder à son aigreur. Plus elle glapissait, plus j'avais le sentiment d'être un condamné qui aurait tenu en réserve une clef de son bagne. Devant le comptoir de la compagnie aérienne, j'eus alors la tentation de la planter là, définitivement ; mais, incapable d'être odieux avec ce bouledogue blond, lâche au point de me dérober sans vociférer, j'eus recours à un subterfuge. Je décrochai mon téléphone portable, fis semblant d'apprendre une nouvelle catastrophique et m'adressai à l'hôtesse :

— Je ne pars plus. Madame s'en va seule à son congrès.

— Qu'est-ce qui te prend maintenant ? éructa Élise, excédée.

— Il me prend que ma fille vient d'être hospitalisée. Ce n'est pas grave, mais sa mère est à Bordeaux... Je suis désolé.

Pourquoi n'avais-je pas eu le cran de me lâcher et de lui assener ma vérité :

— *Il me prend que j'aime le bonheur et que tu ne l'aimes pas. J'en ai ras le bol que tu vives dans l'amertume au lieu de vivre dans la vie !*

—Vous partez, oui ou non ? reprit l'hôtesse.

Le début de ma liberté aurait été de répliquer :

— *Oui, je quitte la mauvaise humeur de ma compagne, je romps avec mes fonctions de garde-malade et m'envole vers la liberté...*

Au lieu de cela, je répétai bêtement, d'une voix mal assurée :

— Lulu est à l'hôpital, mais ce n'est pas grave... rassure-toi.

— Je ne suis pas inquiète pour Lulu mais pour nous... Tu mens ! riposta Élise, abrupte. Comment s'appelle-t-elle ?

— Qui ?

— Celle que tu vas rejoindre !

— Si tu n'as pas confiance, demande-moi n'importe quoi, n'importe quelle preuve...

Sans hésiter, les nerfs tendus, Élise articula chaque syllabe :

— Fais-moi un chèque en blanc. Si j'apprends qu'il y a une fille là-dessous, je t'assassine.

—Tu ne me crois pas ? eus-je le toupet de demander.

— Non.

— Comment peux-tu imaginer que j'invente un truc pareil ? Sans le moindre indice...

— Si, j'en ai un : tu n'as pas encore fait le chèque en blanc. Si tu avais la conscience tranquille, tu l'aurais déjà signé...

—Très bien... puisque tu veux des preuves !

Je dégainai mon chéquier, rédigeai un chèque en blanc à son nom et le lui tendis crânement comme on pose la tête sur le billot ; puis je déposai un baiser succinct sur le front d'Élise et tournai les talons pour me perdre dans le taillis des voyageurs. Promu à l'éminente dignité de célibataire provisoire, je revins seul vers Paris dans ma décapotable. La blondeur efficace d'Élise et sa chute de reins ne suffisaient pas. Subir la Méditerranée en compagnie de ses jérémiades était au-dessus de mes forces. Laurence dite Lulu, ma fille de sept ans, passait le week-end chez sa meilleure amie, Charlotte Blanc. Quant à mon fils de huit ans, Jonathan, il piratait dans le Bordelais chez Nancy, sa mère. J'étais donc tranquille pour quarante-huit heures ; ce qui, à vrai dire, me contrariait fort. Mourir de calme épuise ma nature gourmande. Je rêvais plus que jamais d'inattendu et de complétude, de partager avec une femme mes enthousiasmes et mon goût contrarié pour les dérapages.

Ce n'est qu'une fois décoiffé par la vitesse sur l'autoroute que je pris conscience de ma légèreté. Au premier soupçon, Élise était d'un tempérament assez inflammable pour endosser mon chèque... Aussi me promis-je bien d'éviter les jolies filles pendant son absence ; car chacun sait qu'un homme résolu peut résister à bien des choses sauf à la tentation. Par mesure de précaution, je projetai même de m'isoler chez moi en fermant le verrou à double tour. Dans une ville comme Paris, on n'est jamais trop prudent.

Dès les mois chauds, la colline de Montmartre, veuve de ses habitants, jouit d'une sorte de statut d'extraterritorialité. Au milieu des migrations saisonnières, la langue française devient un idiome de figurant. On broute de la choucroute de Hambourg, on chopine en kilt, on chicane les charmes du climat en catalan. La foule de touristes, ce monstre aux mille pieds, produisait un vacarme polyglotte. La fin de la guerre en Irak les avait fait revenir par wagons. En indigène discret, je me frayai un chemin place du Tertre et atteignis ma maisonnette.

En poussant la porte, je pensais être seul chez moi. Assoiffé, j'entrai dans mon bureau et me servis un pastis ; puis je m'allongeai sur la banquette de mon bureau et me plongeai dans la lecture des thèses indigestes de mes étudiants, avec la certitude apaisante qu'aucun minois ne viendrait me débusquer. Le verre à la main, j'écoutais décliner le jour en découvrant la carrière sexuelle d'un guerrier hopi. La canicule précoce étouffait l'agitation de la ville. Un paisible reliquat de soleil glaçait de rose les toits de Paris, créait un crépuscule acidulé. J'allais me débiner dans le sommeil quand un bruit provenant de la chambre de Lulu, au deuxième étage, attira mon attention. Il dénonçait une présence furtive. Inquiet, je saisis une canne, prêt à rosser un cambrioleur. Je gravis l'escalier et ouvris tout à trac la porte de ma fille. Personne. Un désordre exagéré s'éparpillait sur le sol, remontait jusqu'au plafond, habillait les lampes. Dans ce fatras d'objets déchirés ou bricolés, de serpentins échevelés, de yaourts qui vomissaient leurs fruits sur la moquette, un détail me troubla : quelques vêtements d'adulte se trouvaient mêlés à ceux de ma fille. Avec étonnement, je m'aperçus que Lulu avait aménagé une cachette au fond de sa penderie, un réduit suffisant pour abriter une grande personne. Quelqu'un de vorace avait vécu là plusieurs jours à mon insu. Des paquets de gâteaux entamés, des pots de Nutella lapés témoignaient du séjour d'un clandestin friand de sucreries.

Tandis que mon regard se dirigeait vers Paris, je vis tout à coup un spectacle insolite et flou. Myope, j'ajustai mes lunettes et distinguai nettement des hanches et des seins : une femme circulait devant la fenêtre en plein ciel, à dix mètres du sol. Cette funambule trottinait sur un fil tendu entre la chambre de Lulu et l'arbre de mon minuscule jardin. Sémillante, elle arpentait ce sentier dans le vide d'un pas flexible ; on eût dit qu'elle dansait au-dessus de la vieille capitale. Ma surprise vira au vertige. Mes yeux s'écarquillèrent : je m'aperçus alors que ses vêtements étaient fictifs. L'inconnue avait dessiné sur son corps un chemisier de dentelle et un pantalon léger en trompe l'œil. L'ensemble lui faisait une allure à la fois bohème et abstraite. Sa poitrine nue peinturlurée s'offrait librement. Seule une petite culotte de coton réel masquait son sexe. Sur ses mains et avant-bras étaient peints de faux gants à boutons ; l'exécution était habile. Je restai saisi devant ce tableau de chair qui rejoignit ma fille juchée sur une branche du grand chêne. Que faisait Lulu avec cette acrobate alors qu'elle était censée séjourner chez Charlotte, la fille de mes voisins ? Aussitôt, telles deux copines du même âge, l'inconnue et Lulu s'absorbèrent dans la construction d'une cabane perchée dont le plancher semblait déjà assuré. Et avec quelle énergie ! À califourchon sur la branche maîtresse, ces morveuses jouaient tout leur saoul. Leurs mains mâchaient de la pâte à modeler pour réaliser des ustensiles, inventaient des outils avec des bouts de bois. On les sentait en veine de gaieté, disséminées dans leurs gestes furtifs, préoccupées par une abondance d'initiatives : le cloutage des planches, la fixation des rideaux, l'installation d'un miroir, etc. Autour d'elles tintaient des jouets accrochés à des poulies, bringuebalaient des douceurs sucrées qui débordaient de seaux suspendus. Sereines, elles créaient dans mon jardin une enclave de l'enfance. De toute évidence, la clandestine de la penderie, c'était elle.

Mais qui pouvait bien être cette personne qui avait le don de la présence et qui s'amusait ainsi dans un arbre avec ma Lulu ? Cette scène de bivouac sylvestre présentait tant d'éléments ahurissants qu'il me fallut un moment pour reprendre mes esprits. Écrasée par le climat, Lulu ôta son tee-shirt. L'inconnue se mit alors à lui peindre sur le dos un pull rayé, à la zébrer de couleurs vives. Inquiet qu'elle se permît de la toucher, je sortis de ma réserve :

— Lulu ! Qu'est-ce que tu fais là ?

Pétrifiée, Laurence s'arrêta net ; mais l'autre joueuse gouachée m'ignora. Pour cette inconnue quasi nue, j'étais absent. Occupée à se divertir en reprenant ses travaux, elle ne consentait pas à me faire exister. Agacé, j'insistai d'une voix impérative pour obtenir un peu d'attention :

— Lulu ! répétai-je. Viens ici tout de suite !

Éberluée, la jeune femme finit par se tourner vers ma fille :

— Qui c'est, ce Culotté ?

— Mon papa.

—Viens ici, immédiatement ! hurlai-je.

— Il te gronde souvent comme ça ? reprit l'inconnue choquée, en distillant un accent aussi charmant qu'inédit.

— Oui...

— C'est pas juste d'aboyer après ceux qu'on dit qu'on aime.

— Oui..., fit Lulu, c'est pas juste.

— Il se prend pour qui ?

— Pour mon père..., bredouilla Lulu en rougissant.

La jeune femme peinte se redressa, tendit ses seins nus en respirant un bon coup et m'apostropha :

— Ça va pas la caboche ? De nous disturber en plein jeu parce que tu t'embêtes ! Si t'es pas cap de te récréationner tout seul, t'as qu'à fermer ta boîte à camembert ! OK ? Et pis tu me fais même pas peur, zizi joufflu ! Même que si tu bouges, j'ai trois copines planquées qui vont t'asticoter avec des flèches de sarbacanes !

Je n'en croyais pas mes oreilles. Ce charabia insolent, ces tournures puériles, et maintenant des menaces ! Craintif, je scrutai les alentours pour repérer ses acolytes armées.

— Mais non ! lâcha-t-elle en pouffant. C'était pour rire. J'aime pas sérieuser.

— Qu'est-ce que vous fichez avec *ma* fille, dans *mon* jardin ? demandai-je, ulcéré qu'elle se paye ma tête.

— D'abord, c'est pas *ta* fille, c'est Lulu, répliqua-t-elle vertement. Elle est pas *à toi*. Et ce n'est pas *ton* jardin puisque tu ne zouaves pas dedans. Et puis si tu vois pas ce qu'on bricole, c'est que t'as des idées à la place des mirettes ! On se cachette, on se fait tranquillos une cabane pour loirer.

— Chez moi ?

— Un arbre, c'est à personne. Et pis toi tu sais pas turbuler dans les branches ! Lulu me l'a dit. Alors y en a marre que tu gueulardes ! Et même s'il est à toi c't'arbre, j'te le vole parce que ça me fait plaisir, lança-t-elle en trépignant.

— Mais... vous êtes qui ?

— Ben... Dafna. Qui j'pourrais être d'autre ?

— On se connaît ?

Avec suspicion, j'ajoutai :

— C'est quoi votre nom ?

— Da-fna, je te dis.

— Votre nom... de famille.

— J'suis d'aucune des sept familles. J'appartiens à pas de maître ! Sauf à mon chien...

— Sur vos papiers, il y a écrit quoi ?

— Quels papiers ?

Lulu osa quelques mots, pour tenter de clarifier les choses :

— Ceux qui prouvent qui t'es... ta carte d'identité.

— Mais je sais qui je suis, et qui j'suis pas ! s'exclama Dafna étonnée. Qu'est-ce que vous avez tous à croire qu'il faut papelarder pour prouver qu'on est bien soi ?

— Que fichez-vous toute nue avec Lulu ?

44

— J'suis pas toute nue ! J'ai mis des vêtements pein-turés d'astucienne. Pour se déguiser en autre chose, il suffit de se doucher. Et maintenant va-t'en ! Tes ques-tions, elles sont pointues. Et depuis que t'es arrivé tu scarlatines tout !

Le mode d'emploi de cette mal-élevée irrésistible m'échappait. Dafna n'était ni timorée ni passive. En pérorant sur un ton à la fois gouailleur et enfantin, elle n'avait pas cessé de se suspendre aux branches, de gigoter à la manière d'une fillette. Agacé, je des-cendis dans le jardin, m'approchai du grand chêne et ordonnai :

— Bon, allez, ça suffit cette plaisanterie, Lulu tu descends, et tu m'expliques pourquoi tu n'es pas chez Charlotte ! Et qu'est-ce que ça veut dire ce bordel dans ta chambre ?

— J'ai caché Dafna.

— Depuis combien de temps ?

— Deux semaines...

— Deux semaines !

— Même qu'il y avait des cruels qui voulaient me boucler, expliqua Dafna.

— Avec Charlotte, précisa Lulu, on a décidé de la planquer.

— Qu'est-ce que c'est que cette histoire de... de méchants ?

— Les flics ont fait venir des blouses blanches dans le magasin où on s'amusait, ils voulaient attraper Dafna pour la mettre à l'hôpital.

— Lulu, écarte-toi et descends, repris-je, soudain effrayé par ce que je venais de comprendre.

Cette jeune femme à la langue bien pendue et aux tournures bizarres avait dû s'échapper d'un asile psychiatrique, bien qu'elle n'eût pas l'air menaçante. Dafna se pencha, me dévisagea et lança :

— T'as envie de quoi au juste ?

— Que Lulu descende de cet arbre pour filer au lit ! Il est presque dix heures. Les parents de Charlotte doivent s'inquiéter.

— Et alors ? Elle a pas ENVIE… hein, Lulu, c'est malsain de roupiller ou de goûter quand on veut pas. Si le corps il veut pas, y veut pas !

— Oui, fit Lulu en reniflant.

— Tu vois, elle en veut pas de ton idée qu'est même pas drôle, conclut Dafna en remontant l'échelle de corde. Elle va pas s'imaginer qu'elle a super envie de faire dodo, juste pour te plaire. C'est idiot à la fin !

— Écoutez-moi bien maintenant, vous remettez cette échelle. Et toi Lulu tu descends illico ou ça va barder ! Il est dix heures maintenant !

Dafna soupira et dit à ma fille :

— Dommage qu'il soit culotté, parce qu'il est vraiment beau.

— Beau…, répétai-je bêtement.

— À gober tout cru, précisa Dafna en opinant de la tête. Ça t'embête que je te dise mes envies sans les tricher ? Tu préfères des menteries ?

— Heu… non.

Tandis qu'une lueur d'appétit étoilait ses yeux, elle me lança avec emballement :

— Tu me fais saliver. Si tu étais plus toi, je ferais tout pour te paradiser, pour t'attachatouiller à moi…

Tu voudrais bien qu'on joue à se monopoliser le cœur ? À s'époustoufler ? À se faire des guili-guili ? Romanesque-moi !

— Pardon ?

— Oui, séduis-moi comme dans les histoires !

Avais-je affaire à une folle ? Pourquoi parlait-elle ainsi ? Je restai immobile, bouche bée. On ne m'avait pas encore irrité puis provoqué avec une telle candeur ou, pour être plus exact, je n'avais jamais croisé une fille qui m'eût montré d'une manière aussi pétillante ses envies. Chez Dafna, rien n'était oblique. Elle avançait droit vers ses fringales, décochait sans vergogne ses quatre vérités. La clarté avec laquelle elle me détailla ensuite ses intentions acheva de me désorienter. La vie m'avait fait rencontrer jusque-là des maîtresses entortillées dans des attentes embuées, des prudentes qui me jaugeaient d'abord sans basculer vraiment dans leurs élans. Dafna, elle, vivait des heures rapides et cristallines ; aucune inhibition ne paraissait l'entraver. Mais, interloquée de me voir si perturbé, elle s'adressa à moi avec douceur :

— Pas longtemps, juste une soirée. On se confiture des mots d'amour, sans couchailler. M'embrasse pas, ce serait de la triche. Comme ça, on ne s'apercevra pas que notre amour c'est p't-être une partie ratée. On se dira qu'il aurait pu fleurir. Et puis on prendra le temps d'avoir envie de l'autre, de mijoter. Tu veux bien m'emballer ?

— À quoi vous jouez au juste, mademoiselle ? D'abord vous êtes odieuse, ensuite…

— T'as qu'à mimer l'amour. Tu restes là, sous l'arbre, et tu me tartines des compliments pour me donner l'envie énorme de te faire monter.

— Et vous ne voulez... rien !

— C'est pas rien de tourner autour du pot. Ça existe ! C'est le but du jeu, comme dans une vraie histoire.

— Écoutez... non, répondis-je, déconcerté et terriblement gêné par la présence de ma fille.

Sottement, j'ajoutai :

— L'amour n'est pas une plaisanterie...

— Je te préviens, si tu dis non, je joujouterai au sexe avec un autre ! Juste pour te rendre jaloux ! s'exclama Dafna tandis que des larmes inondaient ses paupières tremblotantes.

— Lulu, descends tout de suite ! Tout de suite !

Meurtrie par mon refus, Dafna éclata en pleurs. Rien ne tempérait ses émois. C'était la première fois — en dehors d'un événement grave — que je voyais une grande personne éprouver un chagrin immodéré, semblable à ceux qui dévastaient Lulu et Jonathan. Certes, la cause de cet accablement me paraissait ténue — nous nous connaissions depuis trois minutes ! —, mais je restai fasciné par cette créature qui ressentait les choses à pleines goulées alors que la plupart des adultes demeurent si souvent tempérés, en proie à des émotions chiches. Chez Dafna, pas de colères ouatées, de baisers adoucis ou de peine amortie. Elle était violemment atteinte et remuée par sa vérité. Sans doute est-ce à partir de cet instant que cette inclassable me rendit fades toutes mes conquêtes et me posa un grave problème déontologique. J'ignorais encore d'où elle sortait, d'une clinique psychiatrique ou d'ailleurs mais, ce soir-là, elle toucha l'essence même de mes aspirations.

Lulu accepta de descendre et de rejoindre son lit. Dans sa chambre, je dénouai aussitôt la corde qui permettait de funambuler jusqu'à l'arbre. Tranquillisé, j'obtins alors de Lulu les éclaircissements — si l'on peut dire ! — que j'attendais. Deux semaines auparavant, la mère de Charlotte les avait inscrites ensemble à un atelier de maquillage qui se tenait dans un magasin de jouets Cheyenne. Les fillettes y avaient fait la connaissance de Dafna, l'animatrice, avec qui elles étaient entrées en sympathie. Cette baratineuse hors pair leur avait alors dévoilé son incroyable histoire... qu'elles avaient avalée benoîtement !

— Dafna a dit qu'elle venait de... d'Enfance, postillonna Lulu.

— De l'enfance... bien sûr ! Et toi, ma chérie, tu as marché ?

— Et qu'elle était une Coloriée !

— Naturellement, puisqu'elle vous maquillait...

— Non, Coloriée c'est sa nationalité, comme nous on est Parisiens.

— Non, Français.

— Colorié, ça veut dire qui se peint des vêtements sur le corps. Dans leur île, il fait super chaud.

— Bien sûr... Et Charlotte et toi, vous vous êtes dit : *Si on ramenait cette drôle de hippie qui cause bizarre dans la maison de nos papas ?*

49

— C'est pas une *chipie*... c'est une Coloriée je te dis. Avant de te prévenir, on voulait d'abord construire sa cabane, pour qu'elle habite dans le jardin. Parce que toi t'aimes les gens différents. Dans son pays, les filles vivent dans les arbres.

— Dans les arbres...

— Oui, et il faut vraiment qu'on la cache.

— Pourquoi ?

Lulu me détailla alors la scène grand-guignolesque qui avait eu lieu dans l'abondant magasin Cheyenne de la place Clichy. À la fin de l'atelier, lorsque les mamans avaient rappliqué pour récupérer leurs bambins, Dafna avait refusé de cesser de jouer.

— Vous comprenez, avait-elle dit, on a commencé une partie sans fin, alors on ne peut pas l'arrêter. Et pis là, pour de vrai, vous nous embêtez.

— Je vous embête ? avait repris une mère estomaquée.

— Oui.

— Mais... ce n'est pas possible, avait bredouillé une autre maman. L'heure, c'est l'heure !

— On ne peut pas arrêter une partie sans fin, sinon elle aurait une fin. Du coup, ce serait plus une partie sans fin ! Et pis c'est un péché d'embêter les petits.

— Écoutez, cette plaisanterie a assez duré ! Allez me chercher ma fille.

Le verbe haut, Dafna avait alors éconduit les mères vindicatives ! Le directeur l'avait sommée de se calmer, de revenir à plus d'urbanité, en vain. Très contrariée, Dafna s'était brusquement insurgée, ou plutôt multipliée comme un personnage de dessins

50

animés. Hors d'elle-même, elle avait mené une révolte générale des gamins contre le rigorisme adulte, une insurrection dans la boutique. Bondissante, elle avait déchiré les boîtes des jouets pour s'emparer de fusils *paint balls*, d'arbalètes à air comprimé et de tout un lot d'armes hydrauliques. Les galopins des autres ateliers s'étaient rués sur l'arsenal fluorescent ainsi dérobé et lui avaient emboîté le pas avec furie ; puis, revêtus de déguisements d'*Harry Potter* et de *La Guerre des Étoiles*, saisis par un tremblement hystérique, les moutards s'étaient retranchés à l'étage des peluches. Armés d'extincteurs qui avaient toujours attendu qu'on s'en serve et d'arcs en caoutchouc, ils avaient gaiement bousillé l'établissement. La mousse carbonique épandue et les litres de peinture projetée avaient bientôt maculé les lieux ; mais le désastre ne fut irrémédiable que lorsque Dafna employa les lances à incendie pour faire reculer le service de sécurité, promu au rang d'ennemi. Elle ne supportait pas le despotisme des grandes personnes. L'établissement fut alors scrupuleusement ravagé. La police était venue à la rescousse pour mater cette inexpiable jacquerie enfantine. Mais, craignant tout de même de blesser les mioches en rébellion dans le maquis des jouets et incapable de raisonner Dafna, le commissaire avait dû faire appel à du personnel psychiatrique. Juste avant l'assaut définitif, Charlotte avait eu l'astuce d'exfiltrer l'animatrice hors du magasin marécageux en la dissimulant dans le ventre d'un énorme cheval en peluche à roulettes. Son manuel d'Histoire illustré était formel : rien de tel qu'un canasson creux pour déjouer un siège !

— Tu comprends, papa, conclut Lulu, dans la rue avec sa bobine de grande et ses gaffes d'enfant, elle se fait remarquer. Et pis ses expressions la dénoncent. Il faut la planquer.

— Mais ce n'est pas une enfant.

— Si, et une vraie gentille.

Ce récit abracadabrantissime me laissa pantois. Tout cela tenait du délire, de la paraphrase de comédie américaine grand public plus que de l'événement vraisemblable. Dehors, j'aperçus alors Dafna qui se déplaçait dans les branches du chêne à la façon d'un gibbon. Elle passait de branche en branche sans effort apparent. Jamais je n'avais vu un membre de notre espèce capable d'exécuter un tel déplacement. Elle atteignit un nid, piocha quelques œufs de pigeon et retourna dans sa cabane pour les gober, avant de cuver son bien-être en faisant le cochon pendu et en lâchant un rototo.

— Tu trouves qu'elle a l'air comme tout le monde ? me lança Lulu. Et encore, t'as rien vu. Regarde dans son sac...

Lulu fit surgir d'une sacoche en cuir un texte de trois cents pages entièrement écrit à la main en... rébus ! Le manuscrit était noirci de milliers de dessins dont l'aspect n'avait rien de rupestre ou d'enfantin. Au contraire, le trait plein d'étrangeté, de vitalité et de précision témoignait d'une habileté prodigieuse. Suivirent dans l'ordre : un doudou bricolé à partir d'une poupée en liège, quelques objets usuels *jouetisés* de façon malicieuse (entendez « transformés en jouets », m'expliqua Lulu), du maquillage en vrac, une montre volontairement fracassée, un livret de magie écrit dans notre alphabet mais rédigé en sens inverse (à lire à l'aide d'un miroir), une carte de crédit détournée en catapulte... et un manuel d'*astucien*.

— C'est quoi un astucien ? demandai-je, ahuri.

— C'est son job dans son pays, son rôle quoi. Elle est trouveuse d'astuces pour les autres. Son meilleur ami, lui, il est *amourien*, il répare les histoires d'amour. Il y a aussi des *jouetiseurs*, des *farciens*, des *combatteurs* bien sûr, des *futiliens* chargés de faire sourire des trucs sérieux et des *imitariens* qui font rigoler tout le monde en singeant les grandes personnes !

— Qu'est-ce qu'elle t'a raconté exactement ? Elle vient d'où ? balbutiai-je, effaré.

— Dans son île, ils ont tué le dernier adulte en 1980...

Le destin de ce petit peuple en retrait du siècle vous est désormais connu. J'ajouterai un détail d'urbanisme forestier qui éclairera la construction de la cabane perchée dans mon jardinet. Peu de temps après l'assassinat de M. Silhouette (l'instituteur), les filles s'étaient mises à redouter les exactions des garçons. Plus personne ne contenait les velléités des jeunes mâles, pressés d'affirmer leur puissance sans bornes, à un point qui les terrorisait eux-mêmes. La forêt pullulait d'escadrons de garçons sauvages. Pour mieux s'en protéger, les petites filles s'étaient réfugiées dans les arbres géants de l'île — de grands kaoris de plus de cinquante mètres — et avaient bâti de vastes cabanes qui communiquaient entre elles grâce à un réseau de passerelles. Cantonnées au-dessus du monde, elles avaient mené pendant quelques années une existence sylvestre en compagnie des plus jeunes. Chacune se gardait bien de fouler le sol contrôlé par les garçonnets armés de bâtons. D'un naturel maternel, les lémuriens et les chimpanzés avaient aidé ce gynécée de fillettes à prendre soin des bébés. Une ville dans les arbres était née peu à peu. Il fallut attendre la puberté — autour de 1984 — pour que les garçons tempèrent leur rudesse et déposent les armes. Désireux de faire descendre les filles jusqu'à eux, ils devinrent alors moins mufles, plus enjôleurs, assez malins pour suborner les rétives, gentils même. Certains se mirent à faire des vers. Les plus balourds ou agressifs furent qualifiés par leurs comparses d'« Effrayeurs de filles » et se virent ostracisés. Le temps était venu d'apprivoiser le peuple des arbres.

— Tu crois qu'un jour un garçon me donnera envie de dégringoler d'un arbre ? me demanda Lulu en bâillant.

— Ne te presse pas de grandir... Allez, bonne nuit, mon amour.

— On va continuer à cacher Dafna ?

— Je te promets qu'il ne lui arrivera rien.

Qu'allais-je faire de cette jeune femme intrépide, de ce drôle de numéro qui, après tout, était peut-être une affabulatrice ? Toute cette histoire me paraissait étrange. J'y trouvais des éléments plausibles mêlés à un parfum d'utopie. Et puis il y avait la beauté saisissante de Dafna qui, en quelques mots, venait de mettre le feu à ma tranquillité. À trente-huit ans, étais-je encore capable de déterrer en moi le révolté, de cavaler comme un furieux derrière mes envies ? Où en étaient mes élans déraisonnables, mes indignations orageuses, mes voracités ? Étais-je apte à gober l'instant, à me couler dans l'immédiateté ? Cette fille splendide m'avait offert de marivauder, de la faire rêver jusqu'à l'emphase et, piteusement, je lui avais répondu sans rougir : *L'amour n'est pas une plaisanterie...* Mon existence cadenassée dans un agenda, ordonnée jusqu'au délire, n'autorisait pas d'imprévu. Depuis combien de temps n'avais-je pas pris la liberté de me montrer aussi *nature* qu'elle ? Tout en moi était carré, appris, forcé. Mais où dormait ma vérité ? Étais-je bien ce monsieur souriant gavé de reconnaissance, abruti de diplômes, cité dans les colloques, flatteur de puissants ? Qui pouvait deviner à quel point, de menus compromis en petits arrangements, je m'étais éloigné de mes goûts réels ? Au fond, je raffolais des idéalistes de talent, des baladins qui traitent la vie comme une jolie fille, des chenapans qui ont le génie de la frivolité ; et pourtant je stagnais dans un rôle de petit-gris honoré par l'université. S'il m'arrivait de séduire les autres, je me rebutais. Ah, les rouages inexorables de la société adultienne ! On commence par dîner en ville ; on finit par exhiber une Légion d'honneur, par parader dans les gazettes ! On devient tout artifice, à en vomir, presque une ruine en complet veston. Et voilà que cette fille authentique, prompte à cueillir le moment, à foncer vers ses caprices, surgissait comme un rappel à l'ordre dans le marasme de ma vie...

Juchée sur les branches de son arbre, Dafna pliait méthodiquement des billets de banque dont elle faisait des avions en papier. Concentrée, elle n'était pas consciente que je la scrutais. Des escadrilles de cinquante euros planaient jusqu'au sol, en d'interminables tourbillons. Ma pelouse était déjà jonchée d'aéronefs monétaires de tous formats. Aux yeux de Dafna, l'argent paraissait ne pas exister ; seuls comptaient son amusement, son plaisir d'équilibrer les jouets qu'elle était en train d'improviser. Cet acte fou m'électrisa l'imagination ; et le périnée aussi, car cette insolente me plaisait sous tous les rapports. L'exquis de ses traits me bouleversait. Sa beauté n'était pas du demi-luxe. Quasi nue, Dafna brillait comme un solitaire hors de prix. J'étais enchanté qu'elle manipule le numéraire européen avec la désinvolture d'une Papoue de Nouvelle-Guinée. Jouer semblait l'unique valeur-refuge de cette Coloriée. De toute évidence, Dafna venait bien d'une autre *sphère culturelle*, comme disent les cuistres ; ce qui, du même coup, annulait toute possibilité de relations amoureuses, m'interdisait même l'esquisse d'un flirt avec elle. Sans oublier le péril du chèque en blanc que détenait Élise…

Perturbé, je regagnai ma chambre pour téléphoner aux parents de Charlotte. Une poulie enroulée attira mon œil vers le jardin. Dafna terminait de hisser dans la cabane un arrosoir rempli qu'elle transforma habilement en douche. Elle l'utilisa aussitôt pour faire fondre les vêtements en trompe l'œil qu'elle « portait », si l'on peut dire. Ses mains effacèrent peu à peu son chemisier, ses faux gants, l'illusion de son pantalon. Ce strip-tease efficace et savonneux avait pour toile de fond les toits de Paris surchauffés. Ma fenêtre était béante. Je sentais la menace du chèque se préciser. Dafna me fit alors perdre mes moyens en me fixant de ses yeux clairs, à quelques mètres de moi.

— Tu sais faire descendre les filles des arbres ? me lança-t-elle de sa branche.

— Heu...

— T'as pas le droit de répondre par *oui* ou par *non*. C'est le jeu..., précisa-t-elle en souriant.

— Écoutez, mademoiselle... je... non, vraiment, je...

— T'as perdu ! me coupa-t-elle. T'as dit *non*... Tant pis ! Mais je te laisse une chance... parce que j'en ai envie.

Elle attrapa la corde et, d'un geste vif, balança sur mon balcon une ancre bricolée qui se bloqua dans la ferronnerie ; puis, en digne astucienne, elle entortilla un bâton dans le câble et le tendit pour former un chemin dans le vide entre nous. Son aisance trahissait une vie entière dans les arbres.

— Si tu veux me chatouiller, t'as qu'à traverser... ça sera ton gage de garçon.

Dix mètres plus bas, le sol. Aucune femme quasi nue ne m'avait jamais invité à franchir un gouffre sur une ficelle.

— Je ne sais pas marcher sur une corde, confessai-je.

— T'as déjà essayé ?

— Non.

— Alors comment tu sais que tu ne sais pas ?

— Je n'ai pas appris.

— Vous ne savez que ce que vous avez appris, ici ? s'étonna-t-elle.

Soudain ridicule d'être si borné par mes certitudes — et aussi parce que cette impertinente délicieuse me donnait envie de jeter toute déontologie aux orties —, je franchis la rambarde de mon balcon et posai le pied sur la corde souple. Aucun chèque en blanc ne pouvait me retenir.

— Comment fait-on ?

— Arrête d'adultiser tout et marche !

Je cessai une seconde de penser et, hardiment, m'engageai sur ce sentier périlleux, avec la même inconscience que celle que j'avais dépensée en 1991 lorsqu'un guerrier nipunhi du Wyoming m'avait fait marcher pieds nus — sans dommages — sur sept mètres de braises. Tout à mon acte, délivré de considérations logiques, j'avançai pas à pas vers Dafna, vers mon désir. À deux mètres du but, je fus alors épinglé par une pensée de grande personne. Il m'apparut tout à coup que j'étais cinglé : personne ne m'avait enseigné ce que j'étais en train d'exécuter !

— T'es vraiment débilos de faire tout ce que je te dis ! s'exclama Dafna en éclatant de rire à la façon d'une chipie.

L'équilibre me manqua. Je tombai brusquement en arrière et ne dus mon salut qu'à une branche que j'eus la chance de saisir. Elle ploya, se brisa mais ma chute en fut amortie. À terre, sonné, je restai stupéfait de n'être pas mort sur le coup.

— Eh ben voilà ! s'écria Dafna, dix mètres plus haut, en applaudissant. Maintenant tu sais que tu ne sais pas ! Mais c'est normal que ce soit dur pour toi...

— Pourquoi ?

— T'es pas une fille ! fit-elle en haussant les épaules et en rougissant.

Puis elle bâilla et ajouta :

— Allez, au dodo...

Sur ces mots, Dafna disparut dans sa cabane. En bonne Coloriée, elle s'endormit aussitôt. Mais moi, j'étais irrémédiablement réveillé par notre rencontre. Quel effet de souffle ! Le décès de ma tranquillité date de ce soir-là. Je voulais désormais que se libèrent dans mon cerveau des désirs de loupiot, sans cesse renouvelés. J'étais las d'être barricadé dans mes opinions, retranché vivant au sein d'une existence rabâchée. Cette fille avait eu raison de se mutiner contre l'ordre infect que le directeur du magasin lui avait donné : *Arrête de jouer.* J'admirais Dafna de s'être engouffrée dans sa sarabande illégale ! Personne n'est né pour finir raisonnable, pour se satisfaire d'un abrégé de bonheur. Quelle truanderie, l'âge adulte ! Cet âge doucereux et moralement dégoûtant ! Les préceptes éducatifs sont des somnifères, le passé un poison. Offrons-nous une cure de présent ! Osons être naïfs, séditieux jusqu'à la folie et crédules ! Si les Coloriés existaient bien, je me sentais prêt à rallier leur archipel frondeur, à lutter moi aussi contre le pouvoir arrogant des grandes personnes. Qui dira combien la désobéissance, l'inutile et le désordre sont nécessaires et féconds ? À quel point il est calamiteux d'être pingre du cœur, circonspect et grave ? Ah, je hais le radoteux en moi, cette part dégoûtante de ma personne qui croupit dans le déjà-vu et qui *se contente* au lieu d'avoir l'énergie de flamber la vie. En sectateur des Coloriés, je me sentais le cœur à trucider le pire adulte de mon existence : moi ; et à pousser le zèle jusqu'à me convertir à l'enfance. Ah, me donner enfin à ma nature, redevenir combustible !

Le 24 mai 2003, je m'endormis réveillé.

## 2

Au petit déjeuner, Dafna sortit son livre de voyage, se vautra sur la table (elle avait la manie de ne pas utiliser les chaises) et se mit à *écrire* ses pensées en rébus à une vitesse stupéfiante. Dafna utilisait indifféremment sa main gauche et sa main droite. Avec un égal brio, elle n'hésitait pas à se servir des deux lorsque des idées se bousculaient dans son esprit ! Ses dessins minuscules étaient fouillés, pleins de bizarrerie mais exécutés de façon impulsive. Leur spontanéité me laissa ébahi. Dafna me raconta qu'elle avait toujours crayonné ainsi, comme la plupart des Coloriés qui, m'expliqua-t-elle, ont la révélation du dessin vers l'âge de deux ans. Débarrassés des idées reçues adultes, les Coloriés paraissaient avoir trouvé un chemin inné vers des aptitudes saisissantes : ambidextrie synchrone, capacité à reproduire ce que l'on n'a vu qu'une seule fois, etc.

— Qu'*écrivez*-vous ? lui demandai-je.

— Ma rencontre avec un adulte tricheur. Un gars sérieusé, sûr qu'il faut que je m'en méfie.

— C'est qui ?

— Ben toi, pomme !

— Pourquoi dites-vous cela ?

— Parce que tu me désires et tu mimes le bourru qui sent rien ! T'es drôlet, oui, un cachottier compliqué..., ajouta-t-elle en pouffant.

— Qu'est-ce qui vous permet d'affirmer une chose pareille ?

— Ben... si ça se trouve, là tu bandes, sous la table. Et j'peux pas le voir parce que, justement, y a la table...

Gêné, je baissai les yeux.

—Tu sais, faut pas rougir de zyeuter mes seins, de les hommager..., murmura-t-elle. Ils sont jolis peints en bleu, non ?

— En bleu... Oui, mais je..., balbutiai-je.

La sonnerie du téléphone me sauva. Je décrochai. C'était Élise, ou plutôt le soupçon d'Élise qui venait s'assurer que son chèque dégoupillé pouvait rester dans son portefeuille. Comment aurais-je pu la persuader que ma fille — supposée accidentée — m'avait supplié de cacher une femme quasi nue d'une trentaine d'années qui prétendait être issue d'une nation d'enfants ! Je m'en sortis en proférant quelques mensonges supplémentaires et raccrochai.

— Hier soir, je t'ai entendu au téléphone avec ton Élise..., reprit Dafna. À ta place, j'aurais la honte de pas y dire la vérité. C'est zouave, de faire semblant.

— Parce qu'en plus vous m'avez écouté en douce !

Devant Dafna, je me sentais comme nu. C'était à la fois dérangeant et grisant de n'être plus protégé par la bienséance. Elle lisait en moi, s'attardait sans façon sur ce que je taisais. La délicatesse, la pudeur restaient pour elle des mots creux ou plutôt des postures de faux-monnayeurs.

— Elle te fait plus bander Élise, hein ? reprit-elle. Et moi je suis plus marrante, plus fripouille.

— Oui, fripouille est le mot.

— Et t'aimes ça, avoue-le. Je te change de tes amoureuses tricheuses comme toi, pas généreuses. Tu serais capable de m'aimer toujours ?

— À vrai dire, non, répondis-je avec flegme. Votre suffisance m'agace. À moins que... Que vous ne changiez énormément.

— Pour devenir comme tes madames toutes sèches, tes amantes d'herbier ? Taratata, jamais ! Donc tu t'amuserais de m'aimer... Eh ben moi pas du tout ! Parce que t'es qu'un ennuyeux, pas excitant ! Tu ne vois rien des autres et de ta fille !

— Vous me regardez comme ça ? dis-je, blessé.

— Tu croyais que je t'aimais pour de vrai ? demanda-t-elle, goguenarde, en s'amusant bien de m'avoir désarçonné. Mais regarde-toi, tu te forteresses tout le temps au lieu de dire ce que tu ressens ! T'es qu'une armure !

— On ne vous a jamais remise à votre place ? lui lançai-je, exaspéré.

— T'énerve pas... Je t'aime pas mais j'ai du goût pour toi, pour tes petites menteries mignonnes, ton égoïsme de garçon, tes lâchetés au téléphone avec les filles... Ça c'est sûr, t'es pas un super héros !

Pas un héros ! Mais elle était en train de se payer ma tête ! Je voulus répliquer, défendre ma fierté écornée. Elle posa un doigt sur ma bouche et, toujours assise sur la table, poursuivit :

— Chut ! T'es pas un super héros, mais hier soir j'étais toute chose... parce que t'es à croquer, ça c'est sûr ! Alors te vexe pas si je te croque-monsieur pas tout de suite, OK ?

Après cette entrée en matière de corsaire, Dafna me détailla son périple jusqu'en Europe. Elle prétendait avoir quitté la Délivrance à bord d'un esquif traîné par un trio de dauphins. Parvenue à Pitcairn, elle serait montée à bord d'une frégate de la Marine nationale, bâtiment sévère où l'on dégustait cependant des crêpes suzette. La suite de l'odyssée aurait eu lieu d'une façon moins traditionnelle : Dafna affirmait être passée à travers un miroir liquide. De l'autre côté, elle se serait retrouvée à Paris, en territoire adultien. Que cherchait-elle exactement à exprimer en recourant à ce symbole ? Dans ses propos, Dafna mêlait avec vivacité la réalité et l'affabulation. Même ses bobards étaient sincères. Naturellement, précisa-t-elle, son chien imaginaire, Maximus, l'avait escortée tout au long du voyage en veillant sur elle comme un totem. Fréquenter l'invisible lui était familier.

— Tu m'as crue ? lança-t-elle soudain.

— Ben...

— Faut pas que t'aies la trouillerie de me reprendre quand je me moque de toi, OK ? Sinon, je vais finir par te baratiner n'importe quoi ! Comment tu veux que moi j'aie voyagé à travers un miroir ? C'est dur une glace !

Je voulus la tancer ; mais, passant du coq à l'âne à la manière des enfants, elle me fit soudain part de sa stupeur face aux *exotismes* de la civilisation majeure. Trois choses l'estomaquaient depuis son arrivée : la soumission spontanée des automobilistes aux feux rouges — signe d'une obéissance maniaque qui déclenchait chez elle une franche hilarité —, l'incroyable sérieux des piétons parisiens qui ne jouent jamais à saute-mouton et l'inaptitude des garçons de café à assouvir leurs désirs ; comme si chaque serveur de la capitale avait tenu expressément à se punir, à s'interdire d'être authentique !

— Quand les gens sont un peu boudeurs avec eux, pourquoi ils les claquent pas ? Et lorsqu'ils ont une cliente qui promène des super beaux seins, ils la chatouillent jamais !

— Ce serait très compliqué...

— Moi, quand ma sœur a trop eu besoin de maman, je me suis taillée... Salomé, elle pleurait. Ça me faisait de la peine de ne pas l'aider.

Dafna ne faisait porter à personne le poids de ses envies ; y répondre sans délai lui était naturel depuis l'âge de neuf ans. Désargentée et sans passeport, elle n'avait pas hésité à quitter l'Océanie trois mois plus tôt pour retrouver sa mère qu'elle n'avait plus revue depuis... le fameux 21 janvier 1980. L'imprévu la grisait ; résister au hasard lui semblait le début de l'ennui. Elle évoqua sa jubilation d'avoir campé dans le zoo de Vincennes en débarquant, d'avoir improvisé une cabane sur l'île aux singes. Puis elle me confia sa déception que les actes des tout-petits eussent chez nous moins de valeur que les faits et gestes des adultes. Elle n'avait repéré dans Paris aucune place qui eût pour centre une statue d'enfant ; alors que sur la Délivrance, de nombreuses sculptures de bébés honoraient l'humanité enfantine. Là-bas, l'extrême jeunesse passait pour un mérite, la maturité pour une faute morale. L'Almanach des célébrités coloriées glorifiait tout un lot de garnements et de chipies estimés pour la créativité de leurs jeux ou la qualité de leurs canulars. Sur la place principale de leur petite capitale était érigée une statue d'Ari, leur libérateur, tel qu'il se présentait à l'âge de dix ans. À moitié nu, ce galopin génial brandissait un jouet pour l'éternité, comme Louis XIV tient un sceptre sur la place Royale de Versailles. À l'intérieur de l'église de Coloriage, même le Christ était représenté sous les traits poupins d'un marmot farceur ; et les saints qui figuraient sur les fresques avaient tous des bouilles de gavroches. Dans l'esprit des Coloriés, Dieu ne pouvait être qu'un sacré garnement au grand cœur.

— Ne dites à personne d'où vous venez, on vous prendra pour une folle, dis-je en la fixant.

Dafna cessa de tripoter les ustensiles de la cuisine, scruta un instant mon visage et répondit avec inquiétude :

— Chez les Culottés, il faut mentir à bloc, c'est ça ? Comme toi ?

— En quelque sorte. Mais... pourquoi nous appelez-vous les *Culottés* ?

— Parce que les adultes d'ici, ils se croient tout permis avec les enfants. Ils les condamnent à la sieste, leur disent les vêtements qu'ils doivent porter, les émotions qu'ils doivent mimer ! Les parents d'Europe, c'est que des Culottés !

Pensive, Dafna avisa sur la table un fondant au chocolat, saisit une paire de ciseaux et coupa une part sans que je l'y aie invitée. Étonnée qu'elle utilise des ciseaux, Lulu me regardait par en dessous.

— On dirait alors que je serais une gentille fée ! s'écria Dafna.

— Non, ce n'est pas une bonne idée non plus ! rétorquai-je en me demandant si elle se payait à nouveau ma tête.

— Alors je veux bien théâtrer le rôle de ta femme, reprit-elle aussitôt.

— Oui, ça c'est une bonne idée, commenta Lulu. Comme ça tu passeras inaperçue avec papa.

Dafna déposa sur son assiette l'essentiel du gâteau. À ma grande surprise, elle ne laissa dans le plat que la part minuscule qu'elle avait découpée ! En Occident, un acte pareil relève de la farce ou de la provocation ; mais je ne décelais chez Dafna aucune trace d'humour ou d'agressivité. Elle avait simplement envie de se taper la cloche !

— Mais… tu prends presque tout ! protesta Lulu.

— J'ai faim.

— C'est égoïste ! s'insurgea Lulu.

— Oui, ça c'est sûr ! répondit tranquillement Dafna en étendant ses jambes sur la table. Mais j'te jure que

de temps en temps c'est sucre d'orge de l'être. L'égoïsme vachard, le chacun pour soi, ça a du bon !

— T'es gonflée...

— Oui, c'est assez exact, répliqua-t-elle placide-
ment en dévorant le gâteau. Mais y a d'autres jours où
j'suis très père Noël, où je jouis des gâteries que j'offre
aux autres. Mais... faut dire quoi et faire quoi quand
on est la femme d'un adulte ? Ils ressemblent à quoi
au juste les déguisements d'épouse ?

Étrangement, Dafna avait suggéré de se faire passer
pour ma moitié sans que transpire dans sa conduite la
moindre ambiguïté. Son envie de me culbuter s'était
totalement évaporée ; ce qui, à vrai dire, me rasséréna.
Je n'oubliais ni le chèque pointé sur ma tempe ni ma
sévère déontologie.

Dafna se trouvait à nouveau accaparée par une idée
fixe : revoir sa mère et son père. Les Coloriés identi-
fient très bien ce qu'ils convoitent, sans se laisser per-
turber par les désirs d'autrui. Pour le moment, Dafna
était uniquement intéressée par l'aide que je pourrais
lui offrir. S'il fallait *jouer à être ma femme* — en tout
bien tout honneur — pour faciliter les démarches, elle
accepterait ce rôle qui conservait à ses yeux le charme
de l'insolite. Je me risquai donc à lui peindre la condition d'épouse en pays adulte et les *déguisements* qui
font partie de cet état. Attentive, elle se goinfrait de
fondant au chocolat qu'elle enfournait dans sa bouche
en appuyant bien avec les doigts. J'eus de la peine à
continuer à vouvoyer cette gamine.

— Tout d'abord, expliquai-je, il faut s'habiller avec
de vrais vêtements, en tissu, ensuite tu ne dois plus te

curer le nez, c'est très important. Tu devras également te servir de couverts au lieu de tes doigts, ne plus grimper aux arbres. Dans la rue, il faudra vraiment faire un effort : arrête de gigoter tout le temps, de trottiner....

— Dis..., fit-elle, inquiète. C'est drôle ou pas d'être ta femme ?

— Drôle ?

— Oui. Sinon, je préfère ploufer et que ça tombe sur une autre.

— Ploufer ? fis-je avec un zeste de surprise.

— Amstramgram..., répondit-elle en joignant le geste à la parole.

— Écoute, Dafna, nous ne sommes pas en train de faire mumuse, notre intention est clairement de t'aider. Tu piges ?

— Notre intention est clairement de t'aider, tu piges ? répéta-t-elle en imitant à la perfection le timbre de ma voix.

Je restai coi, décontenancé.

— Qu'est-ce que tu viens de dire ? repris-je à voix basse.

— Qu'est-ce que tu viens de dire ? chuchota-t-elle avant d'éclater de rire.

— Tu sais imiter les gens ? demanda Lulu, estomaquée.

— Tu sais imiter les gens ? répéta Dafna en reproduisant à l'identique les gestes et les intonations de Lulu.

Déroutés, nous partîmes tous à rire. Dafna jouissait de ce talent rare chez les adultes mais fréquent parmi

69

les Coloriés qui — je l'appris plus tard — raffolent d'un amusement très en vogue sur la Délivrance : *jouailler à l'autre*. Ces adulenfants intervertissent parfois leurs voix et leurs rôles pendant plusieurs jours, histoire de vivre double, de se reposer d'être eux-mêmes.

— Cela dit, y a un truc qui me grattouille..., grimaça Dafna.

— Quoi ?

— Le sexe.

— Ton sexe te... te grattouille ?

— Non... Je n'ai plus envie de joujouter au sexe avec toi. Même si toi tu bandes très fort sous la table et que ça te ferait du bien de jouir dans moi.

— Mais il n'en est pas question ! Tout ça est une plaisanterie... Et puis merde, c'est toi qui as proposé d'être ma femme ! Et je ne...

— Il paraît que les femmes des Culottés, en France, portent encore le nom de leur mari, comme dans les vrais contes..., murmura Dafna. C'est vrai ou c'est une affreuserie qu'on répète pour inquiéter les filles ?

— La maman de Lulu portait mon nom.

Effarée, Dafna s'exclama :

— Mais tu l'avais pas adoptée !

— C'est exact mais...

— C'est vrai aussi qu'ici les petits ne votent pas ?

— Oui...

— Alors pourquoi vous dites *suffrage universel* ? Vous nous comptez pour du beurre ? me demanda-t-elle en s'allongeant sur le ventre, le long de la table de ma cuisine.

Par petites touches, je lui détaillai les coutumes adultiennes et la préparai à se comporter dans nos rues avec un peu plus de discrétion. Un coup de fil matinal au directeur du magasin Cheyenne — au culot, je m'étais fait passer pour un journaliste du quotidien *Le Parisien* — m'avait appris que Dafna était traquée par la police. L'affaire de la place Clichy avait mobilisé du monde, inquiété des tripotées de parents. Les radios avaient évoqué ce tapage inhabituel, cette émeute enfantine devenue très vite populaire dans les cours de récré. Le gérant, flatté d'être interviewé, m'avait certifié que le signalement de la coupable était diffusé partout : une brune volubile, sexy mais grimacière, effrontée et chapardeuse de bonbons, circulant avec des vêtements peints sur le corps ou portant des uniformes (Dafna raffolait des panoplies de pompier et des robes de magistrat). Son comportement fantasque, volontiers enfantin, avait également été noté par les autorités. On recherchait une délurée de trente ans environ qui jouait volontiers à la marelle, amatrice de comptines, tutoyant tout le monde, effrayée par les rafales de vent et éclatant en sanglots en cas d'orage. Sa capacité à inventer sans relâche des jeux avait convaincu le patron de Cheyenne de l'engager pour animer les ateliers du mercredi et du samedi. Mais cet homme carré avait eu le plus grand mal à obtenir de Dafna un minimum d'assiduité. *Le dernier mercredi,* me confia-t-il, *à seize heures elle n'était toujours pas là. Je l'ai appelée, furibard, et devinez ce qu'elle m'a répondu ? « C'est qu'il fait beau, un temps à jouer au square. Mais je crois que tu me verras samedi, la météo annonce de la pluie.* » *Avec un sans-gêne ! Comme si on était sur terre pour gambader dans les squares ! Finalement, elle a débarqué à dix-sept heures déguisée en juge et elle a fait un tabac avec les gosses. Vous savez comment ? En les faisant jouer avec les emballages des jouets ! Elle préfère les cartons au contenu ! Le samedi suivant, bien sûr, elle n'est pas venue... Une fille spéciale, causant d'une drôle de façon... de la graine d'animatrice ! Avec elle, on aurait fait du chiffre.*

— Les flics te cherchent, répétai-je à Dafna. Faut te faire oublier.

— Les quoi ?

— La police. Ceux qui se baladent déguisés en bleu.

— C'est des gentils, des méchants ou les deux à la fois le même jour ?

— C'est des... des policiers. Tu dois à tout prix changer d'apparence et de conduite.

— Mettre des costumes d'épouse ?

— Ou d'autre chose, mais ça ne suffira pas...

— Tu dis ça parce que t'as plus envie de sortir avec moi ? Tu sais, t'es pas obligé de me tartiner des compliments... Faut pas te forcer.

J'exposai à Dafna quelques notions de base, afin de l'aider à comprendre l'univers adultien que nous allions fréquenter pour pister sa mère. En premier lieu, je lui fis sentir toute la dichotomie qui existe chez nous entre les moments de travail et de loisir, de sérieux et de non-sérieux. Les Coloriés, eux, ne *travaillent* pas. Ils jouent en accueillant les péripéties de la vie avec désinvolture et manifestent facilement leur hilarité. Attitudes auxquelles Dafna devait désormais renoncer en public. Elle ne pouvait plus s'adonner à une gaieté outrancière, à des libéralités excessives, à la raillerie, à la mystification, tout comme aux pleurs, et devait bien se pénétrer de l'idée que le travail adulte n'est pas un sujet de plaisanterie mais bien l'essence même des sociétés de grandes personnes.

— Quand on dit d'un adulte que c'est un *pro*, c'est que ce n'est pas un marrant !

— Pas un marrant, répéta-t-elle médusée en imitant ma voix.

— Dès qu'on te parle d'un truc, si tu veux passer pour une grande, il faut y voir *un problème à régler*. Compris ? Une fille évoque son couple, tu abordes tout de suite ce qui ne va pas entre elle et son homme. On te raconte une histoire qui se passe en Amérique ? Tu te plains du retard de l'Europe. C'est un réflexe qu'on attrape rapidement. Il suffit de voir le pire côté des choses et de dégommer l'idée qu'il pourrait y avoir des solutions à tout. Ça fait mature.

Pour plus de clarté, j'allumai la télévision. Une chaîne d'infos adultesques débitait sur un ton funèbre des nouvelles chagrinantes. La journaliste paraissait animée par la passion des mésaventures, la manie du désastre. Elle prenait son strabisme négatif pour de l'objectivité, chiffres à l'appui. Le marasme de vivre sur notre planète s'étalait dans tous ses commentaires. Les interviewés, eux, semblaient submergés de tracas, assaillis par des urgences plus ou moins factices.

— Elle a des beaux seins, la parleuse..., remarqua Dafna. Tu serais cap de lui faire l'amour dans le noir ou t'as peur du noir ?

73

— Pourquoi tu me demandes ça ?

— J'me renseigne juste… comme ça. Parce que moi j'ai la trouille du noir.

— Reprenons…, dis-je en toussant. L'autre grand truc pour paraître adulte, c'est de n'avoir le temps de rien… Dès qu'on te propose quelque chose, tu ouvres un agenda — je vais t'en acheter un, c'est un accessoire indispensable — et tu soupires en disant que ça va être très difficile de trouver un moment, que tu es débordée.

— Débordée…, répéta Dafna. Mais pour avoir l'air de ta femme, il faut faire quoi ?

— Enlève les doigts de ton nez…, dis-je doucement. C'est simple, il suffit de ne pas trop t'amuser. Dans le doute, plains-toi, ça fait femme mariée.

— Me plaindre… c'est un jeu ?

— Oui, le jeu s'appelle le *mariage*. Ça consiste à vivre toujours la même chose à deux et à le reprocher à l'autre.

— C'est tarte… Chez nous, *le jeu du mariage*, c'est une de nos parties préférées ! Ta version, elle me cafarde… Alors on dirait qu'on serait chez moi, que tu serais un mari toujours neuf et que tu m'écouterais, OK ?

— Non, pas OK du tout ! Sinon, à la préfecture, ils ne vont pas nous prendre au sérieux. Et c'est là-bas qu'on doit lancer un avis de recherche de tes parents. Alors on va jouer au mariage version très classique, OK ? Et arrête de dire *tartiner, ploufer* ou *joujouter* !

Dafna décrocha soudain de notre conversation. Un oiseau siffleur, sur le balcon, venait de capter son attention. Elle lui répondit en imitant son chant.

Interpellé, le piaf entama un dialogue avec elle et sautilla dans la cuisine, sous les yeux émerveillés de Lulu.

— Dafna…, dis-je pour qu'elle m'écoute. Il faut également que tu utilises les chaises. Les adultes ne s'assoient pas sur les tables.

Intéressée uniquement par le volatile, Dafna lui fit picorer de la mie de pain. Lulu se mit à son tour à siffloter. À ma grande stupéfaction, l'oiseau réagit sur un ton facétieux. Ma fille bavardait avec un moineau ! Je me sentais parti dans un conte, comme décollé du réel ; mais l'heure tournait.

— Dafna, répétai-je, si on veut aller à la préfecture, il faut partir maintenant. Les bureaux ferment à midi pile.

Ma remarque insipide ne passionnait personne, ni Lulu ni Dafna. J'étais loin d'elles, à l'extérieur du cercle de leur connivence. Alors j'eus l'intuition qu'en pénétrant dans leur jeu, je pourrais les atteindre : je tentai de signaler par une posture outrée et un ton particulier que je jouais moi aussi.

— Chut ! soufflai-je en prenant une mine exagérément sévère. Il nous dit quelque chose. Écoutez…

L'oiseau cuicuita quelques paroles que je traduisis aussitôt à voix basse :

— Il dit dans sa langue que pour retrouver ta maman et ton papa, tu dois te faire passer pour *ma femme*… tout de suite !

— En faisant quoi ? chuchota Dafna.

— En mettant les vêtements d'Élise qu'Hippo va te donner, répondis-je.

— C'est un déguisement d'épouse ?

— Non, de maîtresse, mais au début ça revient au même...

Dafna sifflota quelques notes en fixant l'oiseau.

— Qu'est-ce que tu lui demandes ? interrogea Lulu.

— De prévenir maman que j'arrive !

L'oiseau s'envola à tire-d'aile dans le ciel ; à son insu, il prenait la bonne direction. Nous ignorions encore que les parents de Dafna avaient fait naufrage vingt-trois ans plus tôt. Dafna referma la fenêtre et se tourna vers moi avec un air malicieux exagéré.

— Bon, fit-elle, *je suis ta femme.*

Elle aurait dit *Je suis Peter Pan* ou *Je suis la Belle au Bois Dormant* avec la même gourmandise. La situation, résolument ludique, n'était plus inscrite dans les contraintes du monde ordinaire. Envoûté, je consentis moi aussi à vivre notre relation sur ce mode décalé et proférai une formule en lui conférant un pouvoir quasi magique :

— *On dirait que je serais ton mari.*

— Et moi votre fille ! s'exclama Lulu, enchantée.

C'était la première fois depuis mes huit ans que je jouais *pour de vrai. Joujouter* ne consiste pas à plaisanter ou à se divertir du bout des lèvres ; ce verbe des Coloriés suppose d'y croire totalement. Ma conduite devenait à la fois péripétie et indication que nous nous amusions *pour de vrai* à nous aimer. Je cessai aussitôt d'expliquer à Dafna ce qu'est une épouse pour m'adresser à elle comme si elle avait été effectivement ma femme :

76

— Ma chérie, habille-toi vite, on va être en retard à la préfecture… oh, tu as oublié ton alliance !

Je saisis un vieil élastique et, sans quitter son regard, le fis glisser sur son annulaire.

— Merci de me baguer…, murmura Dafna en rougissant. Attends-moi un instant, *darling*, je vais me repoudrer…

Je restai muet. Elle venait d'imiter la voix de Nancy, la maman de Lulu ! Même accent rauque new-yorkais, même tessiture légèrement agressive. J'appris plus tard qu'elle avait entendu sa voix timbrée sur le haut-parleur du téléphone lorsque ma fille appelait sa mère, chaque soir. Ravie de sa surprise, Dafna disparut dans la chambre de Lulu.

— Alors, p'a, ça fait quoi d'être remarié ? gloussa ma fille.

— Avec ta mère, plutôt peur !

Une demi-heure plus tard, je vis réapparaître Dafna déguisée en Élise. Ma Coloriée s'était coulée dans ses vêtements voyants, mais elle avait surtout dessiné sur son visage (en trompe l'œil) les traits de ma compagne en s'inspirant d'une photo qui traînait sur la table de nuit ! L'effet que produisait ce masque mobile était à la fois prodigieux et terrifiant. J'avais devant moi un pastiche de mon amante atrabilaire qui s'exprimait avec la voix de Nancy ! Ma déception, visible, troubla Dafna :

— C'est pas comme ça *ta femme* ? demanda-t-elle avec sa vraie voix. Je voulais te faire plaisir… C'est raté.

— Oui, complètement..., fit Lulu. La femme d'un homme, c'est juste une amoureuse.

— Ah...

Dafna s'éclipsa et revint démaquillée, dans une mise plus simple : un déguisement d'amante. Immobile au milieu d'une flaque de soleil, elle avait tout de l'amoureuse débutante qui accorde sa beauté à son premier amant. À cet instant, foudroyé par son éclat, je lui aurais décerné toutes les qualités. L'agitée trémulante de la place Clichy était méconnaissable. Intimidante de candeur posée, Dafna me chuchota à l'oreille :

— Allez, mon amour, on va être en retard à la préfecture...

# 3

La virée à la préfecture de Paris fut acrobatique. Au début, Dafna consentit à ne pas trop gigoter, à cheminer calmement dans les couloirs, à ne pas tournicoter autour des poteaux. Toutes choses qui lui paraissaient relever de la conduite d'une paralytique ! Pour la convaincre, je dus lui présenter notre ankylose comme un exercice de mime qui, s'il était bien exécuté, lui vaudrait une glace à la pistache pour le goûter. Alléchée et amusée, elle s'exécuta avec soin. C'est à peine si elle balança ses pieds sous la chaise de la salle d'attente pendant que je lui faisais réviser les règles du voussoiement et les rituels qui forment notre code de politesse adulte. Naturellement, il fallut la dissuader de se livrer à des jeux de mains — *ciseaux-pierre-papier* — dès que je cessais d'accaparer son esprit. Je dus également l'empêcher de faire des grimaces lorsque nous fûmes reçus par le commissaire en charge des personnes disparues.

— Bonjour, vous que je dois vouvoyer ! lui lança-t-elle le plus sérieusement du monde, en lui infligeant deux bises mouillées sur les joues.

Très étonné, le fonctionnaire à la lèvre lasse nous introduisit avec courtoisie dans son cabinet. In extremis, Dafna renonça à s'asseoir sur le bureau ! Mais, pendant le rendez-vous, elle tripota les objets qui traînaient dessus ; toutefois, par des œillades sévères, je pus la contenir. Quand on lui posait des questions, Dafna fixait son attention quelques secondes avant de suivre les mouches du regard. Le plus difficile pour elle paraissait de se maintenir assise sur la chaise, sans s'allonger ou s'accroupir. Son intérêt ne se ralluma que lorsque notre interlocuteur hasarda :

— Retrouver vos parents ne sera pas facile, c'est un peu le jeu du chat et de la souris...

— Non, répliqua-t-elle, butée.

— Pardon ?

— Moi, je claironne que c'est pas du tout du jeu. Parce que si on la retrouvait pas, ma sœur elle va devenir quoi sans not'mère ? Et si maman est morte, moi aussi je meurs.

— Je comprends votre peine éventuelle, madame, répondit l'homme, très étonné qu'une femme de plus de trente ans ait à ce point encore besoin de sa mère. Mais... le chat et la souris, c'était une expression, malheureuse j'en conviens...

— Oui, très malheureuse. Parce qu'un vrai jeu, on peut en sortir, sauf si on se prend au jeu. Alors que là, moi, je suis coinçouillée.

— Coinçouillée ?

— Dans mon idée.

— Quelle idée ? s'enquit le commissaire, troublé.

— Je veux voir ma maman, même si je suis débordée !

— Soyez-en certaine, madame, l'administration fera son possible.

— Si toi tu retrouves ma maman, t'auras une récompense : je te ferai un bisou.

— Merci, fit-il, gêné.

— Alors que j'ai même pas envie de sortir avec vous parce que vous avez trop brioché, ajouta-t-elle en palpant le ventre de l'officiel. J'ai bien vouvoyé, là ?

Décontenancé mais stoïque, ce dernier répondit par un sourire crispé ; puis il accepta de lancer un avis de recherche de M. et Mme Sofia, aperçus pour la dernière fois sur l'île de Pitcairn en 1980. J'expliquai alors que Dafna, mon épouse, s'était fait voler ses papiers ainsi que notre livret de famille. Le temps de terminer les démarches, je proposai d'enregistrer la demande à mon nom et présentai mon passeport. De bonne volonté, le policier malmené décida d'ouvrir l'enquête sans plus attendre.

— Souhaitez-vous encore ajouter autre chose ? conclut-il.

— Oui, fit Dafna avec gravité, j'ai envie de faire un gros pipi.

— Cela devrait pouvoir s'arranger…, répondit-il, amusé par cette requête inattendue.

— Et je voudrais que vous arrêtiez de fumer, là, tout de suite, ajouta Dafna. Votre fumée, elle sent le putois. Même que c'est sadique de nous la souffler dans le nez. Une sucette, à la place ? proposa-t-elle.

81

Totalement effaré, l'homme eut à nouveau un sourire et déclina l'offre :

— Non merci, j'ai décidé d'arrêter…

— Bon, on va goûter, on n'est pas malpolis mais débordés !

Au sortir du bureau, Dafna fonça aux toilettes ; puis je dus la brider. Elle souhaitait improviser une marelle à cloche-pied sur le dallage noir et blanc du grand couloir. Nous étions tout de même au cœur de l'institution qui avait diffusé son signalement. Mais lorsque la porte de l'ascenseur s'ouvrit, elle bondit dehors à la manière d'un chat sauvage en s'écriant :

— E-ssaye de m'a-ttra-per !

Dans la foulée, Dafna exécuta une superbe glissade ! Le personnel en uniforme qui somnolait à l'accueil en demeura stupéfait.

— Tu me dois une glace à la pistache ! lança-t-elle. C'est ma récompense.

Au coin de la rue, j'offris à Dafna un cornet à trois boules qu'elle dégusta en me prenant la main spontanément, sans y mettre d'ambiguïté, avec la simplicité d'une enfant. Puis elle lâcha ma main chaude et grimpa sur les bancs. Sautiller de façon compulsive au bord du trottoir lui était soudain nécessaire. Zigzaguer entre les passants la rendait au bonheur vif de sentir un corps flexible. Par réflexe parental, je l'empêchai de faire trop de tapage et de fouiller dans les poubelles ; elle voulait rapporter chez moi une multitude d'emballages de jouets qu'elle déclarait *excitants* ! Boudeuse, elle obtempéra et consentit à renoncer, provisoirement, à sa passion pour les ordures ménagères. Je la priai également de cesser de lorgner tous les jolis garçons que nous croisions. Quand soudain, à ma grande surprise, Dafna se planta devant une rombière et s'exclama avec amitié :

— Caroline ! Ça fait combien de temps qu'on ne s'est pas vues ? T'as des nouvelles de Selma ?

— Heu, oui, bredouilla la dame étonnée en se laissant embrasser.

— Tu me reconnais pas ? Dafna !

— Ah oui !

Elles causèrent quelques minutes, comme deux amies qui auraient eu l'usage de l'autre depuis des années. Puis nous reprîmes notre chemin et Dafna me déclara tout à trac :

— Je ne la connaissais pas, cette fille ! Quand on les superche au dépourvu, les Culottés, ils acceptent de joujouter. T'as vu ? Le truc, c'est de les dérouter... Elle a même pas osé dire qu'elle s'appelle pas Caroline ! Elle m'a même filé des nouvelles d'une Selma qu'existe pas !

Dix mètres plus loin, Dafna refit le coup avec un vrai faux Hector, juste pour s'amuser ; puis, après avoir quitté le piéton interloqué, elle s'arrêta pour contempler avec envie des gamines qui jouaient à chat dans un jardin public. La gorge serrée, Dafna me susurra :

— Tu sais, Hippo, c'est trop dur de vivre par ici. Pour jouailler, je suis obligée de surprendre, d'astucer... Quand je vais dans les squares, les parents ont la frousse que je zouave avec leurs petits. Les gardiens me chassent des parcs avec des sifflets. Pourquoi

personne veut jouer avec moi ? C'est dur d'être loin-
tisée de chez moi...

Le visage de Dafna se défit. Elle s'assit sur le trottoir
et explosa en sanglots. J'eus envie de la prendre dans
mes bras. Impressionnés par l'abondance des larmes,
les passants s'écartaient, fuyaient ce débordement
émotionnel qui, dans nos régions, sème la panique.
En pays adulte, l'indécence est d'être authentique.
Le savoir-vivre exige de frauder en public, de niveler
tout sentiment consistant. L'idéal adultien ne reste-
t-il pas le consommateur automate, l'individu grévin,
le salarié androïde ?

— Je veux rentrer chez moi avec maman ! hurlait
Dafna dans la rue, à gorge déployée. Maman !

Un vieil homme me lança un regard navré par cet
exhibitionnisme affectif. Toute la raideur des débuts
du XX$^e$ siècle était fossilisée sur sa physionomie. Une
contractuelle cuirassée contre les insultes hâta le pas.
Seules deux petites filles devant une boulangerie
eurent l'air de compatir, de saisir l'ampleur de sa
détresse. L'une d'entre elles offrit même à Dafna le
seul réconfort qu'elle possédât : un roudoudou à la
fraise. Mais, bientôt rappelées à l'ordre par leur
grand-mère, les deux fillettes durent s'éclipser elles
aussi.

— Hippo, fais-moi un câlin, tout de suite, sur le
banc. J'me sens toute seulette...

Dafna bondit sur ses pieds, m'entraîna sur un banc
public et se pelotonna contre moi, à la façon d'une
gamine, comme si elle avait voulu se transformer en
tee-shirt mouillé collé à mon buste. Désorienté, je ne

savais trop quelle attitude adopter, comment contenir sa nature.

— Berce-moi... dorlote-moi, murmura-t-elle.

Je m'exécutai avec une certaine maladresse, tandis qu'elle murmurait une comptine (*Dodo l'enfant do...*) en suçant son pouce. Son corps tiède, ses seins nus sous sa chemisette réveillaient mes sens plus que je ne l'aurais voulu. Cette scène insolite et dérangeante aurait pu s'éterniser ; mais nous entendîmes soudain des halètements impétueux mêlés de grognements. Derrière un arbre, deux clébards forniquaient. Dafna ôta alors son pouce de sa bouche, cessa de chantonner et fixa la saillie avec une telle insistance que j'en fus embarrassé ; puis elle me jeta un coup d'œil coquin. Mal à l'aise, j'esquivai son regard. Mais je ne pus m'empêcher de rougir. Bien entendu, elle le remarqua.

— Ça donne des idées, forcément..., lâcha-t-elle.

— Pas du tout.

— Si, t'es dur dans ton pantalon. Là ! précisa-t-elle en indiquant ma braguette.

— Dafna, ton pays existe vraiment ? lui demandai-je brusquement, histoire de changer de sujet.

—Tu crois que je viens d'où ?

— Je ne sais pas.

— D'Enfance, j'te dis.

Je lui expliquai alors que, pour la totalité des sociétés humaines — jusqu'à présent —, le passage progressif à l'âge adulte va de soi. Dafna avait l'air d'ignorer qu'en Occident nous baignons tous dans la conviction que chaque humain quitte l'enfance tôt ou tard, et refoule alors sa première identité. Ce passage obligatoire, soulignai-je en essayant de dissiper ma gêne, implique une différence radicale entre les âges et postule le caractère pathologique des *simplets* qui ne parviennent pas à adopter une conduite estampillée *adulte*. Que des enfants revendiquent leur spécificité, leur *droit à la différence*, n'est légitime à nos yeux que s'ils consentent à mûrir un jour ou l'autre ! Les adultes de nos contrées ne peuvent imaginer une affirmation identitaire aussi farfelue, ni reconnaître à l'enfance le statut de sous-culture stable. Même les plus virulents défenseurs de la cause des moutards n'ont jamais songé à franchir ce pas !

— *Pathologique*, c'est quoi ce truc ? postillonna Dafna.

— Ça veut dire malade.

— Pour toi, c'est une maladie d'être petit ? reprit-elle, choquée. Chez nous, c'est une chance.

Dafna évoqua pour la première fois la destinée d'Ari, le libérateur des gamins de l'archipel, ce farceur hors série qui, à l'âge de dix ans, avait fondé la civilisation coloriée. En l'écoutant, j'étais de plus en plus intrigué par son usage des conjugaisons. Dafna parlait du début des années quatre-vingt d'une étrange façon, en employant un présent qui n'était pas narratif, celui du souvenir, mais plutôt le temps de l'expérience immédiate ou très rapprochée ; comme si elle vivait en même temps le passé et l'instant présent. Son enfance n'avait-elle donc jamais connu de terme ? Toujours est-il que, vingt-trois ans plus tard, Ari semblait être resté la manifestation d'une joie de vivre espiègle et créative. Spécialiste des avions en papier, fou de pliages, ce garnement au corps d'adulte utilisait habilement (me raconta Dafna) les courants ascendants des vents du Pacifique. Ari parvenait ainsi à des durées de vol frôlant la minute pour une distance de plus de trois cents mètres !

— Mais toi, repris-je, où as-tu trouvé les billets de banque que tu pliais hier soir pour faire des avions ?

— Chez M. Blanc, le papa de Charlotte.

— Tu les as volés chez mon voisin ? !

— Je ne les ai pas piqués, puisqu'ils n'ont plus de valeur. M. Blanc y joujoute plus. Il les laissait dans un tiroir.

— Tu as pris d'autres choses auxquelles M. Blanc *ne joujoute plus* ?

— Oui, sa clarinette, ses livres de cuisine et les bijoux de sa femme. Même qu'elle les cachette dans des boîtes au lieu d'y jouer !

— Où as-tu mis les billets et les bijoux ?

— Dans le placard de Lulu, avec le reste.

— Chez moi... et bien sûr, tu ne sais pas ce que c'est que le recel ? Si M. Blanc porte plainte, je deviens quoi, moi ?

— Pourquoi tu me disputes ? Ils y jouaillaient plus !

— Ce n'est pas bien de voler.

— Mais moi ça me fait plaisir ! affirma-t-elle. Pt'être même qu'aujourd'hui je vais remettre ça ! C'est excitant de prendre des choses ! Et si ça se trouve, M. Blanc, ça le fera rigoler à bloc !

— Tu as pris combien de billets ? lui demandai-je.

— Épais comme ça.

— Alors il ne s'en fout pas...

Ma terreur était fort simple et fondée : je craignais qu'Arthur Blanc, voyagiste frénétique, obsédé du chiffre d'affaires, n'entre en contact avec Dafna. Avec sa naïveté volubile, elle lui déballerait toute son histoire ; et lui, froidement, ne verrait dans sa fraîcheur qu'un appât touristique supplémentaire. Si les Coloriés existaient bien — ce qui restait à prouver —, ce porc était capable de faire déferler sur leur îlot des charters de vacanciers lassés de Disney Land, avides de s'étourdir chez des peuplades *exotiques*.

Cinq ans auparavant, M. Blanc avait ainsi précipité l'extinction des Shaoulis, un peuple infime égaré dans une vallée légendaire du Tibet, en organisant des trekkings populeux. Les yeux violets de ces Himalayens avaient attiré le chaland. Le séjour avait été monté grâce aux indications que je lui avais fournies en toute innocence. Les Shaoulis, tout comme les Amérindiens des Antilles au XVIe siècle, n'avaient pas résisté au débarquement de nos virus et à l'escadre de nos maladies infantiles ; la coqueluche surtout les avait fauchés. Les Coloriés, dont le suivi sanitaire laissait forcément à désirer, me semblaient biologiquement très vulnérables. Il ne fallait en aucun cas que Blanc puisse remonter jusqu'à Dafna.

Inquiet et essoufflé de suivre ses zigzags — on n'imagine pas combien de kilomètres les enfants parcourent chaque jour en chahutant ! —, je m'installai à la terrasse d'un café pour siffler une bière. Dafna se posa également (en daignant prendre une chaise).

— Pourquoi tu regardes tout le temps ta montre ? me demanda-t-elle. T'as un tic ?

— Je dois aller travailler à la fac. Ça m'emmerde, mais je n'ai pas le choix. Tu crois que tu sauras rentrer toute seule ?

— Tu prends vraiment toujours les enfants pour des débilos ! s'exclama Dafna en bâillant. Bien sûr que je l'ai ma solution... Tu veux la devinetter ou tu donnes ta langue au chat ?

— Ma langue au chat.

— Deux indices : mon premier se passe comme dans le *Petit Poucet*, mon deuxième est plus malin. C'est facile !

— Tu as laissé des miettes de pain dans la rue ?

— Ben non, les oiseaux les auraient becquetées encore une fois... J'ai déposé sur notre passage des piécettes que j'avais confisquées chez M. Blanc !

Pas une seconde Dafna n'avait imaginé que ces pièces de monnaie produiraient sur les passants le même effet que la mie de pain sur les oiseaux du conte de Perrault ! Mais je n'eus pas le temps d'entrer dans de tortueuses explications.

Tandis que je vérifiais l'heure machinalement, Dafna parut contrariée et réclama mon téléphone portable.

— Qui veux-tu appeler ?

— Donne, vite !

Je le lui tendis.

— C'est quoi le numéro de ton bureau ?

— Il est enregistré, en numéro un. Qu'est-ce que tu souhaites faire ?

— Allô ? fit-elle en prenant la ligne et en imitant ma voix. C'est Hippolyte Le Play. Je ne viendrai pas aujourd'hui. Souffrant ? Non, je vais super bien. Le motif ? Mais c'est qu'il fait beau ! Je préfère piétonner avec une amie. Demain ? Écoutez, ça dépend du temps qu'il fera. La fille de la météo n'a pas encore décidé.

— Dafna, éructai-je, ce n'est pas possible de se conduire comme ça !

— Bien sûr que c'est possible, puisque je le fais ! reprit-elle en contrefaisant mon timbre. Allô ? Oui, on va manger des glaces... Salut !

Elle raccrocha et ajouta, ravie :

— Et voilà... Ça t'enquiquinait d'aller à la fac ?

— Oui, mais...

Son esprit mobile était déjà capté par un nouvel étonnement :

— Dis, chuchota-t-elle, le monsieur sur le banc en face, pourquoi il est rouge, sale, tout nerveux et, en plus, il se gronde tout seul ?

— C'est un clochard. Il n'a pas de maison, pas de sous.

— Pourquoi il vient pas maisonner chez nous ?

— Chez moi ? répondis-je, pris de court.

— Ben... oui. On a une maison, nous.

Mal à l'aise, je répliquai une fadaise :

— Si j'ouvrais ma maison à tous les clochards...

— Je dis pas à tous, juste à lui.

— Et s'il voulait rester ?

— Qui te dit qu'il a envie de rester chez toi ? Pour lui, c'est peut-être mieux dehors... On n'en sait rien. Va le voir !

— Moi ?

— Oui.

— Maintenant ?

— Oui, il n'a pas de chance tout de suite. Il lui est arrivé trop de patatras !

Remué par les arguments implacables de Dafna, je me levai et me dirigeai vers le SDF pour lui proposer de venir prendre du repos chez nous. L'homme fut alors secoué par une impressionnante rafale de tics qui déboîtèrent sa mâchoire, combinés à des hululements stridents. Puis il se tordit trois fois le buste, en émettant des *han* gutturaux, et se toucha frénétiquement cinquante fois la narine gauche, comme dans un film accéléré. Il se serait masturbé sur place, je n'aurais pas été plus effaré. De toute évidence, j'avais affaire à un *tourettien,* un malheureux atteint du terrible syndrome de La Tourette, l'une des maladies neurologiques les plus déconcertantes ; d'où, sans doute, sa dégringolade sociale. La transe sporadique s'arrêta. Je lui fis mon offre. Ravi, le dénommé César saisit l'opportunité, en s'assurant toutefois qu'il y avait un peu de pinard dans ma cave et des provisions suffisantes pour Miaou, son clebs de race approximative, lequel venait de rappliquer. Miaou était aussi volumineux qu'un veau et se trouvait doté d'un museau télescopique dont la taille excédait celle du corps. Soudain inquiet devant cette sorte d'éléphant carnivore, je tentai de faire machine arrière ; mais, en me retournant, je remarquai que Dafna, toujours installée à la terrasse du café, avait été saisie par un accès de sommeil irrépressible. Comme une authentique enfant, elle fléchissait d'un coup après s'être dépensée en galopades

91

dans les rues. C'était l'heure de sa sieste. Profondément engluée dans son roupillon, avachie sur la table, Dafna ne voulut pas soulever une paupière.

—Y a qu'à la porter chez vous, m'sieur, conclut César. Je vais vous aider. C'est un coup de bol que vous m'ayez invité ! lança-t-il avant de reprendre ses attouchements nasaux obsessionnels (plus de cent fois, à toute vitesse !).

— En effet...

Il fallut appeler un taxi et la ramener chez moi avec l'aide de César (si je puis dire). Mon tourettien semblait redouter à chaque instant que quelqu'un ne se tînt dans son dos. Aussi manœuvrait-il avec une prodigieuse anxiété pour rester face à nous. Puis nous hissâmes Dafna sur le lit superposé de la chambre de Lulu. En la bordant dans des draps imprimés sur lesquels papillonnaient des princesses, j'eus l'étrange impression d'entrer de plain-pied dans un conte. Pourtant, au cours de ma carrière d'ethnologue, j'avais rencontré bien des fois des cultures quasi oniriques. Celle des Coloriés, si proche de mes rêves, m'hypnotisait déjà.

En revenant dans le salon, je trouvai César émerveillé par mon intérieur, bien calé en sécurité dans un angle, tandis que Miaou lapait goulûment l'eau de mes toilettes. De façon compulsive, César toucha plusieurs dizaines de fois chaque objet en me félicitant pour mon goût, pour le choix des couleurs qui, m'expliqua-t-il, le stimulaient agréablement. Heureux, il laissa libre cours à son tourettisme stupéfiant en poussant des cris d'orfraie (Hu, Hu, Hi, Hi), interrompus par des séquences de tics qui libéraient en lui une joie exceptionnelle. Par ses yeux pleins de fraîcheur, cet homme riche de mille désirs me rendait la beauté de ma maison. Grâce à lui, j'eus alors le sentiment d'habiter un palais, celui du conte où la belle Dafna m'entraînait.

# 4

À l'issue d'un après-midi de cours dans un amphithéâtre (j'avais eu la faiblesse de retourner au boulot), j'ouvris la porte de chez moi et reçus… une chaussure en pleine tête ! Élise se tenait devant moi. Ses yeux bleus étaient en train de virer au gris métallique, sous l'effet d'une rage contenue. Son retour surprise, bien avant la fin du congrès, paraissait l'avoir piquée au vif.

— Menteur ! éructa-t-elle. Au lieu de ta fille à l'hôpital, je trouve une fille, pas la tienne, presque à poil dans ton jardin, peinte comme un Magritte. La baraque mal tenue. Et un clodo affalé dans le salon, ravagé de tics, en train de picoler mes parfums !

— Pour qui elle se prend, cette chipie ? demanda Dafna tandis qu'elle pénétrait seins nus dans le salon, un yo-yo à la main.

Effectivement, Dafna avait peint sur son corps gracieux un ciel nuageux, reflet de son humeur nébuleuse. Cette coutume coloriée permet d'informer l'entourage de son état émotionnel. Une contrariété signalée évite bien des anicroches inutiles ; de même, une embellie affichée sur le torse jette parfois sur les proches un vent d'alacrité.

— Et vous, vous êtes qui ? répliqua Élise en colère.

— Je suis sa femme, et maintenant je suis même cap de vous vouvoyer à l'aise ou de vous faire un baise-main ! Alors faut pas me zyeuter d'en haut ! Sinon je vous trouverai plus touchante mais méchante !

Élise resta muette ; puis, reprenant son souffle, elle cafouilla :

— Ta femme… Eh bien les chose vont vite, à ce que je vois !

— Je vais t'expliquer, c'est un peu compliqué. Il s'agit d'un petit jeu entre Dafna et moi…

— Un petit jeu ! Tu me prends vraiment pour une crétine ? Non, au contraire, tout m'a l'air ultra simple ! Salaud !

— Pourquoi tu n'oses pas lui parler pour de vrai ? me lança Dafna, troublée par mon malaise. Dis-lui qu'en plus elle est même pas drôle de nous dire des gros mots !

— Ça c'est bien vrai ! hoqueta César sur le pas de la porte en sifflant une rasade d'un excellent millésime de chez Dior, avant de se laisser aller à une série fré-nétique de déboîtements du maxillaire inférieur.

Ces deux candides, dont la sincérité sonnait comme un rappel à l'ordre, me ramenèrent soudain à ma vérité. Troublé, je me remémorai les mots qui m'étaient restés dans le gosier à l'aéroport. Élise, quant à elle, poursuivait sur le registre de la lamentation, en adop-tant une mine souffreteuse et un timbre bêlant :

— C'était nul là-bas, alors j'ai voulu te faire une surprise, que tu me remontes le moral. Qu'est-ce qui te prend, tout à coup ?

— Il me prend que j'aime jouir et que tu n'aimes pas ça, m'entendis-je dire calmement.

— Tu deviens fou ?

— Non, triste que tu vives dans l'amertume au lieu de vivre dans la vie.

— Autrement dit, tu t'en vas…

— Pourquoi le dire autrement ?

D'un coup me revenaient les arguments que, depuis près d'un an, je m'interdisais d'articuler, par crainte de laisser tomber Élise mais surtout mon personnage gentillet d'éternel brancardier. Pour un ange professionnel, démonter ses ailes n'est pas chose facile.

— Tu es sérieux ? souffla Élise, médusée que ses minauderies et son corsage abondant n'aient plus d'effet sur moi.

— Oui, je quitte ta mauvaise humeur, je romps avec ma mission de garde-malade et m'envole vers la liberté…

— Un jour, toi aussi tu seras victime de quelqu'un…, susurra-t-elle, mauvaise.

— Ça fait du bien de dire des choses méchantes, hein ? commenta Dafna. Moi, je me prive jamais !

— Ça fait surtout du bien d'en faire ! rétorqua Élise en sortant mon chèque en blanc. Pour m'avoir trompée, Hippo, ça te coûtera un euro symbolique. Pour t'être foutu de ma gueule, ce sera un peu plus cher, un petit million. Mais je veux bien être magnanime et te faire une fleur : j'annule la peine symbolique…

Je n'eus pas le temps d'avoir très peur. Tandis qu'Élise agitait son chèque vengeur, Dafna le chipa en riant. Elle bondit avec sa prise et s'écria sur un ton enfantin :

— A-ttra-pe-moi si tu peux !

— Petite conne !

— C'est celle qui le dit qui l'y est !

— Il serait peut-être temps que vous deveniez tous adultes dans cette baraque ! s'exclama Élise, accablée.

— Erreur, mademoiselle ! rétorqua César sous l'influence des alcools parfumés qu'il venait de siffler. On ne devient pas adulte, on finit adulte !

Hors d'elle, Élise saisit un vase et le fracassa par terre. Enchantée par l'énorme vacarme, Dafna fit de même avec un sourire radieux : elle pulvérisa trois poteries précolombiennes, juste pour rire. Ce geste gratuit arrêta net Élise dans son élan destructeur. Elle paraissait totalement déconcertée. Sans animosité, j'ouvris la porte. Désarmée, Élise sortit sous les applaudissements de Dafna et un torrent de vocalisations gutturales de César, ivre de tourettisme. Elle venait de saisir que son numéro ne produirait plus aucun résultat. En refermant la porte, je lâchai un cri de joie, de victoire sur ma lâcheté ; puis, tout à ma fierté d'avoir osé me déboutonner, je me précipitai sur le téléphone et composai le numéro de mon « patron », M. de Nègrepelisse, le recteur de l'université.

— Allô, monsieur de Nègrepelisse, c'est Hippolyte Le Play, votre souffre-douleur. Finalement je me joins à vous demain pour le déjeuner. Mais je ne serai pas seul...

Prêt à toutes les audaces, je raccrochai. Le téléphone se réveilla aussitôt. C'était Nancy, la mère de mes enfants, une New-Yorkaise venimeuse qui avait pour objectif d'avilir les hommes en général, et moi en particulier. Nancy m'aboyait sans cesse des instructions qui étaient autant de fatwas baragouinées dans un franglais très churchillien. Nous étions divorcés depuis plus de cinq ans, mais elle s'autorisait toujours de sidérantes incursions dans ma vie privée, auxquelles je répondais mollement, sans jamais élever le ton, de peur de passer à mes propres yeux pour le saboteur de notre relation parentale.

— Hippo ! vociféra-t-elle dans l'appareil. *I call this afternoon* et je tombe sur une pétasse qui m'explicationne qu'elle est *ta femme* ! Les enfants ont une belle-maman et je ne le connais pas ! *What the hell is this bloody* merdier ? Et tu as un chien ? *I can hear a dog !*

— C'est un jeu ! hurlai-je. *A game !*

— *I don't want this* greluchette dans la vie de mes enfants avant que j'aie expressivé mon accord, tempêta-t-elle. Sinon, je révise la pension alimentaire en m'abonnant aux Assedic !

— Nancy, ça fait cinq ans que j'ai la trouille que nos tensions portent préjudice aux enfants et que tu tires sur la ficelle. Ras le bol que tu profites de mon côté responsable pour te comporter en rançonneuse. Maintenant c'est ter-mi-né ! tonnai-je avec extase. Moi aussi je suis capable d'irresponsabilité. Le chantage aux bonnes relations parentales ne marche plus !

— Tu vas te remarier ? murmura-t-elle, désemparée.

— Non ! C'est un jeu ! Dafna a l'âge de Lulu !

— Tu as une *affair* avec une kidette de sept ans ? Oh *my god*, j'appelle la police...

— Non, elle a trente-deux ans, mais c'est une enfant.

— *Mentally deficient* ? Tu as mis une tarée dans les gambettes de Lulu ? Je t'obstaclerai ! Et je garde Jonathan !

— Nancy, calme-toi. C'est compliqué et simple à la fois.

J'étais contraint d'exposer la vérité à Nancy. Tôt ou tard, cette fouineuse tracassière l'apprendrait par nos enfants et, si je ne l'amadouais pas, elle se servirait très probablement de la présence (peu catholique) de Dafna et de César chez moi pour engager une nouvelle action judiciaire. Plutôt que de courir le risque d'un malentendu, source d'escarmouches onéreuses et exténuantes, je lui expliquai donc qui était Dafna, ainsi que l'intérêt ethnographique que je lui portais.

— Et tu voudrais que j'avale ce *fairy tale* ? conclut-elle. Tu te tapes une givrée que tu présentes aux *kids*, et moi je devrais gober cette *fucking* fable ?

Mes propos élégiaques sur l'enfance la laissèrent de marbre. Elle y vit un rideau de fumée, renifla aussitôt une manœuvre. Avec délice, j'osai raccrocher au nez de cette paranoïaque polyglotte, sans plus chercher à arranger les choses. Quel progrès pour moi qui n'avais jamais su me conduire qu'avec politesse ! À la vérité, je séchais d'inquiétude. Certes, j'étais rompu à la guérilla judiciaire qu'affectionnait mon ex américaine, mais je redoutais que les autorités ne localisent trop vite Dafna.

Mon sang acheva de se glacer lorsque je l'aperçus, à califourchon sur le mur de mon jardinet, en train de barjaquer avec M. Blanc. Penché à sa fenêtre, le lascar était rubicond de concupiscence. Dafna n'avait, je le répète, en guise de tenue qu'une culotte sommaire et quelques nuages peints sur la peau. Je déboulai quatre à quatre dans le jardin.

— Voilà, vous récupérez les bijoux et les billets, dit Dafna cordialement en lui tendant un paquet, et vous ne caftez rien à Hippo. Il n'a pas trouvé ça bouffon que je vous emprunte tout ça, comme on fait dans mon île. Et puisque je suis gentille vous z'aurez plus qu'à me faire un gros bisou. Même deux si vous arrêtez de mater mes lolos, comme un Culotté que vous êtes !

— Elle se trouve où, votre île ? insista M. Blanc.

J'intervins aussitôt :

— Ma cousine ne se sent pas très bien actuellement. Quand elle ne prend pas ses anxiolytiques, elle a des idées... farfelues ! Et des manies cleptomanes.

— Pourquoi tu dis des bêtises ? C'est pas du jeu. On a dit que j'étais ta femme, pas ta cousine !

— Dafna, je t'avais bien répété de prendre les comprimés verts, pas les jaunes...

Prétextant un délire grave, consécutif à une sous-médication, j'escamotai ma Coloriée. La faire passer pour une timbrée me paraissait plus prudent. Mais, de retour chez moi, Dafna s'insurgea ; elle ne comprenait pas pourquoi j'avais soudain modifié les règles de notre partie.

— Combien de fois faudra-t-il que je te le serine ? Ce type est dangereux ! J'ai menti pour te protéger.

— OK, mais c'est super excitant le danger. Moi, j'adore ! affirma Dafna.

— Il veut du mal aux Coloriés.

— Oui, mais M. Blanc c'est un méchant que j'aime détester ! expliqua-t-elle.

— Que tu *aimes détester* ? repris-je, dérouté.

— Parce qu'on voit que ça lui fait plaisir de dire des choses vilaines. Et moi, son plaisir m'excite, alors j'ai envie d'entrer dans son jeu.

— Tu veux bien être un tout petit peu raisonnable ?

— Non, ça me barbe. J'ai bien compris qu'il est dangereux M. Blanc, mais les Culottés pleins de méchanteries comme lui, ils m'attirent.

Exaspéré, je lui détaillai les périls auxquels cet affairiste vil ne manquerait pas d'exposer les Coloriés s'il apprenait où se trouvait leur île : déstabilisation liée à un tourisme grégaire, exposition à des risques viraux majeurs, etc. Gentille, Dafna me posa bien quelques questions ; mais je devinai que le sérieux du danger ne faisait que la stimuler davantage ! Ce *méchant*-là, pervers et totalement dénué de compassion, possédait tous les attributs susceptibles de capter son intérêt. Comme la majorité des enfants, Dafna éprouvait une vive attirance pour les sorcières ricaneuses, les cannibales dénutris, les belles-mères garces et les ogres friands de bambins. Je me trouvais donc devant un casse-tête : comment protéger Dafna d'une crapule magnétique à ses yeux ? J'avais tout simplement oublié que la peur des êtres maléfiques est l'un des plaisirs préférés des gamins. Éberluée que je m'en étonne, elle me demanda :

— Pourquoi, toi tu les vires ceux qui te foutent la trouille ?

— Oui, je m'en éloigne.

— Oh, le vilain menteur ! Ton nez s'allonge !

— Qu'est-ce que tu en sais ?

— Y a qu'à voir comment tu joujoutes avec Nancy. Elle te fout les chocottes, et tu continues à jouer avec elle au lieu de la bouder. Et je suis sûre qu'il y en a plein d'autres des qui t'excitent en étant vaches avec toi. Les méchants, ils nous plaisent ! On leur carabine des gros mots mais on y tient parce qu'ils nous énervent.

Heurté par cette remarque, je pris soudain conscience du nombre incroyable de relations que j'entretenais avec des casse-pieds ou des malfaisants retors. Nancy arrivait bien sûr en tête de liste ; mais figuraient également en bonne place plusieurs membres gratinés de ma famille, deux ou trois amitiés exténuantes et... M. de Nègrepelisse, un sadique lustré de culture qui me fascinait, bien qu'il me traitât comme un cancrelat. Ce nuisible éprouvait sereinement tous les mauvais sentiments auxquels je n'avais jamais su donner libre cours : désir de faire rendre gorge, de châtier jusqu'à l'extase, jubilation de mortifier les arrogants, de persifler les poseurs, etc. Patron d'une revue austère qui donnait un peu de publicité à mes travaux, cette crapule se permettait n'importe quoi avec moi !

Dès le lendemain, j'aurais l'occasion de jouer le jeu de Nègrepelisse, à mon tour. Mais pour la soirée je résolus de filer au cinéma avec Dafna. Elle souhaitait goûter aux divertissements adultiens. César, installé à demeure, accepta de garder Lulu à la maison. Son tourettisme débridé amusait ma fille plus qu'il ne la dérangeait. On donnait dans la grande salle du Wepler, place Clichy, un film de Spielberg qui ne pouvait pas intéresser les sept ans de Lulu.

— En es-tu sûr ? s'enquit Dafna.

— Heu...

— Pourquoi tu décides toujours à la place des enfants ? C'est un petit peu abusif. Pas méchant, non, juste un peu abusif.

Par chance, Lulu confirma qu'elle préférait jouer à épouiller César et Miaou à la maison. Volontiers cruelle, ma fille avait toujours aimé écraser les insectes. Pour une fois qu'elle tenait une colonie de poux... et qu'elle avait sous la main un adulte disposé à se conduire comme *son jouet* ! Rebelle aux règles de la civilisation culottée, César possédait le talent de ne pas s'ennuyer avec les gamins. Le rôle de poupée d'une petite fille lui convenait mieux que celui d'aide-comptable ou de guichetier de la RATP, fonctions adultiennes et peu rigolotes qu'il avait occupées jadis. La rue l'avait rendu à ce rapport au temps fait d'immédiateté, d'instants additionnés, qui lui permettait de s'accorder avec Lulu.

En approchant du cinéma, je faillis rebrousser chemin. Une foule excessive serpentait devant les salles.

— Je déteste faire la queue…, lâchai-je.

— Pourquoi veux-tu la faire ? me demanda-t-elle avec étonnement.

Avant que j'aie pu réagir, Dafna m'entraîna par la main et doubla tout le monde en criant :

— Laissez-nous passer ! On est pressés et on n'aime pas faire la queue ! Mais alors pas du tout ! Merci !

Les gens, très surpris, ne réagirent même pas face à cette insolence affichée gaiement. Puis, après avoir acheté les billets, Dafna se retourna vers la multitude et lança :

— Encore merci les Culottés ! C'est beaucoup plus rigolo de ne pas faire la queue !

Contre toute attente, son toupet fut salué par les applaudissements d'une bande de copains en virée. La joie débordante de Dafna était contagieuse. Ce qu'elle accomplissait avec plaisir possédait cette grâce qui permettait de balayer les petits tracas de la vie en souriant. Près d'elle, j'échappais aux protocoles casse-pieds de la bienséance.

Le film jeta Dafna dans une exaltation intense. Pendant toute la séance (elle avait voulu s'asseoir sur les marches de la salle), elle ne cessa pas de commenter l'action à voix haute, au grand dam de nos voisins. Cette comédie de Steven Spielberg — *Arrête-moi si tu peux…* — relate la destinée d'un imposteur, mytho-mane virtuose qui accède à tous ses désirs en se coulant avec toupet dans des positions sociales avanta-geuses. La morale de cette histoire grave d'apparence légère enchanta Dafna : escroc, le jeune Fregoli finit par se faire coffrer par le FBI ; mais, tel un magicien, il sort illico de prison en acceptant de collaborer avec l'État fédéral pour lutter contre la fraude bancaire.

— Tu vois, me lança Dafna en déboulant du cinéma, chez les Culottés comme chez les Coloriés il suffit de moliérer des rôles et tout se finit bien ! Mais toi, ton rôle ici c'est quoi ?

— Je suis ethnologue, mais aussi anthropologue.

— En trop quoi ?

— Anthropologue. J'étudie les jeux des autres peuples.

— T'es vraiment en-trop-pologue, ou tu joujoutes à l'être ? Comme dans le film…

— Je le suis… pour de vrai.

— Comment t'as appris ce rôle ? Tu l'as vu à la télé ?

— Non, j'ai appris ce métier petit à petit, en mentant parfois.

— Faut mentir pour avoir un métier ?

— Surtout pour le garder. Par exemple, il est prudent de ne pas dire la vérité à son supérieur quand il fait des bêtises.

Sur ma lancée, je lui racontai les *bêtises* financières de Nègrepelisse qui, sans vergogne, avait détourné des fonds versés par la fondation Mark Twain pour financer des bourses de recherche. Cet aigrefin avait ensuite fait porter le chapeau de ses turpitudes à M. Milk, le directeur administratif de l'université, avec la complicité de sa sœur, Mme Bellini, trésorière… nommée à ce poste par lui ! Évoquer ces détails sans grand intérêt me permettait d'évacuer le trouble qui me gagnait, d'éviter qu'un silence ambigu ne s'installe entre nous. Mais soudain, je me ressaisis.

105

Je ne voulais surtout pas que l'œuvre de Spielberg puisse apparaître à Dafna comme un reflet de l'univers adultien.

— Dafna, tout ça reste une comédie !

— Oui, mais avec de vrais adultes.

— Un film n'a rien à voir avec la réalité. Mets-toi bien ça dans le crâne !

— Pourquoi tu t'agrippes à des idées aussi tristes ?

— Dans une comédie, on sauterait dans un taxi pour retourner à Montmartre, sans trop savoir comment le payer, alors que là on va rentrer à pied parce que je n'ai plus un euro sur moi. Tu saisis la différence ?

— Je te parie qu'on rentrera pas à pied.

— Je n'ai plus de fric.

— Il suffit de théâtrer un rôle...

Je la vis alors s'effondrer à la verticale sur le trottoir, au milieu de la foule. Un attroupement volubile s'agglutina. Parmi les curieux venus mater l'infortune d'autrui, un binoclard s'avança en affirmant qu'il était toubib. Six minutes plus tard nous étions embarqués à bord d'un camion de pompiers. Le corps somptueux de Dafna demeurait inerte. Inquiet, je commençais à craindre qu'il ne lui soit arrivé un accident cérébral ; quand elle se réveilla sur le brancard moelleux en me faisant un clin d'œil :

— C'est plus confortable qu'un taxi..., me souffla-t-elle. Et gratos !

Ses yeux s'écarquillèrent et elle ajouta en fixant un pompier :

— En plus il est joli mon sauveur !

106

— Merci m'dame, répondit le jeune homme gêné.

— Je te goûterais bien, pour mon quatre-heures…, poursuivit-elle avec concupiscence.

— Dafna, arrête…, murmurai-je, les dents serrées. Le monsieur est en train de travailler…

— Peut-être, mais il est joli et je le croquerais bien !

— Arrête ! tonnai-je.

Dafna obtempéra et insista pour qu'on nous raccompagne à Montmartre sans transiter par l'hôpital, en arguant que nous ne pouvions pas laisser *notre fille de sept ans* seule à la maison plus longtemps. Passer pour son mari, même l'espace d'un court instant, me grisait plus que je ne voulais bien l'admettre. Ne venais-je pas de me conduire en époux jaloux ?

— Vous comprenez, lança-t-elle à un autre pompier, Lulu ne sait pas se surveiller elle-même plus de deux heures. Elle est trouillarde, alors qu'elle est même pas dans le noir !

— Vous laissez votre gamine toute seule quand vous sortez au cinéma ? demanda le sapeur éberlué par le couple que nous formions. Ce n'est pas très prudent.

— Je vous ai bien eu ! s'exclama-t-elle soudain. J'ai pas de fille et je n'étais pas malade ! C'était une farce.

En descendant du camion rouge, nous nous fîmes abondamment insulter par les pompiers désarçonnés ; mais l'altercation n'entama pas l'humeur de Dafna qui me lança d'un air coquin :

— Alors comme ça, *les films n'ont rien à voir avec la réalité* ?

Je restai sous le choc de la leçon, stupéfait d'avoir vécu jusque-là dans un univers d'automate, sous la

107

férule d'habitudes graves, sans jamais m'autoriser le moindre jeu. Pourquoi m'étais-je refusé aux joies de la mythomanie ? Qui donc nous interdit de jouer avec candeur, non par intérêt mais pour se dérider ? Comment en sommes-nous venus à nous imposer tant d'interdits rasoir, alors que personne ne nous le demande ? Si la licence joyeuse vantée par le film m'avait titillé l'esprit, le passage à l'acte de Dafna me plongea dans un bouleversement total. En descendant de l'écran jusqu'à la rue, cette liberté prenait une tout autre séduction. Il me fallut une exceptionnelle présence d'esprit pour ne pas l'étreindre. Comme si elle m'avait deviné, Dafna s'écria alors avec spontanéité :

— Si t'en as envie, tu peux m'embrasser, exactement comme ils font dans le film !

— Je..., balbutiai-je.

— Tu te souviens plus des gestes câlins qu'ils font ? T'as pas de mémoire ?

— Si si, elle est excellente, mais...

Comment aurais-je pu lui avouer sans la blesser que j'étais ethnologue et que je luttais désespérément pour m'imposer les rigueurs de mon métier !

— Ça n'engage à rien, tu sais..., ajouta-t-elle gentiment, pour me sortir de l'embarras. C'est qu'une histoire qu'on se raconte, l'amour des filles et des garçons.

— Pas pour moi.

— Tu me flirtes bien quand t'es timide...

Prenant exemple sur le héros de Spielberg, Dafna passa la soirée à examiner des séries télévisées sur le câble. Ivre de curiosité, elle désirait faire provision de

rôles adultes à emprunter, de répliques usuelles à res-
servir, d'attitudes officielles. Dafna riait de nos codes,
repérait au passage ses propres erreurs de langage. Les
policiers pleins de tics professionnels et de refrains
gestuels la divertissaient, les rituels des avocats à la
barre l'égayaient, les médecins excédés dans les services d'urgences la captivaient. Je date de cette nuit-là
sa véritable initiation aux mœurs adultiennes. Comme
tous les enfants passionnés, Dafna apprit vite.

En zappant, elle tomba sur une chaîne d'infos :
Arnaud Mousquetaire, le magnat conquérant, s'émer-
veillait des progrès galopants de ses titres de presse.
Audacieux, cet amoureux du réel vantait les vertus du
plaisir, évoquait tel de ses collaborateurs facétieux qui
s'amusait en travaillant dur. On le sentait gourmand
d'imprévu, collectionneur de risques, raffolant des
aubaines. En parlant, il tripotait un dé dans sa main
gauche.

— Dans notre métier, avoir de la chance est une
qualité primordiale ! lâcha Mousquetaire. D'ailleurs
notre personnel gagne plus souvent au Loto que la
moyenne nationale.

— Comment font-ils ? demanda l'interviewer.

— Ils jouent plus souvent !

— C'est qui ce Culotté sexy ? murmura Dafna,
séduite par le garnement milliardaire, sorte d'adulte
adepte de l'amusement industriel.

— Un chef indien. Il possède des tas de trucs et
plein de journaux... celui-là, par exemple.

Je lui indiquai un *Photo-Match* fripé qu'elle saisit
aussitôt.

— C'est lui qui invente toutes les histoires qui sont dedans ? me demanda Dafna en imitant à la perfection le timbre d'Arnaud Mousquetaire.

— Non, il possède le journal. Regarde à la fin, tu trouveras les noms de ceux qui le dirigent... Là, dans l'ours.

— Où y a un ours ?

— Non, l'ours, c'est la liste des chefs et des rédacteurs. Voilà... Alain Tintin, c'est le directeur de la rédaction, le caïd de la bande...

— Le rôle qu'ils jouent, c'est quoi ?

— On dit journaliste.

— Nous on dit blagueur. Moi j'suis la blagueuse en chef du journal des Coloriés. C'est moi qu'invente les meilleures histoires...

— Blagueur ou pas, à côté de Tintin, il y a un directeur adjoint, Olivier Loyal...

— Ils m'obéissent si je les appelle ? me lança-t-elle en reproduisant les intonations de Mousquetaire.

— Dafna, ne joue pas à ça ! Ne te fais pas passer pour lui.

— Pourquoi j'aurais pas le droit de zouaver avec eux ? C'est pas juste...

— Parce que...

Elle ne me laissa pas le temps de répondre et murmura :

— Chut ! C'est l'heure de la fée...

— La fée ? répétai-je, ébahi.

— Celle qui se fait obéir par le soleil.

Une jeune présentatrice de la météo télévisée se mit à pétuler dans le poste, en nous offrant sa bonne humeur et son sourire en gerbe. Dafna contemplait la pin-up avec déférence, tandis que cette dernière *décrétait* sans hésiter le temps du lendemain : *Le soleil brillera sur le pourtour méditerranéen, des ondées feront de brefs passages sur l'ouest du pays...*

— Dieu, me chuchota Dafna, il peut pas grand-chose pour stopper les guerres, tandis que la fée ordonne ce qu'elle veut au vent, à la pluie, aux orages...

— Dafna, la fille de la météo n'a pas de pouvoirs spéciaux. C'est une salariée qui se contente de prévoir le temps du lendemain.

— Pourquoi tu comprends tout à l'envers ? Il faut vraiment t'expliquer les trucs... Chut ! La fée, elle a pas encore fini sa féerie.

Dafna naviguait dans un monde étrange, à la fois magique et déconcertant. Sa logique enfantine était très éloignée de la nôtre. Dans son esprit, la demoiselle de la météo commandait aux éléments, les billetteries bancaires automatiques étaient des machines à sous obéissantes et les robes de mariées se trouvaient dotées de pouvoirs surnaturels. Les filles qui en portaient sur les parvis des églises n'avaient-elles pas l'air d'amantes victorieuses ? Dafna n'en doutait pas : le tulle du voile nuptial possédait des vertus particulières qui embellissaient les femmes. Mais au fond, avait-elle tort ? Pourquoi les adultes sont-ils si sûrs de leurs raisonnements ternes ?

Quand la fée eut terminé d'ordonner au soleil de faire son boulot, Dafna s'approcha de moi et me harcela jusqu'à ce que je lui dégote dans mes antiques cassettes vidéo un succès d'Alan J. Pakula : *Les Hommes du président*. Quatre fois oscarisé, ce film trépidant est tiré du livre signé par les reporters du *Washington Post*, Carl Bernstein et Bob Woodward, à l'origine du scandale du Watergate. Dafna voulait voir comment se comportent les adultes qui *jouaillent* au journaliste, leurs leitmotive gestuels, ce qu'ils grignotent, leurs postures corporelles et autres manies professionnelles. Au bout de sept aller et retour sur les mêmes scènes, examinées en détail par ma Coloriée, je déclarai forfait et partis me coucher. Dafna, elle, resta toute la nuit en tête à tête avec Robert Redford et Dustin Hoffman survoltés.

À quatre heures du matin, Dafna me réveilla, également surexcitée, en tenue sommaire. Son éclat en apothéose, avec un joli balconnet en supplément, me figea de désir ; mais je m'attachai à éteindre mes élans, à me persuader de mon éthique professionnelle. J'étais là pour la science... Mon sacerdoce restait l'ethnologie, noble cause qui valait bien d'écrabouiller mes sentiments naissants et mes appétits.

— C'est ce métier culotté auquel je veux jouailler, clama-t-elle. Un journaliste, ça a le droit de poser toutes les questions qu'il veut ! À tout le monde ! Il suffit de sonner à la porte des gens en disant *Carl Bernstein, du* Washington Post, *vous n'êtes pas obligé de me parler mais j'écrirai mon article de toute façon*... Et ça fonctionne ! Ils répondent, les Culottés. Et ensuite, on peut dire la vérité ! Provoquer une épidémie de vérité !

— Dafna, tu as vu l'heure qu'il est ? Je bosse demain...

112

— Moi aussi, chez eux ! tonna-t-elle en brandissant un exemplaire de *Photo-Match*.

— Qu'est-ce que tu racontes ? Ça ne marche pas comme ça... Laisse-moi roupiller. Et puis, pour être journaliste, il faut savoir écrire...

En me réveillant, j'entendis des voix. Au fond du jardin, César exploitait le potentiel vivrier de mes plates-bandes en chantant, tandis que Lulu et Dafna, dans la pièce d'à côté, se trouvaient pendues au téléphone. Leur timbre me parut guilleret.

— Dis pas que c'est toi, ça va pas marcher, conseillait Lulu.

— Je ne vais pas dire *Allô, c'est ma cousine on voudrait dire la vérité en France*. Dans le film, ils y vont à l'astuce. Laisse-moi faire...

Quelques secondes s'écoulèrent. Je m'aperçus alors que Dafna avait arraché l'ours du *Photo-Match* qui gisait près de mon lit ! Au même instant, la voix forte de Dafna parvint jusqu'à moi :

— Allô, ici Dafna Bernstein, du *Washington Post*. Pourrais-je parler à Alain Tintin ?... Ah, il est en vacances... au Tibet. Injoignable ? Jusqu'à quand ?... M. Loyal le remplace... Olivier Loyal. Bien, je vous remercie.

— Merde..., commenta Lulu.

— Non, il suffit de chanciser la situation ! s'exclama Dafna. Heureusement que j'suis astucienne !

Je me précipitai sur la porte de la chambre de Lulu, bien entendu close. Inquiet, je la secouai en haussant le ton :

113

— Arrêtez ces farces téléphoniques ! Dafna, on va finir par te repérer, avec tes conneries.

— Allô ? reprit-elle derrière la porte en imitant la voix de Mousquetaire, ici Arnaud. Passez-moi Olivier Loyal...

— Dafna, ne fais pas ça ! Il y a des limites à ne pas dépasser !

— Olivier ? poursuivit-elle en se faisant toujours passer pour le propriétaire du magazine, c'est Arnaud. Pendant deux semaines, Tintin sera remplacé par Dafna Bernstein, du *Washington Post*, elle arrivera ce matin... votre job ? Mais je compte sur vous pour l'épauler ! Soyez gentil avec elle, merci.

Elle raccrocha. Lulu pétillait de joie en hurlant :

— On va dire la vérité ! Toute la vérité !

Je tambourinai en malmenant la poignée :

— Maintenant ça suffit les filles, débloquez cette serrure !

Lorsque la porte s'ouvrit, je vis Dafna qui s'enfuyait par la fenêtre en trottinant sur son fil au-dessus du vide. Je la conjurai de revenir, de ne pas se signaler par de nouvelles facéties. Elle pivota, me sourit comme pour dire *Aie confiance* et s'évanouit dans Paris. Brusquement, sa vivacité me manqua. Jaloux, j'eus soudain peur qu'elle ne se jette au cou du premier pompier venu. Dafna était si friande de garçons ! Cette fille m'étourdissait. En elle s'enchâssaient trop de séductions, se déployaient des grâces excessives. Résister devenait tuant. Continuer à faire refluer mon amour me parut soudain hors de portée. Je voulais l'aimer à voix haute, me l'annexer, me couler dans son sillage. Au diable l'ethnologie !

— Papa, grogna Lulu, pourquoi tu veux toujours secourir les autres ?

— Tu crois qu'elle reviendra ?

— Mais oui, elle m'a dit qu'elle te rejoignait au resto avec celui qui l'attire, le méchant.

— Nègrepelisse ?

# 5

À déjeuner, nous avions rendez-vous au Petit Riche, un restaurant où Nègrepelisse avait ses habitudes. C'est là que cette canaille stylée accablait ses relations professionnelles de son humour et de son mépris. Représenté sur une tapisserie aux côtés de Charlemagne, Nègrepelisse n'aurait pas fait tache, tant il appartenait à un autre siècle par ses manières et son aspect gothique. Cet universitaire hautain n'avait jamais songé à chipoter les convictions de ses contemporains ; dès qu'il le pouvait, il cajolait les prépondérants. Carriériste, l'animal avait senti très tôt que la moindre vertu pouvait le ralentir sur le chemin des honneurs ; aussi avait-il la prudence de ne s'en permettre aucune. Vous parlait-il ? Nègrepelisse ne s'usait pas le cristallin à vous fixer. Le regard biaiseux, il vous disséquait en un instant. Bref, sa perversité et sa perfidie étaient assez prononcées pour qu'il intéressât Dafna. La peinture que je lui en avais faite l'avait déjà excitée.

J'étais donc sûr de la voir rappliquer. Jaloux, j'attendais Dafna sur le trottoir, histoire de l'intercepter loin des yeux de Nègrepelisse. J'ajustai mes lunettes et la vis surgir du métro. Bousculant avec exaltation les gens, elle s'amusait à remonter à l'envers un escalier mécanique ! Puis elle déboula en trottinant sur le bord du trottoir. Dafna s'était déguisée à la garçonne, très *seventies*, à la manière de Dustin Hoffman dans le film de Pakula. Ainsi accoutrée, elle était irrésistible.

— Alors, ça s'est passé comment ?

— Quoi ?

— À *Photo-Match*.

— Ben... super, comme dans le film. J'ai traversé la salle de rédaction, en marchant aussi vite que Carl Bernstein, j'ai été m'installer dans le bureau du chef. J'ai fait enlever le nom de Tintin sur la porte. Ils ont fixé le mien et j'ai dit que j'étais du *Washington Post*. Du coup, ils ont répondu à toutes mes questions. Olivier Loyal était très gentil, mais il n'a pas de caramels rouges dans son bureau.

— Et ils t'ont crue ?!

— Ils avaient le choix ? Et pis je leur ai dit : on va écrire LA VÉRITÉ !

— Mais... Mais comment tu fais pour écrire ? Les rébus, ce n'est pas le genre de ce magazine !

— Je dicte à César au téléphone, et il me faxe les mots dans l'ordre !

— Malin...

— J'suis astucienne...

— Et... comment dire ? Il n'y a pas trop de jolis garçons, à *Match* ?

— Si, Olivier Loyal. Mais il est tellement fidèle à sa femme que c'est exagéré...

— Comment le sais-tu ? répliquai-je, piqué au vif.

— Je l'ai testé... Il est résistant. Et pis j'ai tout bien fait comme tu m'as dit : je me suis assise que sur des chaises.

L'attention de Dafna fut alors captée par une mère colérique qui flanquait une fessée à sa gamine sur le trottoir. Sans s'alarmer, Dafna fonça sur la dame en pétard et lui colla une claque en ajoutant :

— Ça fait mal, hein, de recevoir des tartes ? Alors faut pas en donner aux petits anges, compris ? C'est injuste.

Tout s'était passé si vite que je n'avais pas eu le temps de m'interposer. Dafna revint tranquillement vers moi, laissant la maman d'abord éberluée, puis vindicative :

— Mais ça va pas la tête ! Vous êtes malade !

— Allez Hippo, on rentre, j'ai la dalle. À *Photo-Match*, ils offrent même pas de casse-croûte à dix heures ! Rien, pas un verre de lait, pas un milk-shake !

Je lui emboîtai le pas.

Nègrepelisse s'impatientait à sa table. Sa trogne de gargouille — qui lui donnait un air de parenté avec le peuple hideux des gouttières de Notre-Dame — s'empourpra lorsqu'il nous entendit. Sans se lever, ni même nous saluer, il lança tout de go à Dafna en désignant une chaise :

— Asseyez-vous mon enfant et n'ayez pas peur. Je suis aimable avec les êtres insignifiants...

— Il paraît que vous allez me plaire, j'adore les salauds ! répliqua Dafna. Mais pour la chaise, c'était pas la peine de me l'indiquer. Je le sais qu'ici il ne faut pas s'asseoir par terre !

La fripouille délicate s'obligea à sourire et reprit avec une douceur cauteleuse :

— Salaud... C'est le genre de qualificatif qu'on me prête au premier abord. Mais vous verrez... quand vous me connaîtrez mieux, d'autres termes vous paraîtront plus pertinents : ordure impeccable, pervers polymorphe...

Tout en le dévisageant, Dafna dit alors avec inquiétude :

— Mais il est tout ridé, et il a presque plus de cheveux... Vous allez mourir bientôt ?

— Non, ce n'est pas mon intention, fit Nègrepelisse d'un air pincé. Je me suis laissé dire que la perfidie conserve...

— Tant pis, parce qu'Hippo, lui, il en aurait profité pour vous piquer vot'place, après l'enterrement. Ça lui aurait fait rudement plaisir.

— Voyez-vous ça...

— Eh oui, qui va à la chasse perd sa place.

Nègrepelisse prit ces traits hardis pour de la fausse naïveté, sans imaginer un instant que Dafna pût être naturelle. Toute trace de spontanéité l'avait quitté depuis si longtemps ! Agacé autant qu'intrigué, il poursuivit en s'adressant de manière insultante au garçon qui notait la commande :

— Mon petit, redressez-vous, ça vous donnera l'air moins nigaud !

— Nigaud toi-même ! reprit Dafna.

Effaré, Nègrepelisse eut le sang-froid de poursuivre :

119

— Ces deux jeunes gens prendront comme moi : une entrecôte bleue accompagnée d'une salade verte.

— Non, dis-je en lui coupant la parole. Je voudrais un confit de canard bien grillé avec des pommes sarladaises. Vous les préparez bien à la graisse d'oie ?

— Oui, monsieur.

Nègrepelisse blêmit. Il n'en croyait pas ses oreilles : j'avais osé contester son autorité ! Sa physionomie granitique de gisant se figea plus encore. S'il avait eu un monocle, il l'aurait perdu. La présence de Dafna me donnait des ailes.

— Et moi j'ai envie de deux îles flottantes, postillonna-t-elle, d'une part de gâteau au chocolat, d'un citron givré et plein de lichettes de tarte au caramel ! Et à la place du pain, j'veux bien des mouillettes beurrées.

— Vous commencerez par la fin, mademoiselle ? demanda le serveur, surpris.

— Non, je suis une dame, une vraie dame parce que je suis la femme d'Hippo même si j'aime beaucoup les autres garçons, alors on dit madame. Et pis je commencerai pas par la fin de mon plaisir mais par le début. Même que j'veux tout à la fois. Mais j'ai tout mon temps !

— Pas moi, rétorqua Nègrepelisse, soufflé.

— Y a aussi un autre plaisir qui me tente, confia Dafna au serveur. C'est d'aller aux toilettes. J'ai envie de faire caca.

— Caca…, a répété l'homme estomaqué, comme si l'univers venait de s'arrêter. Au fond à droite, c'est indiqué.

Dafna s'éclipsa.

Nègrepelisse demeura muet et pensif jusqu'à son retour. C'était la première fois en trois ans que je refusais de mastiquer son entrecôte bleue écœurante. Fasciné par l'aplomb de mon supérieur, j'avais contracté l'habitude de me soumettre à ses caprices. Mon endurance m'avait servi de courage. Nègrepelisse avait toujours jubilé d'exercer sa tyrannie d'autocrate universitaire. Comme tous les vaniteux titrés, il ne voyait dans le pouvoir que la possibilité d'en abuser. Enfin je disais non avec netteté, sans me dandiner dans de vaines justifications !

— Eh bien, reprit-il sur un ton doucereux, mes enfants vous avez bien raison de vous faire plaisir. Dans notre société instable, pleine de périls et d'inattendu, le bonheur est un trop gros morceau. Cultivons les satisfactions immédiates ! C'est vrai, comment supporter l'incertitude qui nous guette, en ces temps de mondialisation où chacun ne parle plus que d'adaptation ? C'est terrible, vous ne trouvez pas, cette précarité qui rôde ? Dans nos amours, notre métier...

— Non, répondit Dafna en se curant ostensiblement le nez.

— Pardon ?

— J'adore l'incertitude, sinon y a plus de jeu, dit-elle en avalant sa morve séchée.

— Que voulez-vous dire ? s'enquit Nègrepelisse dégoûté.

— C'est pas du jeu si y a plus de risque.

— Oui, mais que faites-vous des catastrophes ? lança le fonctionnaire. Il faut bien se prémunir, se garantir...

— Non. Je préfère jouailler avec les risques. Et pis moi, ça m'excite les catastrophes. Pas vous ? C'est joli une éruption, un cyclone énorme, les moments où la vérité explose. En fait, c'est les menteries qui sont embêtantes...

— Eh bien madame, articula Nègrepelisse en affectant un air contrit, je suis ravi de vous voir dans cet état d'esprit ; car je me trouve hélas chargé d'une vérité désagréable qui frappe votre époux...

Inquiet, je pâlis, tandis que Dafna souriait de plus en plus. Toute complication supplémentaire augmentait à ses yeux l'intérêt de la partie en cours. Dans notre univers adulte où chacun aspire à maîtriser le destin, à stagner dans un risque zéro, ma Coloriée montrait une appétence inverse. Le futur n'était attrayant pour Dafna que s'il était riche de fiascos qui relancent les dés, de surprises qui sont autant de chances.

Certain de m'alarmer davantage — ce qui l'excitait —, Nègrepelisse se tut un instant et finit par lâcher avec une volupté non dissimulée :

— Je ne suis malheureusement plus en mesure de vous proposer la bourse de recherche qui vous était allouée. La fondation Mark Twain s'est montrée moins généreuse cette année, voyez-vous. Et comme une sommité de votre talent ne saurait se contenter d'un poste inférieur à son mérite...

— ... vous me virez, conclus-je.

— Je n'ai plus la possibilité de poursuivre notre collaboration, pour être plus exact.

Enthousiaste, Dafna ne put se retenir d'applaudir. Elle avait l'échec triomphant, la déception sifflotante. Puis, comblée par ce coup du sort, elle fit une bise à Nègrepelisse, sidéré, et me déclara :

— Maintenant que t'as un vrai problème, tu vas devenir mon super héros hyper sexy ! Sinon, t'aurais pas eu la chance d'être courageux... T'as plus qu'à écrire en rébus l'histoire des Coloriés !

La réaction exaltée de Dafna parut indisposer mon persécuteur ; elle lui volait un peu du bonheur de m'accabler.

— En rébus..., fit-il, étonné. Mais quel est ce pays... colorié ?

— L'Enfance, répondit Dafna en trempant l'une de ses mouillettes dans le café qui passait fortuitement sur le plateau d'un serveur.

— Vous dites ?

— Les Coloriés sont *d'Enfance* comme les Français sont de France. Incroyable, non ? ajouta-t-elle en trempant à nouveau sa mouillette dans un breuvage qui circulait à sa portée sur un plateau.

À son tour, Nègrepelisse se mit à sourire ; puis, interloqué par le sérieux de Dafna, il partit dans un fou rire.

— Cher ami et collègue, reprit-il en se ressaisissant, si vous me permettez un modeste conseil : contentez-vous d'être dans la gadoue, sans y plonger jusqu'au cou... Le *pays* auquel votre épouse fait allusion me paraît d'un intérêt ethnologique des plus contestables...

—Vous êtes pas cap de me croire ? lança Dafna, déçue.

— Non, madame, même en plaisantant.

— Eh bien lui, il est cap ! s'exclama-t-elle en me désignant.

— Mon petit, vous devriez consulter !

—Tout cela est pourtant vrai, dis-je avec aplomb. Le pays de l'Enfance existe bien.

Nègrepelisse repartit dans un fou rire hystérique. Mon flegme persistant ne faisait qu'augmenter son hilarité. Puis, constatant que je ne me déridais pas, il commença à s'interroger sur ma santé mentale. Sans doute mit-il sur le compte du choc brutal de mon licenciement mes allégations *absurdes*.

—Voyons, mon vieux, l'enfance est un âge, pas une culture, encore moins une cause... Reprenez-vous !

— Ferme ta boîte à camembert, sinon la cause elle va te montrer qu'elle sait batailler ! répliqua sèchement Dafna.

— Madame, pourriez-vous arrêter une seconde de faire l'enfant ? Votre manège finit par être déplacé...

— Et encore, ça ne fait que commencer !

— Cessez au moins de tripoter les verres ! Et mangez convenablement ! Vos manières sont... insupportables !

Dafna lui envoya brusquement une pichenette sur le bout du nez et lança comme on ressasse une comptine :

— C'est celui qui le dit qui l'y est !

Grâce à Dafna, je redécouvris soudain le plaisir puéril d'horripiler un adulte lorsqu'il déraille. Depuis des lustres, j'avais oublié combien il est délicieux de *faire chier* quelqu'un qui nie ce que l'on est en vérité, de le pousser à sortir de ses gonds. Pendant des années, j'avais biaisé poliment, pour éviter les collisions frontales qui, au fond, sont jubilatoires. Quel délice d'emmerder au maximum les voyous relationnels ! De s'aventurer dans la déraison, d'être enfin d'une totale mauvaise foi avec les malfaisants !

— Ou vous vous calmez, ou je vous colle une fessée déculottée ! finit par hurler Nègrepelisse.

Deux douzaines de têtes se retournèrent dans le restaurant. Tout le monde s'immobilisa. Le tintamarre des couverts et des verres entrechoqués s'arrêta. Chacun se demandait pourquoi cet homme policé, équipé d'une rosette au revers de son veston, menaçait une jeune femme de fessée... déculottée de surcroît ! Mal à l'aise, Nègrepelisse s'obligea à sourire et adopta la contenance d'un prélat de cour qui vient de risquer une plaisanterie oiseuse.

— Amusant, votre petit jeu à tous les deux... Vous êtes une comédienne hors pair. Je m'y suis laissé prendre ! Pour un peu, j'aurais pris votre numéro au sérieux ! Le pays de l'Enfance... ironisa-t-il. Pourquoi pas le pays des Joujoux ! Ah, ah ah...

— T'es même pas drôle, conclut Dafna. Je préfère pique-niquer avec César qu'avec toi.

— Qui est ce César ? L'auteur de *La Guerre des Gaules* ? Vous relisez les classiques en pique-niquant ?

— Non, un clochard, dis-je avec simplicité, qui loge désormais dans mon salon.

— Un SDF ? articula-t-il avec stupeur. Un vrai de vrai, pouilleux, avec un litron ?

— Oui.

Nègrepelisse se trémoussa nerveusement puis se désarticula et éclata une nouvelle fois de rire. Dans son esprit borné d'adulte indécrottable, nos propos tenaient de la fable. La plupart des grandes personnes ignorent que l'incroyable est une option et que seules les histoires qui n'auraient jamais dû arriver valent le coup d'être vécues. Dafna détenait les clefs de l'imprévu. Je me sentais invulnérable à ses côtés, doté d'un extraordinaire pouvoir de résurrection, prêt à enfourcher toutes les opportunités. Sans doute est-ce cela l'amour, une confiance soudaine dans la vie, une envie joyeuse d'accueillir le sort. Alors se produisit un incident qui me déconcerta. Dafna se pencha vers un couple qui déjeunait silencieusement derrière nous. Choquée, elle s'adressa au monsieur de façon inattendue :

— Dites, vous êtes mariés ?

— Oui.

— Eh bien ça se voit ! Vous pourriez pas causer à vot'femme ?

— Nous sommes mariés... mais pas ensemble.

— Ah... Alors c'est plus grave. Elle s'embête déjà avec vous, ça se remarque rien qu'à sa tête.

— Qu'est-ce qu'elle a sa tête ?

— C'est celle d'une fille qui se remboursera bientôt sur un matelas avec un plus drôle que vous. Alors dites-y des mots doux, des farces. Bon après-midi !

L'homme, engoncé dans son excès de poids, resta médusé et sans voix. Il paraissait hésiter entre le mutisme et l'injure fulgurante en guise de riposte ; mais l'absence d'animosité de Dafna ne lui facilitait pas les choses. Elle s'était confiée à lui sur le ton du conseil le plus compassionnel. Difficile dans ces conditions de l'agresser !

—Vous vous mêlez toujours de ce qui ne vous regarde pas ? lui glissa Nègrepelisse, ironique.

— Oui, fit-elle. Je suis journaliste...

Avec naturel, Dafna reprit subitement les rênes de notre conversation et tendit la main à Nègrepelisse. Elle avait décidé de moucher ce lascar qui déniait aux enfants une culture propre.

— Je ne me suis pas présentée... Dafna Bernstein, blagu... journaliste au *Washington Post*. Je viens de prendre la direction de *Photo-Match* en remplacement de M. Tintin.

Troublé par l'aplomb de Dafna, Nègrepelisse accepta de lui serrer la pogne. Elle poursuivit alors sur un ton très professionnel, en adoptant la gestuelle à la fois précise et fébrile de Dustin Hoffman dans le film de Pakula. Je la vis sortir un calepin gribouillé de pseudo-notes rupestres ainsi qu'un stylo surmonté d'une gomme à l'effigie de Mickey.

— Nous effectuons en ce moment une enquête sur la corruption en France. Accepteriez-vous de confirmer certaines de nos informations non encore recoupées ?

— Écoutez, je n'ai pas été averti..., balbutia la crapule bien élevée.

— Peut-être préférez-vous que je dessine mon article sur vos... *pratiques*, sans tenir compte de vos objections ?

— Ce n'est pas ce que je voulais dire...

— D'après certaines sources, vous auriez prélevé plusieurs sommes sur les fonds provenant de la fondation Mark Twain : 2 865 euros pour l'acquisition de costumes, 4 500 euros pour l'achat de sept billets d'avion. Vos vacances familiales à Bali, je suppose... Vous avez des commentaires à déclarer, Votre Honneur ?

— Ces montants sont farfelus ! s'insurgea-t-il.

— Et une confirmation ! Je bluffais sur les sommes, mais je note que vous n'avez pas contesté la véracité de ces détournements.

— Je ne vous ferai aucune déclaration.

— Pourriez-vous m'éclairer sur certaines informations concernant l'une de vos employées, Mme Bellini, que vous avez nommée trésorière, si je ne me trompe. Ne serait-elle pas née Nègrepelisse et, par le plus grand des hasards, ne s'agirait-il pas de votre grande sœur, petit cachottier ?

— Vous avez décidément réponse à tout...

— Si c'était vrai, monsieur, je ne serais pas là.

— Je n'ai rien contre vous en particulier, madame, mais je n'ai tout bonnement rien à dire à *Photo-Match*.

— Lors de l'inculpation de M. Milk, le directeur général de l'université, votre sœur a pourtant déclaré que votre signature figure...

— Qu'est-ce qu'elle a déclaré ? !

— Je me demandais si M. Milk n'était pas en train de porter le chapeau à votre place... Qu'est-ce que vous en tartinez ? On parle de détournements qui portent sur des montants si différents, et j'ai horreur de l'inexactitude. Allez, videz votre sac, je ne noterai rien sur mon calepin. Pas un rébus !

— Ça vous fera du bien, mon garçon…, ajoutai-je, ravi de le moucher.

Il y eut un silence. Je jubilais de prendre avec Dafna de telles libertés, de m'amuser enfin avec les règles cruelles des jeux de grandes personnes. Nègrepelisse soupira et susurra en nous regardant tous les deux :

— Bon… que voulez-vous ?

— Ne pourrait-on pas imaginer, suggéra Dafna, que vous remboursiez les sommes volées à la fondation Mark Twain et qu'il y ait tout à coup assez de sous dans le cochon pour que le contrat d'Hippo soit redessiné ?

— Reconduit, rectifiai-je.

— On éviterait ainsi un Watergate à l'université, conclut Dafna.

— Amusant, votre petit jeu à tous les deux… Bon, c'est d'accord, et tout le monde reste bien élevé. Donnant donnant. Quel sera votre sujet d'étude, mon petit Hippolyte ?

— Les Coloriés ! répondit Dafna à ma place.

— Vous tenez à ces sornettes ?

— C'est vilain de dire que c'est des sornettes le pays des enfants… s'indigna Dafna. Oui, vilain. Alors c'est vous qu'allez payer la note du resto !

Pressée, Dafna gagna la sortie au plus vite en escaladant les chaises libres ; puis elle demanda aux clients

129

du restaurant s'il se trouvait une âme charitable pour nous raccompagner gratuitement chez nous :

— Il pleut et on n'a pas envie de prendre le métro. Et pis nos sous on veut pas les donner à un taxi !

Les gens restèrent de marbre, effarés par le sans-gêne désarmant de cette jeune femme. Dafna s'accordait la licence de convertir ses moindres envies en actes ! Personne n'avait jamais vu une cliente se conduire ainsi (avec un culot aussi aimable).

— Dafna, murmurai-je pivoine, chez les adultes ça ne se fait pas...

— Pardon, lança-t-elle alors à la cantonade. J'suis pas malpolie, personne ne m'a élevée ! Salut !

Dans la rue, Dafna esquissa quelques pas de claquettes sur le trottoir. Elle était heureuse de m'avoir aidé tout en s'amusant. Son corps le disait en échappant aux contraintes de la pesanteur, en bondissant. J'étais à deux doigts d'entrer dans sa danse, de lui déballer mes sentiments. Alors que ses talons crépitaient sur les pavés, elle renversa une poubelle et, spontanément, se mit à fouiller dedans, à la recherche d'emballages nouveaux. L'instant magique, propice à une déclaration fébrile, venait de se dissiper. Je la retins, arguant de la saleté des détritus et de leur côté... intime :

— C'est vrai que les poubelles des gens, ça raconte leur vie.

Dafna me dévisagea et s'écria soudain :

— Mais tu as raison ! Il y a de quoi faire une super blague !

# 6

Le jeudi suivant, *Photo-Match* titrait : *Ce que révèlent les poubelles des hommes politiques.* Grâce à cette « blague », le tirage augmenta de 40 %. Sept scandales se trouvaient dénoncés par les déchets bavards de nos élus : factures d'hôtels mirifiques réglées en petites coupures, bordereaux de virements illégaux, mégots à la marijuana, fragments de cocaïne. Pas tricheuse pour un sou, Dafna avait bataillé pour qu'aucune pièce ne fût soustraite des collectes. Le samedi même, Arnaud Mousquetaire découvrait l'imposture de Dafna en téléphonant à Olivier Loyal, directeur adjoint de la rédaction. Il le félicita de l'impact de cette enquête inopinée, reprise en écho par toutes les radios et chaînes de télévision.

— L'idée n'est pas de moi, précisa M. Loyal.

— De qui est-elle ?

— De votre protégée. Celle qui veut *qu'on écrive la vérité* !

— Qui ? s'étonna Arnaud Mousquetaire.

— Dafna Bernstein, du *Washington Post.* Elle répète

ça à tout le monde dès qu'on ne lui répond pas ! Cent fois par jour !

— Je ne connais pas cette Bernstein. Elle est de la famille de Carl Bernstein ?

— Qui ?

— Le journaliste du *Post*, celui du Watergate.

— Écoutez, répondit Olivier Loyal, je ne la connais ni d'Ève ni d'Adam. C'est vous qui me l'avez imposée ! Par téléphone !

— Moi ? Je ne vous ai pas parlé depuis un mois !

— Mais alors... qui est cette fille ?

Paniqué, Arnaud Mousquetaire débarqua au siège de *Photo-Match* et fit irruption dans le bureau d'Alain Tintin, encore retiré sur les hauts plateaux du Tibet. Dafna s'y trouvait, assise sur le bureau et déguisée cette fois en Robert Redford (tel qu'il se trouve attifé dans le film qui lui tenait toujours lieu de référence). Elle redoutait toujours de se faire pincer par la police qui la traquait depuis le chahut de la place Clichy. Sur son mur étaient affichés une série d'articles rédigés en rébus !

— Qui êtes-vous ? lui lança Mousquetaire, glacial.

— J'attendais que vous me donniez un coup de fil pour qu'on s'explique devant un bon goûter, répondit Dafna en se tournant vers lui.

— Un goûter... vous usurpez la place de directeur de la rédaction et vous souhaitez... un pain au chocolat !

— Faut pas me disputer, même si j'suis assise sur le bureau. Vous m'en devez au moins deux, avec double barre de chocolat, parce qu'avec ma blague les ventes ont augmenté de 40 % ! répondit-elle en contrefaisant la voix de Mousquetaire.

— Double barre de chocolat…, répéta l'imité, ou plutôt le photocopié, tant l'imitation était impeccable.

— Elle s'est fait passer pour vous au téléphone, commenta M. Loyal, également bluffé.

— Pourquoi vous me grondez ? s'étonna Dafna. Le tirage s'énormise et vous, vous voulez me punir… tout ça parce que j'ai joué à la journaliste renifleuse de vérité plutôt qu'à la dînette ! C'est pas juste ! En plus j'me suis super amusée en vous filoutant, sans embêter personne !

— J'ai l'impression d'être dans la dernière comédie de Spielberg… soupira Arnaud Mousquetaire. Vous savez, avec Di Caprio…

— … et moi dans *Les Hommes du président*, rétorqua Dafna, sauf que le journal de Bernstein et Woodword est bien plus joli que le vôtre. Je les ai bien imités, non ? Vous pourriez au moins me tartiner des compliments ! Merde à la fin !

Chacun resta muet un instant.

— Mais vous êtes qui ? articula lentement Mousquetaire.

— J'suis pas une Culottée. Je suis Dafna qu'a envie de faire la journaliste ! Et vous tous, vous ne jouez pas suffisamment bien votre métier : vous vous amusez pas assez à titiller la vérité ! Le Président est à l'hôpital depuis hier et y en a pas un ici qui a été assez pirate pour chiper son *bilan postopératoire*. On dit comme ça dans la série *Urgences*, non ?

Sur sa lancée, Dafna décrocha le téléphone, se mit à quatre pattes (toujours sur le bureau) et composa un numéro. Elle semblait ne pas avoir conscience que ce qu'elle s'apprêtait à oser *ne se fait pas*. Les farces téléphoniques impliquant le chef de l'État sont a priori exclues des conduites régulières dans notre univers adulte.

— Allô, l'hôpital du Val-de-Grâce ? Oui, je suis la petite-fille du commandant de Vérac, médecin militaire et camarade de captivité du Président pendant la guerre d'Algérie. Pourriez-vous lui passer le chirurgien qui a opéré... heu, le Président.

Bouchant à peine l'appareil, Dafna fit soudain semblant de calmer, en aparté, un grand-père imaginaire et sourd :

— Une seconde, papy ! On va te passer le médecin qui s'occupe de ton ami... Ils le cherchent.

Reprenant le téléphone, elle poursuivit avec aisance :

— Excusez-moi, docteur, mon grand-père est un peu dur d'oreille. Une séquelle de sa détention avec le Président dans le Djebel. Vous savez, ils ont beaucoup souffert en 1959. Peut-être pourrais-je lui transmettre le bilan de l'opération... (*En aparté :*) Une seconde, papy, on me téléphonarabe quelque chose !

— Arrêtez cette comédie, lâcha Mousquetaire, mal à l'aise devant tant de mensonges. Le Président n'a jamais été prisonnier en Algérie !

— Chut ! Laissez-la faire..., murmura Loyal, sidéré.

Deux minutes plus tard, en polissonnant avec tact et culot, Dafna s'était glissée à travers tous les filtres de confidentialité de la machine élyséenne. Elle détenait les résultats complets de l'opération subie par le Président : sa courbe de température, son taux d'albumine, l'état précis de ses artères, etc. Son extravagant coup de bluff avait réussi parce qu'il était insoupçonnable. Trop énorme ! Arnaud Mousquetaire resta médusé. Olivier Loyal toussa, ajusta ses lunettes et prit la parole en fixant son patron : .

— Il me semble que si nous avons été bernés, d'autres pourraient l'être, pour le plus grand profit de notre magazine. Qu'en pensez-vous, monsieur ?

— Notre groupe aime les *blagueurs* de talent, conclut Mousquetaire en laissant tomber son sourire légendaire sur Dafna.

— On se fait un goûter ? demanda-t-elle ravie, en bondissant sur le sol.

— Je vous offre trois **pains au** chocolat, avec double barre ! lança le jeune patron.

— Oui, mais après ma sieste. Il faut que je fasse dodo, maintenant... Ou alors tu viens faire la sieste avec moi... t'as pas un hamac ?

— Pardon ?

— Je te trouve très mignon, précisa Dafna avec simplicité. À croquer tout de suite !

Arnaud Mousquetaire eut alors un sourire crispé. La présence de ses collaborateurs ajoutait à sa gêne. Il se racla la gorge et, avec courtoisie, déclina la proposition. C'est ainsi que Dafna fut engagée à *Photo-Match* à l'issue d'une sieste de deux heures en solo. Conscient que cet oiseau qui s'asseyait sur les tables ne s'assujettirait jamais aux lois de la vie adulte,

Mousquetaire lui signa personnellement un contrat qui prévoyait une sieste quotidienne dans un hamac ainsi qu'un solide goûter. En *joujoutant* à la journaliste, Dafna l'était devenue réellement. Si étrange que cela puisse paraître, les rôles fictifs qu'elle se distribuait avaient tendance à devenir réels. Maligne, Dafna ne révéla jamais sa véritable nationalité aux reporters de la rédaction. Elle avait désormais saisi que certaines vérités resteront toujours hors de portée des grandes personnes.

À ses côtés, je découvrais que le bonheur imaginaire rend effectivement heureux ; et que le secret de cette joie consiste à ne pas laisser ses initiatives dépendre de contraintes dites *objectives*. C'est en se moquant de l'assentiment de la réalité et des tristes usages que l'on élargit le monde. Dans l'activité de sa fantaisie, Dafna donnait avec entrain de l'existence à ses songes, les modelait, leur permettait de naître. Alors je me mis moi aussi à rêver, d'elle et de moi, d'un amour toujours ludique, d'une passion éperdument coloriée. Mais je craignais encore que ses sentiments ne fussent moins précis que les miens, et surtout plus éphémères.

— Dafna, lui dis-je un soir avec maladresse. Nous deux... pour toi, c'est du sérieux ?

— Du sérieux ? me demanda-t-elle choquée (en cessant brusquement de grignoter un biscuit).

— Oui.

— Pourquoi tu me demandes ça ? Tu t'embêtes avec moi ?

Le *sérieux*, en amour, constituait à ses yeux un signe de débandade, le symptôme même du fiasco d'une relation. Les Coloriés ne conçoivent l'amitié que comme une divine distraction et les jeux de l'amour passent chez eux pour la récréation suprême. Le mariage, rappelons-le, représente là-bas le début d'une partie étourdissante où tous les coups sont permis. Dans l'archipel, on ne dit *oui* que pour cingler vers la légèreté et entrer dans une sarabande insouciante. Inquiète, Dafna pencha la tête et me fixa :

— Tu t'ennuies pour de vrai avec moi ?

— Non, je me demandais seulement si...

— ... si je veux me marier avec toi ? demanda-t-elle, coquine.

— Non... enfin oui, murmurai-je.

Dafna me regardait en biais, tout en continuant à grignoter un gâteau sec ; puis elle me le tendit en rougissant. Je m'aperçus alors qu'elle avait sculpté le biscuit avec ses dents pour lui donner la forme d'un cœur. Silencieux, je le pris en souriant et le dégustai avec lenteur. Dafna s'éloigna, ouvrit la fenêtre et regagna sa cabane dans les branches en marchant sur le fil tendu.

— Tu sais faire descendre une fille d'un arbre ? me demanda-t-elle, mutine.

— Peut-être.

— On parie ? lança-t-elle avec un sourire enfantin.

# 7

Pendant les deux semaines suivantes, je restai tous les soirs bredouille au pied de l'arbre, sans réussir à faire dégringoler Dafna de ses branches. Elle me trouvait trop timoré dans mes promesses, désespérant de sérieux. Le déclic qui aurait permis à notre relation ludique de basculer dans une fièvre érotique tardait à venir. Tricheur, je tentais de me persuader que *cette avancée concrète dans notre intimité* (entendez *une frénétique partie de jambes en l'air*) présenterait un intérêt anthropologique majeur. En vérité, cette fille sensuelle campée sur une rive étrangère me rendait fou. Je voulais m'emparer de ses secrets et foncer sur les chemins qui menaient jusqu'à elle. Comment cette gourgandine parvenait-elle à ajourner toute vie sexuelle ?

L'attention mobile de Dafna était désormais accaparée par d'autres centres d'intérêt. Ses sens désœuvrés paraissaient ne plus la tracasser. À dire vrai, sa réserve m'aida peu à peu à me ressaisir, à me recentrer sur mon projet de thèse intitulée : *Approche structuraliste du peuple colorié*. Déconfit, je hissai le pavillon de la science et choisis d'annuler mes sentiments, ou plutôt de les mettre en congé. Mon but fut dès lors d'être un homme sans désir de femme, une chair morte, une épaule où Dafna ne viendrait jamais poser la tête.

En attendant le résultat des recherches de la préfecture — qui traquait toujours ses parents —, notre petite tribu improvisa une vie commune qui se résumait à une enfilade de *parties*. Redevenu ethnologue, volontairement désimpliqué, je résolus de ne plus réglementer le quotidien de ma maison. Je cessai même d'expédier Lulu et Jojo au lit, d'exiger le brossage de leurs dents, le démêlage de leurs tignasses, etc. Le sourire aux lèvres, je pris le parti d'abroger mes réflexes parentaux, de *faire confiance* à mes enfants. Mais une existence sans discipline adulte est-elle possible ?

Rien n'était comme j'aurais pu l'imaginer. Dafna avait fait la connaissance de Jonathan, mon fils de huit ans, dont le caractère frasqueur s'était accordé à merveille avec la malice de César. Mon salon oriental fut bientôt transformé en chambre à coucher par notre SDF démantibulé et la cuisine accueillit une fabrique d'avions en papier. Mes objets usuels furent systématiquement « jouétisés ». Ma lampe malgache entama ainsi une carrière de manège miniature. Mes assiettes birmanes devinrent autant de frisbees. Dafna insista pour enluminer au feutre mes fiches de paye et le canapé crème du salon. La totalité de mon domicile se changea en un vaste coloriage. Les murs et les bibelots, loin d'être livrés à quelque équarrisseur, retrouvèrent une nouvelle fraîcheur. L'esthétique du bonheur se mit à déferler sur les moindres détails. Fasciné par ce délire récréatif, je laissais chacun vaquer selon sa fantaisie.

Pour ce qui est de la vie ménagère, le résultat dépassa le concevable : ce n'était plus un pastiche mais une parodie du désordre ! Personne, en dehors de moi, ne vit la morne nécessité d'aspirer la poussière, l'intérêt lugubre de faire la vaisselle ou de faire fonctionner la machine à laver le linge. Mais la rupture majeure fut ailleurs : nous changeâmes notre regard sur ce capharnaüm qui parut à chacun le signe même de notre bonne humeur, de notre exubérance recouvrée. Dans cette gabegie généralisée, je cessai d'être une volonté coulée dans un corps dompté, une somme d'obéissances à des rituels jamais questionnés. En répudiant en vrac tous mes a priori, je retrouvai ma souplesse physique et morale. L'enthousiasme de vivre et la manie d'être heureux me revinrent peu à peu.

Nous vivions en liberté. Je me délectais de ne plus tempérer les éclats de Dafna. Au concert de musique classique, salle Pleyel, elle se leva un soir au milieu de la rhapsodie *España* d'Emmanuel Chabrier. Remuée jusqu'au tréfonds, Dafna se mit alors à applaudir à tout rompre en criant des *olé ! olé !* avec entrain et en tapant du pied ! Dix minutes plus tard, elle sanglotait bruyamment, à la façon d'une gamine chavirée de chagrin et se mit à sucer MON pouce (que je ne parvenais pas à récupérer) avec une déroutante tendresse. Le public guindé n'en revenait pas ! Moi, je jubilais en secret d'assister à ses écarts qui me dédommageaient d'années trop strictes. Dans les grandes surfaces, dès qu'une musique l'envoûtait, Dafna zigzaguait entre les ménagères en improvisant des ballets qui mêlaient claquettes, marelles frénétiques et entrechats. Jouir de bouger lui était nécessaire. Sa licence enfantine et débridée me grisait. Quand tant d'êtres se contentent d'exister, Dafna osait vivre !

Son usage du téléphone et du bottin de notre quartier me fascinait. Montmartre devenait une sorte de grand square dans lequel il était possible de solliciter tout un chacun à n'importe quelle heure. Dès qu'elle avait besoin d'un article, elle ouvrait le bottin et appelait un voisin à la rescousse :

— Allô ? C'est votre voisine, au 1 place du Tertre. Il me manque de la farine pour faire des crêpes au Nutella. Vous pourriez m'en apporter tout de suite ? De la farine et aussi du Nutella, avec des gobelets de sirop à la framboise. Mais j'suis bonne fille, je suis prête à accepter du sirop à la menthe...

Au cinquième coup de fil, il se trouvait toujours une bonne âme pour rendre service illico ; et cela quelles que fussent ses demandes : du sucre glace, un manuel d'initiation à la magie, une arme à feu, du matériel de fakir ou d'avaleur de sabre, un déguisement de père Noël ou de juge, etc. Toutes sortes d'individus au grand cœur défilaient donc chez nous (Québécois, thérapeutes, Bretons, prêtres défroqués, amants potentiels, etc.). Une fois, Dafna voulut même voler au secours de sa copine Charlotte, victime d'un sordide abus de pouvoir :

— Allô, c'est la police ? J'aurais besoin d'une grosse voix pour gronder des parents qui obligent leur petite fille à manger des épinards. Vous ne voulez pas vous déplacer ? Non, ce n'est pas une farce, ils l'obligent vraiment ! Franchement, c'est dégoûtant les épinards. Ça mérite la torture des chatouilles. Tiens, il a raccroché le policier...

Ou alors elle appelait des inconnus à n'importe quelle heure, histoire de recruter des partenaires de jeux :

— Allô ? On joue à la marchande dans l'immeuble, juste au-dessus de votre tête. Vous voulez rappliquer ? Une plaisanterie ? Non, on ne fait pas des pitreries, on joue à la marchande. Vous dormez ? Eh bien ça ne va pas durer longtemps parce que je vais sautiller à cloche-pied sur le parquet !

Je retrouvais parfois Dafna dans la cuisine à quatre heures du matin, juchée sur un tabouret ; heure qu'elle considérait comme seule raisonnable pour avaler un œuf à la coque. Dafna ne concédait au sommeil que le temps de sa sieste quotidienne. Pour le reste, il lui arrivait de contredire sa fatigue jusqu'au bout de la nuit, afin de s'étourdir d'amusement.

Contaminé par la franchise épidémique de Dafna, je contractai l'habitude de ne plus mettre d'ironie ou de distance dans mes remarques. J'adhérais enfin pleinement à mes propos, en ne craignant plus le ridicule de ma naïveté. Grâce à ce climat de grande sincérité, nous retrouvâmes mes enfants et moi une vraie joie à dîner ensemble, lorsque nous y parvenions ! Car j'avais renoncé à la pratique dictatoriale qui consiste à exiger de ses gamins qu'ils éprouvent *l'envie* de manger à la même heure que soi ! Je me réglais donc sur la manifestation de leurs besoins, sans plus chercher à les téléguider ou à leur prescrire des sensations. *Avoir envie* est un verbe qui se conjugue mal à l'impératif.

Ainsi voguait notre bateau ivre d'enfance. Un soir, Dafna rentra satisfaite du journal. Tout en gambadant seins nus dans le salon avec son cerceau, elle déclara :

— J'ai compris comment s'en sortir chez les Culottés ! Il y a un mot magique que j'utilise tous les jours, et je n'arrête pas d'avoir de la promotion. À *Photo-Match*, tout le monde est gentillet avec moi. On me trouve du génie. Plus tu le dis, ce mot, sans rien ajouter, plus on suppose que t'es futé !

— C'est quoi, le mot magique ? demanda Lulu.

— C'est *oui.*

— *Oui* ? répéta César.

— Je vais te faire rentrer au journal, César. Et tu ne prononceras rien d'autre ! *Oui ! Oui !* Tu répondras toujours *oui* et tu confirmeras tout ce qu'on te confiera. Tu verras, on te trouvera beau, compréhensif, et rapidos tu seras chef à la place de Tintin !

— Et à l'école, ça marche aussi ? s'enquit Lulu.

Dafna comprenait à merveille le fonctionnement loufoque de la société adultienne. Cependant, certaines bourdes, expressions ou excentricités continuaient à rendre sa conduite *différente*. Elle reluquait les garçons dans la rue sans la moindre gêne, sautillait exagérément, distribuait des pourboires aux dames pipi comme aux agents de police, saluait avec défé-

143

rence les nouveau-nés chez les commerçants. Une mère mettait-elle son marmot en garde contre les dangers de la circulation avant de s'engager sur un passage piéton ? Dafna intervenait aussitôt et se fâchait en expliquant qu'il est malsain d'aider les petits, voire criminel d'agir à leur place. Un honorable passant se baissait-il pour relacer sa chaussure ? Dafna en profitait pour prendre appui sur son échine, afin de jouer à saute-mouton ! Quant aux sans-logis, elle les félicitait de ne plus demander d'argent de poche à leurs parents. Elle les gratifiait de grosses pièces en chocolat au lait — celles qui avaient sa préférence — pour les encourager à persister dans leur autonomie. Si Dafna consentait désormais à porter des vêtements de tissu, j'avais toujours le plus grand mal à la dissuader de *chiper* les uniformes qu'elle raflait dans les vestiaires les plus divers (palais de justice, local de majorettes ou d'égoutiers, etc.).

L'usage des montres et des réveils continuait à la laisser perplexe. Dafna les regardait comme des breloques dont le tic-tac l'agaçait. Elle ne saisissait pas bien pourquoi nous tenions à organiser le temps à l'avance, à le remplir méthodiquement, alors que tous les adultes se plaignent de n'avoir rien fait de leur journée ! Chez les Coloriés, il ne serait venu à l'idée de personne de segmenter l'existence en minutes équivalentes. Chacun voyait dans l'écoulement de la vie un assemblage de saisons, de périodes d'amusement, d'époques moins chanceuses. Loin d'être une denrée mesurable et objective, le temps restait indissociable des durées individuelles, de l'expérience triste ou rigolote que chacun en faisait. Dafna était ahurie que les adultes voient si souvent le présent comme un moyen de préparer le futur ! Sur la Délivrance, la chronologie demeurait affective, pas temporelle. Avec Dafna, j'appris progressivement à retirer ma montre en sortant du travail. Mon quotidien devint à la fois plus chaotique et plus plein. À la vérité, il devint surtout plus chaotique...

C'est ainsi que nous arrivâmes un soir très très en retard à un dîner offert par son journal en son honneur. Dafna m'avait prié de l'escorter pour que je limite les effets de son tempérament. Contre toute attente, sa mère nous y attendait.

## 8

En quelques semaines, Dafna avait bousculé son magazine qui somnolait jusque-là dans une souriante vieillesse. Sous son influence, *Photo-Match* avait renoué avec la turbulence de sa jeunesse. Les paparazzis de la maison s'étaient remis à pagayer dans les rapides de l'Histoire. Autour de Tintin et d'Olivier Loyal (qui s'asseyaient désormais sur leur bureau), la gestion du bon vieux temps s'était brusquement muée en une chevauchée ludique du présent. On boxait l'actualité avec la fantaisie des Marx Brothers. Sous les gros titres, on n'écrivait plus, on osait. L'esprit de surprise et d'impertinence avait désormais un journal. Les ventes étaient en érection constante.

La direction savait que Dafna était plus qu'un caractère ; elle était une chance. Ce soir-là, en présence d'Arnaud Mousquetaire, ils entendaient la remercier publiquement. Nous arrivâmes pour le dessert dans une grande brasserie parisienne, sans que cela stressât Dafna. En entrant, elle descendit vers la salle en glissant sur la rampe de l'escalier, puis Dafna attaqua un bref ragtime sur la caisse enregistreuse et, enfin, vint s'asseoir à la place d'honneur en négligeant de saluer M. et Mme Mousquetaire que tous les carriéristes courtisaient.

— Les journaux sont des endroits malsains, déclarat-elle tout de go à Tintin.

— Qu'entendez-vous par là ?

— Je suis fâchée qu'on y travaille... c'est déplorable, répondit-elle en lui offrant des sucettes comme on propose une cigarette.

— Non, merci, fit le rédacteur en chef décontenancé.

— Rassurez-vous, je ne parle pas à l'homme que vous êtes mais à celui que vous devriez être, poursuivit Dafna en ôtant le papier de sa lollipop.

— Et qui devrais-je être ?

— Un patron plus... mousquetaire.

— Mousquetaire ? reprit Tintin intrigué.

— Les mousquetaires des films, y travaillotent pas, y se battent ! Comme Arnaud !

Dieu sait pourquoi, Dafna saisit deux glaçons dans un seau à champagne et, discrètement, les fit glisser entre les seins de Mme Mousquetaire, sa voisine, qui hurla. Aussitôt, Dafna se tourna vers Tintin et glapit sur un ton accusateur en le désignant :

— Ça va pas la caboche ? Je l'ai vu ! C'est lui !

Le mari du décolleté — propriétaire du magazine — prit illico Tintin à partie avec fièvre. Ce dernier, confus, affirma qu'il était innocent, protesta en hululant, fit valoir sa bonne éducation. Arnaud Mousquetaire, d'ordinaire posé, entra en combustion.

147

— Battez-vous sportivement ! cria Dafna. À l'ancienne !

— Arrête…, murmurai-je en l'entraînant de force dans le vestiaire.

Tandis que dans la salle du restaurant l'altercation s'envenimait, je grondai Dafna :

— Je veux bien que tu sèches le boulot comme une collégienne. Je veux bien qu'à la maison tu aies des fous rires tous les jours. Mais le monde du travail…

— … c'est pas du jeu, je sais !

— Regarde-toi ! lui dis-je en la tournant vers le grand miroir du vestiaire. Tu as un corps d'adulte. Il y a des choses que tu ne peux plus faire.

Dafna jeta un coup d'œil sur son image sans paraître se reconnaître. Elle adressa même à son reflet une phrase incongrue qui me laissa pantois :

— Bonsoir, madame…

— Regarde-toi en face ! insistai-je.

— Qui ?

— L'image, là, en face de toi, ça ne te rappelle personne ?

Troublée, Dafna regarda de biais le miroir, comme pour ne pas déranger l'inconnue qu'elle épiait. Soudain, ses yeux s'écarquillèrent et se dilatèrent. Elle se planta devant la glace et cria :

— Maman !

— Maman…, répétai-je, éberlué.

— Maman est derrière la vitre. Je la reconnais, elle ressemble à ma photo jaunie. Pourquoi elle m'entend pas ? Maman ! s'égosilla-t-elle en tambourinant sur la glace.

— Chut !

Inquiet de ce tapage, je refermai la porte du vestiaire. Il me fallut plusieurs minutes pour persuader Dafna que cette femme agitée et criarde, c'était elle. Ma Coloriée avait intériorisé le tabou édicté par Ari : l'interdiction de se regarder dans les glaces. Elle avait donc grandi en se figurant qu'elle possédait un éternel corps de petite fille. Le reflet qu'elle venait de découvrir avec stupeur présentait effectivement des similitudes avec le seul cliché de sa mère qui avait survécu aux autodafés de photographies ordonnés par Ari.

Cet épisode traumatique marqua le début des déceptions de Dafna. À tous les carrefours, elle se sentait diffamée par les miroirs qui reflétaient son âge réel. Offensée par cette image regrettable d'elle-même, Dafna commença à devenir chicaneuse, voire hargneuse. Mais son conflit avec l'univers adulte ne fut consommé que le jour où elle prit conscience de la réalité scolaire qui s'imposait à Lulu et Jonathan.

Les hostilités débutèrent un matin, au petit déjeuner. Irritable, Dafna me tança parce que j'avais le toupet d'accompagner chaque jour mes enfants jusqu'à la porte de leur école. Ce rituel adultien lui paraissait à la fois nocif et insultant :

— Pourquoi leur répètes-tu tous les matins qu'ils sont infirmes, pas capables de faire le trajet tout seuls ? Ils vont finir par s'imaginer que c'est vrai !

— Je ne leur ai jamais dit ça !

— C'est encore pire ! Tu le claironnes sans mots, en les conduisant, postillonna-t-elle sur un ton méprisant.

— C'est loin, et il y a trois carrefours.

— Pourquoi les empêches-tu d'inventer eux-mêmes une solution ? Du coup, ils n'ont même pas droit à une récompense !

Dafna était révoltée par l'infantilisation sournoise des enfants qui se pratique dans nos pays occidentaux. Sensible à son éloge de la débrouille, je cédai sur ce point, non sans avoir consulté les intéressés dont la réaction me désarçonna :

— Alors t'es cap de t'occuper de ta trouille plutôt que de moi ? me lança Jojo.

— Parce que le chemin, on le connaît par cœur ! ajouta Lulu. Tu pensais qu'on avait besoin de toi, papa ?

Peu après cette reculade, je fus assailli d'angoisse. Me revenait en mémoire la volée de conseils donnés aux parents par l'école et la sécurité routière : *Un enfant confond voir et être vu, Son champ visuel est plus étroit que le nôtre, Il ne pense pas aux distances d'arrêt des voitures*, etc. Je suivis donc ma progéniture à distance dans la rue, le ventre noué. Pour m'éviter une querelle supplémentaire, j'avais pris le parti de ne pas informer leur mère férue de précautions. Certes, j'avais très peur ; mais, déjà influencé par la sensibilité coloriée, la rhétorique de la sécurité routière — pour fondée qu'elle fût — commençait à m'apparaître teintée de colonialisme adultien. Bien m'en prit de rester sourd à ces avertissements et de passer outre à ma terreur. À ma grande surprise, Lulu finit par manigancer une tactique inattendue pour franchir en toute sûreté la vaste place Clichy. Elle attendait que surgisse une vieille dame et, du haut de ses sept ans, lui proposait avec aplomb :

— M'dame, tu veux que je t'aide à traverser ? Mon papa m'a dit qu'il faut être gentille avec les mamies toutes vieilles…

Les mamies abordées s'étonnaient chaque fois qu'une si petite fille fût laissée seule sur le boulevard avec son cartable et sa pomme pour le goûter. Mais, il faut le reconnaître, cette ruse fonctionnait à tous coups.

Cependant, loin de s'apaiser, mon différend avec Dafna se radicalisa le matin où elle eut l'idée funeste de pénétrer dans l'école de mes enfants pour voir comment l'institution publique les traitait. La seule vue de son peuple parqué docilement dans une cour, cadenassé derrière de hauts murs, la remua jusqu'au tréfonds.

— Vous laissez bien la porte ouverte ? demanda-t-elle inquiète au paisible directeur, en rajustant son costume de Davy Crockett.

— Ah non, madame ! Et la sécurité, qu'en faites-vous ?

— Pourquoi vous pensez qu'il y a du danger partout ? Y a pas de loups !

— Je n'en suis pas si sûr ! Surtout en ce moment, avec ce qu'on lit dans la presse...

— Monsieur, je m'obstacle. Vous n'enfermerez pas les enfants à clef, répondit Dafna avec fermeté.

M. Blanc, qui accompagnait Charlotte ce jour-là, intervint pour la tempérer. C'est lui qui me raconta la suite des événements, encore soufflé par les réactions insolites de la belle Dafna.

— Mademoiselle, objecta M. Blanc, il ne s'agit pas de boucler nos chères têtes blondes mais de les protéger...

— Je me demande ce qu'en pensent les enfants, reprit Dafna en sortant son calepin d'enquête et un stylo. Ont-ils approuvé le règlement ? Choisissent-ils ce qu'on leur enseigne ici ? Répondez, je suis du *Washingt...* de *Photo-Match* !

— Madame, s'il fallait les consulter sans arrêt..., soupira le directeur en levant les yeux au ciel. Ce sont des enfants !

—Vous voulez dire des sous-personnes ? Des moutards, des mioches inférieurs et ignorants ? C'est bien votre opinion ? Mais leur avez-vous seulement confié des rôles d'utilitariens, des missions indispensables à tous ?

M. Blanc tenta de répondre aux interrogations qui tourmentaient Dafna. Plus elle prenait conscience du statut discriminatoire dont étaient victimes ses frères et sœurs, plus cette ségrégation pleine de bons sentiments l'ébranlait. Dafna poursuivit son enquête la gorge serrée, en jugeant hypocrite de camoufler le colonialisme adulte derrière des attitudes protectrices qui puaient la condescendance. Pourquoi cet apartheid infantilisant, ce phylloxéra éducatif qui ruinait l'esprit de responsabilité inné des enfants ? Qui donc avait jugé bénéfique d'interner les gamins à longueur de journée, de les contraindre *à rester sur des chaises* dans des lieux coupés du monde extérieur ? Des casernes où avaient cours des épreuves et des punitions qui n'avaient guère de pertinence sociale, entendez aucune validité en dehors de l'institution ! Quel candidat à un poste d'évêque ou d'ingénieur en biotechno doit être capable de réciter *Le Corbeau et le Renard,* en y mettant le ton ? Avec une scélérate bonne conscience, les adultes avaient créé un faux monde censé préparer à la véritable société, un univers où l'on se gardait bien de découvrir les rôles réels que chacun devrait jouer par la suite. En classe, apprit-elle, la plupart des maîtres refusaient d'aborder les questions qui préoccupent énormément les petits : comment se fabriquent les bébés, les cabanes dans les arbres ou les cloches en chocolat, le mystère des zézettes et des zizis qui donnent tant de satisfaction, l'art d'apprivoiser les filles, de dresser ses parents, de les consoler en cas de divorce ou de licenciement, de se séparer de son doudou, etc. Aucun apprentissage n'était en rapport avec des demandes qui eussent été élaborées par les enfants et qui auraient donc eu du sens pour eux ! Au fond, personne ne leur faisait réellement confiance ni ne songeait même à respecter *pour de vrai* leurs choix. On ne leur parlait que d'en haut.

Dafna restait sidérée par le perfectionnement de cet appareil déresponsabilisant maquillé en œuvre bienfaisante. Pourquoi infligeait-on à des gamins innocents cette monotonie rituelle qui décourage l'initiative et le dynamisme enfantins ? Quel bourreau sadique avait décidé de contraindre leurs corps à de longs moments d'immobilité (Dafna haïssait les chaises !) ? Quel détraqué avait établi des règles de fonctionnement qui limitaient l'échange entre le maître et les élèves à un jeu rigide de questions-réponses dans le cadre d'un programme imposé ? Pourquoi laissait-on les minots seuls et démunis face à leurs interrogations existentielles ?

— Mais, protesta M. Blanc, on les valorise également ! Quand un gamin a une bonne note, il est ravi.

— On les note ? releva Dafna scandalisée. Mais c'est humiliant ! Et eux, est-ce qu'ils notent leur maître ou leur maîtresse ?

— Écoutez, tout ça est fait pour leur bien..., marmonna le directeur.

— Pour leur bien..., reprit-elle avec ironie.

— Nous pratiquons une pédagogie de l'éveil.

Exaspérée par le fourbi pédagogiquement correct, Dafna répliqua :

— Personnellement, je connais plus de majeurs à réveiller que de mineurs !

— On note les enfants, mais selon des critères adaptés, différents des nôtres, précisa l'enseignant.

— Parce que vous avez des critères *pour enfants* et d'autres *pour adultes* ? En plus on se moque d'eux, en les considérant comme des inférieurs, des minus, des pitres ! s'écria-t-elle, furieuse. Comment voulez-vous qu'ils aient confiance en leur pomme ? Ils sentent bien que vous les prendez pour de la crotterie ! Que ce qu'ils font a moins de valeur à vos yeux que ce que fabricotent les grandes personnes !

— Écoutez, s'insurgea le directeur, comment faut-il vous le dire ? Ce ne sont que des enfants !

— Vous dites *enfants* comme si c'était un vilain défaut ou un gros mot ! Vous savez quoi ? Vous êtes laid du cœur et de la figure. Même immobile, on dirait que vous grimacez !

Hors d'elle, Dafna escalada la galerie.

— Qu'est-ce que vous faites ? s'exclama le directeur.

— Vous, vous me faites pitié, moi, je fais mon devoir !

Elle se tourna vers la foule d'élèves dressés qui, au son de la cloche, avaient formé des rangs impeccables. Complices de leur servitude, ils obéissaient d'eux-

155

mêmes ! Un instant, Dafna resta sans voix devant le spectacle de ces gamins déjà adultisés, exempts de tout débordement affectif ; puis, frissonnante de révolte, elle leur tint à peu près ce discours de pasionaria :

— Pouce, camarades ! Vous êtes deux cents et il n'y a que douze Culottés dans l'école pour vous garder, rebellez-vous ! Brûlez les chaises ! Refusez d'obéir à vos maîtres qui ne sont que des commandeurs ! Arrêtez de les copier et écrivez en rébus ! Sûr que les enfants sont meilleurs que les grands ! Même qu'en CP, vous apprenez à lire en un trimestre, alors que vot'maîtresse, elle, qu'a-t-elle appris par cœur en trois mois ? Que dalle ! Les grandes personnes profitent de votre petite taille, alors que c'est pas de votre faute si vous avez sept ans ! C'est que des profiteurs ! Des Culottés ! De quel droit vous obligent-ils à pas pleurer quand vous êtes découragés, à dire *merci madame* alors que vous avez envie de tirer la langue ? Qui leur a donné la permission de vous mettre au dodo lorsque vous n'avez pas sommeil, de vous empêcher de turbuler, de sauter dans les flaques d'eau, alors que c'est jouissif de zouaver ! Hein ? Eh bien, je vous le dis, croyez-moi, il y a sur cette terre un pays où les enfants sont libres ! Oui, délivrés des parents ! Sur mon île, on a eu le courage d'emprisonner le dernier adulte ! Et pis on l'a tué !

Secoué, M. Blanc m'appela à la rescousse sur mon téléphone portable :

—Votre cousine débloque totalement, ou alors elle vient vraiment d'ailleurs ! Vous feriez bien de venir la chercher à l'école…

Les gosses regardaient avec stupeur cette *dame* étrange. Elle parlait comme si elle avait neuf ans et demi ! Qui était donc cette débilos qui élucubrait sur la galerie ? Pas un rejeton ne bougea. Dafna en fut mortifiée. Elle n'en revenait pas que ces enfants domestiqués ne fussent pas même conscients de leur aliénation, si spontanément consentie. Aussi m'accueillit-elle avec un air prostré. Sa colère s'était dégonflée devant l'énormité du drame :

— L'école, elle a gagné… Ils croient que leur esclavagerie est normale.

— Où se trouve donc l'île charmante dont vous parliez ? demanda M. Blanc, le sourire en coin.

— Ma cousine est un peu perturbée, rétorquai-je pour couper court à tout questionnement. Merci de m'avoir averti, monsieur Blanc.

Dans la voiture, en rentrant à la maison, j'expliquai à Dafna que l'école obligatoire était un projet adulte téméraire et sympathique qui avait mal tourné. Dans les débuts (*« Au XIXᵉ siècle, il y a des milliers de dodos »*), l'institution républicaine avait été conçue pour instruire *tous* les enfants, apprendre à chaque minot — même réticent — à lire, écrire et compter. L'idéologie en vogue à l'époque était que tout cancre avait *le droit d'être éduqué*. Puis, devant la quasi-impossibilité d'atteindre cet objectif généreux, les grandes personnes s'étaient fixé un autre dessein, moralement moche. L'école avait été peu à peu réglée afin d'inculquer massivement les usages requis par le travail adultien : apprendre au galop en violant son propre rythme, discipliner l'effervescence des premiers gestes, révérer l'autorité sans finasser, s'astreindre à des tâches régulières, etc. Éteindre le volcan qu'est la petite enfance, tel était le but avoué du complot ourdi par l'État adulte ; mission en grande partie atteinte. Après sept années d'ennui et de dressage du corps, on parvenait en Occident à rendre un ex-galopin veuf de son enfance, rétif à l'idée de se mutiner contre ses oppresseurs, partisan même de l'esprit de sérieux. Tout l'art était d'obtenir la coopération de l'asservi porteur de cartable. En somme, l'école adultienne était surtout là pour refiler des habitudes communes. Je forçais le trait pour complaire à Dafna. Sa croupe et sa pétulance agaçaient plus que jamais mes sens. J'avais beau mater mes élans, ils se rebiffaient, me talonnaient sans répit.

— C'est une affreuserie..., soupira-t-elle.

— Oui.

— J'ai la comprenette lente, mais maintenant je devinette tout...

— Quoi ?

— Pourquoi les gens d'ici sont tout *moins* que nous. Les Culottés, ils sont moins chagrineux, moins riants, moins barbares que les Coloriés. C'est l'école qui rend *moins*... Et quand ils sont *plus*, c'est quand ça sert à rien !

Dafna me raconta que, chaque matin, elle calmait son tempérament en pédalant sur mon vélo d'appartement jusqu'à atteindre un essoufflement total. Elle disloquait ainsi sa nature, afin de l'ajuster à celle des Culottés. S'éreinter jusqu'à l'asphyxie était sa façon de *devenir moins,* d'apaiser son besoin d'être stimulée.

Elle entamait ensuite la journée en ayant la capacité morale et physique d'adultiser sa conduite. Autrement, Dafna ne parvenait pas à se retenir de parler aux inconnus, à comprimer sa gourmandise ou ses gros chagrins, à travailler dur sans se laisser distraire par les mille événements goûteux du quotidien. Il est vrai que les détails qui excitaient sa curiosité étaient nombreux : la singularité d'un nez retroussé, la bizarrerie d'un mot qu'elle avait subitement envie de répéter, de ruminer, de régurgiter, le saillant rigolo d'une scène ordinaire, les mimiques inusitées de ses collègues qui réveillaient soudain sa soif d'imitation.

Dafna m'avoua également les efforts surhumains qu'elle dépensait dans sa vie professionnelle pour tempérer ses réactions :

— C'est dur de se décolorier... Je suis tout le temps à cacher qui j'suis, à me surveiller. Au bureau, je planque mes articles en rébus, je m'empêche de m'asseoir par terre. Je dis que j'vais faire pipi quand j'vais faire caca. Avant de traverser un couloir à cloche-pied, je vérifie toujours que personne me zyeute. Quand je suis accompagnée en reportage, je m'oblige à surtout pas considérer les enfants, à jamais gambader dans les squares, à passer devant les manèges sans les manger des yeux, à stupéfier personne. Avec Tintin et Loyal, je pleurniche jamais, même quand ils oublient mon goûter. Il n'y a qu'avec toi, César, Lulu et Jojo que j'ose... que je bobarde pas. C'est trop dur, parce que j'ai pas été redressée. Nous autres, on a brûlé l'école sur la Délivrance. Alors, à *Photo-Match*, des fois je craque. Je m'enferme à clef toute seulette dans mon bureau et je me fais une marelle, je sautille en faisant des claquettes sur ma table, je répète dix fois des mots marrants, je ploufe pour choisir une enquête plutôt qu'une autre, je m'offre des farces téléphoniques. Ça me détend ! L'autre jour, en revenant d'aller faire un gros pipi, le comptable moustachu m'a surprise en train de gonfler une bulle de Malabar. J'ai eu la honte… ça peut plus durer. Dis, à la préfecture, ils vont bientôt trouver maman ?

— Je ne sais pas…

— À la télé, j'ai vu que j'étais pas toute seule. Il y en a des comme moi : un en noir et blanc qui se récréationne en étonnant tout le monde, Jean Cocteau c'est son nom, et un parleur qui jacasse sans qu'on le gronde, Raymond Devos. Tu crois qu'ils ont été à l'école, eux ? Devos, j'suis sûre que si je l'invite à goûter, il viendra tout à l'heure, pour faire des échanges d'histoires drôlettes… et aussi pour me chouchouter, me dire que je suis pas nulle. Parce qu'y en a marre !

Brusquement, Dafna explosa. Elle en avait assez de déguiser sa personne, de s'excuser d'être *plus* dans un monde de gens qui sont *moins*. Furibarde, elle m'expliqua qu'elle supportait difficilement d'entendre parler des enfants comme d'êtres imparfaits, mal finis, *déficients*, alors qu'ils ne sont que surabondance ! Quel toupet de considérer ses semblables comme insuffisants, lors même que le peuple colorié atteste que l'enfant, épargné par les influences adultiennes, n'est qu'exubérance, talents hypertrophiés ! Car enfin, rares sont chez nous les contribuables capables de galoper sur un fil, d'imiter impeccablement les voix et de dessiner avec le brio des Coloriés.

— Dafna, tu vas rester ici ou rentrer un jour chez toi ? lui demandai-je doucement.

— J'ai faim.

— De quoi ? De ton pays ?

— Non, j'ai super faim. C'est l'heure du casse-croûte du matin. T'as des gâteaux à la fraise, un roudoudou ? Un peu de lait ?

Dafna parut gênée par mes questions ; elle restait fondamentalement une fillette attachée au présent. Envisager l'avenir — et a fortiori l'organiser — lui demeurait inaccessible, comme de déchiffrer un manuel de trigonométrie. Aussi m'adressa-t-elle une salve de questions relatives à son *casse-croûte*, de façon compulsive, en évacuant totalement le contexte de notre conversation. Mais je sentais bien que, d'une seconde à l'autre, Dafna était désormais capable de se carapater dans son archipel. Après une période d'euphorie, d'exploration d'un monde neuf, Dafna se trouvait écrasée par l'immense tâche de devoir renoncer à son univers originel. L'adaptation à notre réalité lui coûtait d'extraordinaires efforts, une méticulosité comportementale exténuante. Personne ne pouvait lui demander de brider éternellement sa vitalité, exercice très contraignant pour une Coloriée. Or, par malheur, sa vérité n'était pas crédible pour le commun des adultes. Quel Occidental était à même de croire l'inimaginable, que cette jeune femme était effectivement issue du *pays de l'Enfance* ? Qu'il ne s'agissait pas d'une patiente atteinte de troubles neurologiques ou psychologiques sérieux ? Qui pouvait admettre que, tout en continuant à grandir biologiquement, les Coloriés s'étaient soustraits au sort normal des êtres humains ?

Et puis, disons-le tout net, la perspective de la disparition de cette Peter Pan sexy m'était insupportable. À ses côtés, j'avais commencé à expérimenter ce que l'expression *vivre plus* tente de dire. Avec elle, je n'anesthésiais plus mon existence. Ne plus être foudroyé par ses rafales de questionnements, ne plus partager la fraîcheur de cette anti-adulte, me semblait une petite mort. Sa vérité émotionnelle avait fait naître entre nous une intimité que je n'avais jamais connue. Après une telle cure de liberté, comment retourner à une vie mortifère d'adultien ? Je ne pouvais plus trébucher dans un sort dépouillé de toute saveur, monotone jusqu'à la nausée. Dafna m'avait fait entrevoir à quel point j'étais désuni, segmenté en rôles, et combien je déraillais en raisonnant là où il est sage de frémir et de s'abandonner. Dans mon cerveau cohabitaient une multitude de *moi* sporadiques, d'identités mal jointoyées, souvent factices, que l'amour était en train de réorganiser.

En somme, j'étais un ethnologue très épris. La passion ressuscitait le minot en moi, me rendait la tonicité fébrile qui m'avait jadis tenu en éveil. L'amour fou m'indemnisait d'années trop sages. Par la grâce de cette inespérée, je me sentais à nouveau rebelle, enfin relié à mon essence et à celle du monde. Tout me paraissait bon, gai, facile, intense et plein. L'exaltation de ma sensibilité, le réveil de mon inventivité, ce véritable sursaut de mon énergie vitale, tout cela m'électrisait et me portait vers l'imprévu... et dans les bras de Dafna.

Mais m'aimait-elle ? Ou plutôt, comment aimait cette adulenfant ?

— Dafna, lui dis-je en fixant la route qui nous ramenait chez nous. Merci de m'avoir rencontré. Avant toi, j'étais une momie. Je somnolais ma vie...

Un ronflement charmant me fit tourner la tête. Dafna roupillait avec délices. C'était l'heure de sa sieste. Il me fallut à nouveau la porter sur son lit superposé. L'exercice faillit cette fois me briser le dos. Cette gamine trentenaire était plus lourde qu'un veau ! Comment pouvais-je imaginer faire ma vie avec une fille pareille qui évitait les miroirs ?

## 10

À la suite de sa découverte de l'école, Dafna cessa de travailler. Toute son enfance refusait désormais cette forme d'avilissement, de *clownerie en civil qui n'est même pas drôle*. Consciente de la scandaleuse servitude que subissait la marmaille, elle ne voulait plus s'intégrer au sein de la peuplade déprimante des grandes personnes. Au diable le permis de séjour que constitue la feuille de paye ! Lorsque Alain Tintin la rappela à l'ordre par un coup de fil truffé d'impératifs, elle répondit gonflée à bloc :

— Ça ne se fait pas de claquer la porte ? J'y peux rien, je vous bobarde pas. Je suis soumise à ma liberté ! Et pis franchement, je me moque de vos tics, de vos habitudes d'Culottés qui m'épatent pas ! Mieux, ça me fait jouir de disturber votre tranquillité ! Je ne vous avais pas prévenus à l'avance ? Évidemment, je vomis ce qui est prémédité, ficelé... Voilà, c'est tout pour aujourd'hui. Si vous revoulez une giclée, y a qu'à rappeler demain !

Là-dessus, Dafna raccrocha. Cette fille ne vivait pas ; elle prenait parti.

— Comment gagneras-tu ta croûte ? lui demandai-je.

— Mais je compte sur toi, Hippo ! s'exclama-t-elle sans la moindre gêne.

— Et si moi aussi je veux faire des siestes au lieu d'aller trimer ?

— Je dépenserai toutes tes économies jusqu'au dernier sou pendant que tu feras dodo. T'en as, des éconocroques ?

— Oui, mais...

— Tu me trouves intéressée ?

— Non... ce n'est pas ce que je voulais dire.

— Eh bien tu as tort, t'es pas observateur. Je suis une fille intéressée ! avoua-t-elle avec sérénité. Et pas qu'un peu ! L'argent des autres, j'en prends soin comme si c'était le mien. Qu'est-ce que t'as à bouder ? T'as pas envie d'être une bonne affaire ?

— Au lit, si. Pour le reste...

À présent, Dafna ne se faisait plus guère d'illusions : les adultes, bouffis de leur supériorité culturelle, avaient bien pour objectif d'assimiler la totalité des marmots. Continuer à trimarder à *Photo-Match*, s'installer dans la prudence moelleuse du salariat eût été cautionner un système social qu'elle abominait. Le colonialisme adulte, perfide et inexorable, était devenu sa bête noire. Dafna refusa même de retourner voir des films, au motif que la joie déferlante des Coloriés n'avait guère de rapport avec la bonne humeur mécanique que répandait l'industrie cinématographique de la pitrerie. Tout ce qui lui paraissait contaminé par l'adultisme ambiant prenait son caractère à rebours.

Dafna détruisit même sa panoplie de magistrat du siège (avec hermine...), déguisement seyant qui lui tenait particulièrement à cœur. Elle était absolument furieuse après les adultiens et ne décolérait pas contre Paris.

Dans l'attente des nouvelles de sa maman, ma Coloriée se replia derrière les murs de notre maison de Montmartre. Elle masqua tous les miroirs et peignit sur sa peau des vêtements qui exprimaient son état d'esprit séditieux : des chemisiers en trompe l'œil peinturlurés de slogans en rébus qui appelaient à la pendaison des maîtres d'école, de grosses chaînes factices qui dénonçaient la sujétion morale de ses semblables, etc. Les parties de cache-cache avec César et Lulu manquaient à présent de duperies, de délire torrentiel, d'inconscience anarchique et de cacophonie. Gagnée par l'esprit de sérieux (à force d'imiter les adultes), Dafna ne savait plus trop où débutait la singerie des grandes personnes et où finissait l'adoption rampante de nos mœurs. Le métissage culturel commençait à la gâter. Si Dafna réagissait toujours en gamine, son expérience de l'adultie induisait déjà chez elle une régression de la spontanéité et une propension exagérée à réfléchir. Sur les boulevards, Dafna ne trottinait plus guère, négligeait d'appuyer sur les boutons d'ouverture des portes, se déplaçait d'un point à un autre sans slalomer autour des poteaux et ignorait presque totalement les vitrines des détaillants de poupées. Sa gaieté jaillissait moins. Elle ne déclarait plus son désir aux hommes qui éveillaient ses appétits. L'habitude de prendre la main des piétons en marchant lui était également passée. Auparavant, Dafna ne s'était jamais troublée de ne savoir écrire qu'en rébus. À présent, elle en concevait une gêne proche de l'humiliation ; car elle sentait bien qu'il n'était pas normal que son esprit peine à relier les lettres pour former des mots que, littéralement, elle ne voyait même pas ! Ses yeux avaient beau fixer le dessin des caractères, ils n'étaient pas capables du balayage oculaire que requiert la lecture. Pour la première fois, Dafna découvrit la désagréable sensation d'être déficiente.

Et puis, ma Coloriée se sentait de plus en plus perdue dans l'épaisseur du temps. Habituée pendant trente-deux ans à gober chaque seconde, à une perception séquentielle des événements, elle rencontrait une vraie difficulté à envisager simultanément le passé, le présent et le futur. D'où un malaise constant qui lui devenait de plus en plus pesant. Elle ne savait compter qu'en « dodos » (en nuitées), et se perdait au-delà de trois dodos. Au départ, son séjour chez les adultes lui était apparu comme un jeu, une aventure rigolote dans une autre dimension, celle du temps. À présent, elle trouvait détestable de se déplacer sur l'échelle des dates et des heures, sans parvenir à ressentir la durée de façon précise et constante. La complexité de ce travail mental de reconstruction (auquel les adultes se livrent inconsciemment) représentait pour Dafna un colossal labeur conscient. On n'imagine pas à quel point il est difficile et désorientant de changer de système perceptuel et cognitif. Une part croissante de son moi aspirait au repos, à réintégrer sa réalité première, à retrouver un temps unidimensionnel. Aussi avait-elle de plus en plus tendance à régresser vers sa condition de Coloriée, à refuser d'ouvrir son agenda, à « oublier » de porter la montre que je lui avais offerte. Un douloureux conflit d'identité se jouait en elle, comme chez tous les immigrés.

La fameuse « nostalgie de l'enfance » rattrapait peu à peu Dafna. Au fond, sa participation à l'univers adulte l'avait déçue. À contrecœur, elle avait appris chaque jour à se contenter du seul réel, à croupir dans les contraintes du quotidien. Lui manquaient les émotions vives et pourtant changeantes des Coloriés qui, d'un instant à l'autre, s'exaltent ou se précipitent dans le désarroi, ainsi que la parole très personnelle de ses amis de là-bas. Contrairement aux adultes d'Occident, les Coloriés ne sont jamais le même individu. Rien n'égalise les êtres sur la Délivrance, ne les enrégimente dans un flot d'idées reçues ; la singularité de chacun triomphe. Et puis Dafna se sentait terriblement seule. Loin de son archipel enfantin, il lui paraissait très difficile d'entrer en relation avec les Culottés, si barricadés dans leurs rituels, si enclins à refuser de « joujouter ». Chaque fois qu'elle adressait la parole à une dame ou à un monsieur de façon directe, dans la rue, Dafna avait le sentiment d'importuner ou de passer pour une simplette.

En réalité, Dafna ne se sentait à l'aise et en sécurité qu'avec César, moi, Jojo et Lulu. Tous les quatre, nous formions la seule société sincère qui ne la déroutât pas ; à condition que je ne commette pas à l'égard de Lulu et de Jonathan de « faute impardonnable » : les infantiliser au point de leur préparer des gaufres, leur imposer de subir tel ou tel vêtement ou, vexation suprême, leur faire l'aumône de quelques piécettes d'argent de poche. Un autre point mettait également Dafna hors d'elle : l'idéologie triomphante de l'âge normal (à six ans tout mioche doit savoir écrire, à sept ans révolus le plus grand nombre est censé devenir cycliste en sifflotant, etc.). Étant entendu que tout « retard » entraîne l'intervention instantanée d'un « spécialiste » réputé compétent (psy, pédiatre, ortho-phoniste et autre), dont la seule évocation allumait chez Dafna des colères exorbitantes. Aussi m'effor-çais-je devant elle de ne pas m'alarmer de ce que ma Lulu, à sept ans, préférât encore dessiner en rêvant plutôt que de tracer des lettres ou des chiffres et d'éta-blir des liens entre eux ! M'inquiéter ouvertement de ce « blocage » eût clairement provoqué la belle Dafna.

Ivre de concupiscence, je restais turlupiné par une question mystérieuse : *comment aiment les Coloriés majeurs ?* Dafna éprouvait-elle à mon endroit une atti-rance physique semblable aux appétits charnels qui picotent les adultes de nos contrées ? Ou me regar-dait-elle comme l'équivalent d'une barbe à papa ou d'une boîte de Smarties ? Au-delà de toute considéra-tion anthropologique, j'avais copieusement envie de chavirer cette femme. Si ses valeurs et ses attitudes restaient bien celles d'une mineure, Dafna possédait de toute évidence une libido mature qui me laissait une chance de la culbuter. L'abstinence devant son corps magnétique relevait du châtiment. Chaque soir, Dafna se retirait pour aller roupiller sur le lit super-posé de Lulu en mâchouillant un vieux doudou ; ou

169

alors elle se repliait dans la cabane perchée dont elle relevait systématiquement l'échelle de corde.

Heureusement, le cours des événements serait bientôt favorable à mon périnée. Son rejet de l'univers adultien la rapprochait peu à peu de ma sensibilité, de mon désarroi d'appartenir à une civilisation qui se moque de l'authenticité. Depuis toujours, on m'avait contrarié en m'obligeant à trafiquer mes émotions réelles. Gamin déjà, je me découvrais des envies de meurtre lorsqu'on me dictait les sensations que j'étais sommé d'éprouver : *Ce pull-over n'est pas piquant enfile-le, Aie faim puisqu'il est l'heure de dîner, Tâche d'avoir sommeil car il est temps d'aller au lit...* Plus tard, on avait voulu me persuader qu'il était naturel d'être séquestré toute la journée dans un bureau gris, privé en somme de ma liberté. Osais-je faire part de mon chagrin d'être scolarisé ? On me priait de négliger mes impressions, de réviser mes opinions jugées *trop personnelles* et de me conformer au point de vue d'« éducateurs » *qui savaient mieux que moi ce que je devais sentir.* Amputé de mon être profond, j'avais fini par me fâcher avec Paris au point de fixer mon choix sur des études d'ethnologie. Je voulais m'assurer qu'il existait bien quelque part sur cette terre des êtres humains véridiques, des peuples assez chanceux pour échapper à la non-vie occidentale. Et voilà que cette fille désinhibée surgissait, que nos blessures se rencontraient, nous reliaient par un fil invisible. Plus Dafna était révulsée par les mœurs adultiennes, plus notre intimité se resserrait.

De façon très inattendue, un problème oculaire m'aida alors à réviser ma triste vision des choses.

## 11

Dafna avait voulu m'accompagner chez l'ophtalmo-
logue. Depuis longtemps, je projetais de faire corriger
ma myopie au laser. Porter des lunettes plaçait entre
moi et le réel une correction vitrée qui m'agaçait. Ras
le bol de cet éloignement, de cette pénalité ! Pendant
l'examen de mes globes fainéants, Dafna avait tenté
de décrypter des petits dessins alignés et nous prîmes
conscience qu'elle était encore plus miro que moi ! Le
médecin lui fit alors essayer des lentilles. Leur effet
immédiat amusa tant Dafna qu'elle résolut de subir la
même intervention chirurgicale, pour mieux reluquer
les garçons. Rendez-vous fut pris dans une clinique
stylée de la capitale où des bataillons de taupes
venaient se faire régler l'acuité visuelle.

Huit jours plus tard, nous découvrîmes ensemble
un Paris très précis, follement lumineux et plein de
perspectives qui nous déconcertèrent tous deux. Les
seins des filles me semblaient mieux dessinés, leurs
minijupes plus efficaces. Le grand spectacle de la netteté commença dès le lendemain matin de l'opération.

Nous nous levâmes tôt, pour essayer nos yeux révisés. Quelle stupeur ! D'un coup, Dafna et moi quittâmes un chaos flouté de lumière et d'ombre, un monde brouillard, pour entrer dans un univers élargi et défini. Écarquillés et ravis, nous nous aventurâmes aussitôt dans Montmartre, en matant les alentours comme des acharnés, tout à la joie de promener nos pupilles. De bonheur, je sautai à pieds joints sur mes lunettes, ces cataractes minérales qui, de façon sournoise, rendent aveugle à tant de détails ; car si les verres correcteurs agissent de façon fonctionnelle, ils ne font que *régler un problème*, sans donner le goût de se rincer l'œil de toute chose. Certes, je voyais auparavant ; mais, appareillé de Ray Ban, que voyais-je ? J'avais fait de ma vie une survie étriquée, en refusant le format réel du monde, en m'enfermant dans mon périmètre de netteté.

Rectifié, j'avais soudain envie de tout apercevoir, au-dehors mais aussi au-dedans de moi. Peut-être étais-je moins *plat*, finalement plus *profond* que je ne l'avais supposé ? Cette opération avait attisé mon impatience d'expérimenter de nouveaux chemins. Dans la capitale, je me surpris même à emprunter des parcours inédits, *juste pour voir*. Par effet induit, mes habitudes adultiennes se disloquèrent en partie, comme une banquise craque à l'issue d'un dégel surprise. Le lunetteux en moi fit place à un zyeuteur intrépide. Je rompis en quelques jours avec mon rythme végétatif d'intellectuel et l'on me vit gambader sur les boulevards aux côtés de Dafna qui s'en trouva touchée. Mon étonnement perpétuel devant la vie claire me rapprocha de son enthousiasme de Coloriée. J'étais en proie à une désorientation véhémente, très enfantine. J'accédais enfin au rang des êtres de fringales. Plus je regardais passionnément, plus elle me regardait. Nous commencions à trouver ensemble un bonheur à notre taille.

Nous décidâmes donc *d'aller voir* de vastes paysages, de partir en week-end avec les enfants à bord d'une montgolfière. Dans la voiture, sur le chemin de Rambouillet où nous attendait un ballon de location, Lulu attaqua bille en tête :

— Ce serait bien si vous étiez des amoureux. On serait une famille...

— Alors on dirait qu'on serait des amoureux..., répliqua Dafna en posant sa main sur la mienne.

Enjouée, elle me gratifia d'un bisou trop appuyé sur le bord des lèvres. Je faillis louper le virage ! Brusquement, tous mes sens se tendirent vers elle. Dafna était vêtue succinctement, parée de brefs vêtements d'été.

— Papa, fit Jojo, ce serait bien qu'on reste une famille pour longtemps. Roule mollo !

Lulu précisa sa pensée :

— Pourquoi vous ne vous mariez pas ?

Dafna prit une pièce de monnaie et déclara :

— Pile on se marie rapidos, face on s'achète des glaces à la pistache !

— Dafna, répliquai-je, on ne peut pas décider ça à la légère, à pile ou face. Il faut réfléchir un peu...

— En réfléchissant, répondit Dafna, il y a chez vous une histoire d'amour sur deux qui se séparationne !

C'est pas super efficace ta *réflexion*, la comprenette adulte !

— En attendant, ça permet quand même de savoir si on s'engage avec le bon ou la bonne.

— Ça veut dire quoi *le bon* ?

— Ça veut dire...

— Et comment on le sait ? reprit-elle. C'est pas plus simple de dire qu'on le sait pas, qu'on le saura jamais ? Et que c'est pt'être plus sioux de faire confiance au sort ?

Avant que j'aie pu articuler une réticence, Dafna lança la piécette avec la griserie d'une héroïne de roman. Je restais sidéré par cette fille qui avait la sagesse de prendre les décisions graves avec frivolité ; mais au fond, avait-elle tort ? Qui peut soutenir qu'il est raisonnable de spéculer sur les questions du cœur ? Dafna se figurait qu'on n'est vraiment soi que par mégarde, par ces gestes spontanés qui sont autant de lapsus guillerets, en commettant les étourderies qui passent outre nos pauvres convictions.

La pièce s'immobilisa sur la face pile et enflamma Dafna. Ravie de se marier sans l'avoir prémédité, comme dans une histoire fatale, elle oublia ses idées sombres et applaudit avec vivacité en suggérant :

— Et si on se noçait tout de suite, dans le ciel ?

— En ballon ?

— Comme ça, juste après on coupaille les amarres et on s'envole en voyage de noces !

Jamais je n'avais envisagé le mariage comme une cascade de surprises, le début de grandes vacances ébouriffantes, une équipée strictement ludique.

L'union matrimoniale, ce guet-apens légal, m'avait déprimé jusque-là ; sans compter les tracas causés par les formalités religieuses et le tintouin juridico-notarié. Un tricotage de complications et de fils à la patte à vous briser l'enthousiasme !

— Tu veux vraiment... *tout de suite* ? balbutiai-je.

— Dès que la fête est prête, répondit-elle.

— Et les démarches ? objectai-je sottement. La visite médicale légale, la publication des bans, le contrat de mariage, la commande chez le traiteur, la...

— Tout ça n'existe pas dans le ciel, et nous on se marie loin du sol !

— Bien sûr... mais qui va nous marier là-haut ?

— Moi, fit Lulu.

— Génial ! tonna Dafna.

— Mais... ça n'aura aucune valeur ! m'exclamai-je.

— Aux yeux de qui ? demanda Dafna.

— Et les invités ? Ma mère...

— On fera un goûter de mariage, et y aura aucun adulte, conclut Jojo.

— Mais on va s'engager à quoi ?

— À jouer... à deux !

— C'est tout ?

— C'est déjà pas mal.

— Et si un jour on ne veut plus jouer ?

— On jouera plus... et pis c'est tout ! De toute façon, moi je suis pas très fidèle. Juste de prononcer le mot *fi-dé-li-té*, ça me fout le bourdon.

— Pardon ?

— J'adore joujouter avec le corps des garçons, me gaspiller. J'peux pas m'en empêcher ! Et pis ça m'épanouit...

Cette annonce joviale me glaça.

— Tu..., balbutiai-je. Tu n'as pas l'intention d'être fidèle ?

— Non. Je préférerais encore me rentrer des bambous sous les ongles et y foutre le feu ou alors me jeter dans un nid de mygales !

— C'est bien ce que tu penses ?

— Pourquoi ? J'ai été ambiguë, là ?

— Non, non..., marmonnai-je, sonné.

— Je n'aime pas être équivoque.

— Je vois...

En véritable Coloriée, Dafna ne se définissait pas par les engagements formels qui, au-delà de l'instant fugitif, assurent chez nous la permanence d'un être. Dominée par son impulsivité, apte à reprendre sa liberté dans un éclat de rire, elle dérivait au gré de ses caprices. Les promesses et les serments n'avaient aucun titre sur elle, comme sur la plupart de ses compatriotes pour qui le moi n'est qu'une somme d'engouements provisoires. Les Coloriés confondaient désir et droit, muflerie et légitimité. Ils ne voyaient pas dans la parole donnée la marque de l'autonomie mais plutôt celle de l'asservissement à une identité ancienne, à un souvenir désuet de soi.

— Ça t'embête que je sois une vraie infidèle ? demanda-t-elle.

— Non...

— C'est bizarre, tu dis non et t'as une tête qui dit oui ! Alors tu me veux, oui ou non ?

Craignant de contrarier Dafna trop nettement et aussi parce que ce rituel fantoche n'engageait finalement à rien dans l'univers adulte, je lui donnai mon accord ; alors que nous ne nous étions même pas vraiment embrassés ! Si j'avais déçu son enthousiasme, sans doute se serait-elle carapatée pour aller bouder dans son archipel d'Océanie. Quelles que soient ses positions sur la fidélité, je ne pouvais plus supporter l'idée de sa fuite. Dafna avait fait revivre en moi un tempérament de fripon, un entrain juvénile à convertir chaque seconde en une récréation. Près de cette fille douée pour les embardées, je me sentais désormais capable de jeter du lest... même en tant qu'ethnologue.

— Je te dis oui, répétai-je.

— À une condition ! lança-t-elle.

— T'es vraiment gonflée, c'est toi qui me demandes en mariage et tu poses des conditions !

— J'adore quand tu t'énerves, quand t'es pas trop adulte...

— C'est quoi, ta condition ?

— Si un seul truc me convient pas dans cette journée, je m'escapate. Parce que le jour de son mariage, c'est un jour où on a le droit d'être une princesse !

Sans me consulter davantage, Dafna fit halte dans un magasin de robes de mariées et déclara en entrant : *C'est pour s'en servir tout de suite, pas la peine de l'emballer !* La vendeuse crut d'abord à une plaisanterie ; mais, tancée par Dafna, elle consentit à lui faire essayer ses pièces montées de tulle, sa collection de corsets fignolés, ses bustiers flatteurs. Dafna souhaitait une robe pas comme d'habitude, un voile aux pouvoirs euphorisants. Son idée fixe était d'entrer dans un conte. Au diable le prix de son ivresse ! À quoi bon se marier si c'est pour ratiociner en mettant bout à bout des choix raisonnables, vétilleux, des dépenses pépères ? On ne dit pas oui à l'éternité sans un authentique déguisement de princesse. Pour les Coloriés, le mariage restait une affaire de fanfarons, un saut périlleux, une manière festive et téméraire de conjurer la déchéance des sentiments.

— Vous comprenez, expliqua-t-elle à la marchande, c'est pour se nocer en montgolfière... Il me faut une robe légère.

— Vous vous mariez en ballon ?

— Oui, au-dessus des grandes personnes. Et j'voudrais aussi une robe à faire bander le prêtre, même si on n'en a pas l'usage... Vous voyez ?

— Un prêtre quiqui..., bégaya la vendeuse. Non, franchement, je ne vois pas le tableau. Mais une robe disons affriolante, avantageuse, oui je vois.

— C'est ça, avantageuse pour mes tétons. Une à balconnet qui me rende irrésistible, parce que j'adore l'idée d'être la plus belle. À rendre vertes toutes les autres filles, ajouta-t-elle avec le sourire. Ça, c'est hyper agréable !

— Bien, mademoiselle..., répondit la dame, soufflée par ce déballage d'honnêteté.

— Mais toi, me murmura Dafna, qu'est-ce que tu vas mettre ? Tu veux bien te laisser peindre ?

Je consentis à expérimenter cette coutume coloriée et une heure plus tard, je troquai mes vêtements de grande personne contre un déguisement dessiné en trompe l'œil. Dafna acheta de la gouache, nous égara dans la forêt de Rambouillet et me pria de me déshabiller. Quasi nu, debout dans une clairière, elle me peignit alors d'étranges motifs sur le corps et, sur le visage, les traits du petit garçon de dix ans que j'avais été. Comme la plupart des Coloriés, elle excellait dans l'art de retrouver sous le visage adulte la physionomie de l'enfant disparu. Ce masque mobile de mon passé, fixé sur ma peau d'homme, était censé me redonner des élans de fanfaron, une prestance de demi-dieu, l'énergie de cette époque où j'avais été pagailleux et immense en tout. C'était avec ce garnement ressuscité qu'elle entendait convoler, plus qu'avec moi. Lui seul la charmait. Les Coloriés prétendent que nous ne devrions jamais renoncer à cette physionomie vigoureuse et qu'il est bénéfique de se la remettre sur la figure de temps à autre.

Pour ce qui est du corps, j'acceptai l'idée coloriesque de Dafna : elle et Lulu me dessinèrent sur les jambes, le torse et les bras un costume tout neuf de Superman qui me faisait d'intimidants pectoraux ! Ne fallait-il pas être doté d'une force surnaturelle pour affronter l'odyssée d'un mariage ? Cet argument décisif leur avait fait écarter le masque de Zorro et négliger celui de Dark Vador.

À ma grande surprise, la manœuvre fonctionna : mon tempérament d'antan fut de retour dès que j'aperçus le visage de mes dix ans dans un miroir !

Mes traits ressuscités s'animèrent en grimaçant et je me sentis aussitôt ardent, disposé à déraper. La fausse panoplie de Superman m'incita également à turbuler, à ne plus tenir en place. Depuis combien de temps ne m'étais-je pas travesti en héros de mon enfance ?

Les préparatifs nuptiaux se déroulèrent à grande allure. Rien de ce qui d'ordinaire pollue cet exercice n'eut lieu : les altercations entre belles-familles acrimonieuses et radines sur les frais à partager, l'élimination des aïeux trop casse-pieds de la liste des invités, etc. Aucune salle n'était à réserver, aucun notaire ne récita les obligations légales, n'exposa les termes de l'éventuelle *dissolution du contrat*. Il ne fut question que d'amour triomphant, de rafler des fleurs dans les champs, de rameuter les amis de mes enfants disponibles. Une douzaine de mioches furent ainsi mobilisés, ainsi que trois clebs. Tout le monde se déguisa, comme il sied pour des agapes enfantines. Chaque moutard rappliqua avec ce qu'il fallait de bonbons, de chips et de tablettes de chocolat. Les parents crurent que leurs petits étaient invités à un goûter champêtre d'anniversaire. Sauf M. Blanc, flaireur de bons filons, qui voulut accompagner sa fille. Lui seul girafait au milieu de la cohue, avec son altitude d'un mètre quatre-vingt-quatorze. Fouineur, l'échassier dépensa énormément de curiosité pour obtenir des renseignements sur l'origine exacte de Dafna. Charlotte lui avait confié des bribes de vérité qui lui paraissaient absurdes ou fort rentables.

Vers dix-huit heures, la noce juvénile rassemblée dans un champ de blé, aux abords de Rambouillet, s'approcha des montgolfières. La troupe tapageuse se trouvait chargée de bouquets en gerbes, de jeux divers et de cages à oiseaux. Lulu, en robe de fée, me félicita pour mon accoutrement illusoire. La beauté de Dafna, nimbée de voiles, me parut empruntée à une peinture de Botticelli, à mes souvenirs lumineux de tableaux Renaissance qui sont le luxe de ma mémoire. Nous avions l'air de jouer et nous jouions effectivement à nous marier. Quel bonheur de voir nettement toute cette gaieté ! L'assistance vibrionnait, égrenait des comptines et des devinettes, s'amusait de charades coquines, ploufait sur un mode plaisant, s'asticotait d'agaceries, collectionnait des cailloux rares ou bricolait des bouts de bois ramassés sur le bord du chemin pour les convertir en offrandes. Tout en chantonnant *Alouette, gentille alouette,* on se rendait le service de s'énerver mutuellement, pour mieux se divertir. On échangeait des recettes de farces. Peint en Superman, je ne faisais pas tache. Dominait dans cette troupe l'esprit de frivolité, ce démon de la rigolade propre aux loupiots.

Mais, incapable d'atteindre l'inconséquence débonnaire des Coloriés, je restais taraudé par une nuée d'interrogations. Dafna éprouvait-elle de l'amour poivré à mon endroit, au sens où les adultes rêvent ce sentiment ? Notre cérémonie d'aérostiers n'était-elle qu'une mascarade vide de sens et de fièvre amoureuse ? Si je figurais dans la vie de Dafna, étais-je bien dans son champ de vision ? Me regardait-elle comme une gamine reluque un jouet ou comme une femme vibre devant un homme qui intéresse son âme et ses sens ? Avait-elle l'intention de se perdre enfin dans mes bras, de déposer ses réticences, de se laisser envelopper par ma douceur ? Qu'aimait-elle en moi ? Mon goût vif pour sa liberté tonitruante ? Mais en quel lieu était-il donc possible d'abriter notre couple ? Chez elle, en territoire enfant, dans cet archipel en marge du siècle où les grandes personnes étaient proscrites ? Mais y serais-je seulement toléré ? Allions-nous nous établir en Occident, où son caractère se lézardait, où son humeur s'étiolait ? Nous ne pouvions tout de même pas rester éternellement dans les nuages ! Aucun pays ne me semblait propice à l'épanouissement de nos amours transculturelles.

Au fond, toutes ces interrogations n'intéressaient pas Dafna. Seule la journée en cours lui paraissait mériter son attention. Coloriée, elle ne voyait pas le profit qu'il pouvait y avoir à se décrocher de l'instant présent.

Les invités de petite taille prirent place dans les nacelles qui leur étaient réservées, tandis que j'embarquais dans la montgolfière nuptiale avec Dafna, Lulu et Jojo. Notre ballon blanc, exagérément fleuri et décoré de tulles bariolés, affichait notre intention d'appliquer à notre union un but amusant, de nous lancer à la poursuite d'un mariage aux antipodes des conceptions adultiennes. Tandis que nous nous installions pour cette noce aérienne, je voyais en Dafna l'émanation d'une destinée plus libre, d'une existence délivrée de toute convention. Cet accès à un autre monde augmentait encore la séduction qu'elle exerçait sur moi ; car ce que l'on attend de l'amour, c'est toujours de cingler vers de l'inédit. Et Dieu sait que ce mariage ne ressemblait en rien aux mornes unions du monde occidental, si vides de romanesque !

Enfin les brûleurs se mirent en action et nous nous élevâmes au-dessus du formalisme et des idées reçues de la société adulte. Les montgolfières, reliées entre elles par des filins, prirent de l'altitude et glissèrent au ras du feuillage des arbres de la forêt de Rambouillet, dans un silence qui médusa les enfants. Nous croisâmes une colonie de canards sauvages. M. Blanc resta seul à terre. Il n'avait pas été jugé assez pitre pour nous accompagner ; mais on le sentait remué par de noires pensées alléchantes. Blanc paraissait avoir enfin saisi la vérité sur Dafna et, radieux, se réjouissait déjà des bénéfices qu'il escomptait, de l'immense coup commercial exclusif qu'il ourdissait. L'insensibilité était son plaisir. Son pays à lui, c'était le commerce, pas l'Enfance.

Lulu, déguisée en fée, fit tinter une cloche et entama la cérémonie en s'adressant à la foule agglutinée dans les ballons. Il fallait faire vite. Des nuages sombres et ventrus remplissaient déjà l'horizon.

— Les mariés sont-ils prêts à se raconter tous les jours des histoires vraies ? Parce que c'est affreux les amoureux qui se racontent plus la vérité...

— Oui, murmura Dafna en rougissant.

— Oui, moi aussi.

— Mais des belles histoires vraies ! précisa Lulu. Des qui font vraiment rêver.

— Oui, répétai-je.

— Et des histoires drôles ! Tous les jours ! ajouta Lulu.

— Oui.

— T'es sûr que tu la feras rire tout le temps ? reprit ma fille, dubitative.

— Non, mais...

— Alors pourquoi t'as dit oui ? demanda Dafna. Faut dire la vérité quand on se marie, même si elle est un peu cactus, la vérité. Le mariage, ça sert qu'à ça, à mettre plus de vérité dans l'amour.

— Je jure que je la ferai rire aux éclats trois fois par semaine !

La foule de jeunes aérostiers salua ce serment de Superman par une déferlante d'applaudissements qui firent s'envoler des étourneaux. Quelques gouttes de pluie commencèrent à tomber et le vent, encore paresseux, s'éveilla.

— Les mariés s'engagent-ils à se quitter si y s'aiment plus, plutôt que d'embêter l'autre ?

— Oui, fit Dafna, je m'engage de tout mon cœur à te plaquer. Ça je te le jure !

— Mais..., m'étonnai-je, on est là pour s'engager, pas pour promettre qu'on se quittera...

— Justement ! s'exclama Lulu, tu t'engages à des trucs jolis, comme de t'en aller si t'es plus un amoureux. Mais sans gronder personne.

— Bon..., marmonnai-je.

— Mais moi je voudrais recauser d'un cactus, reprit Dafna. C'est celui des menteries.

— Pourquoi tu dis ça ?

— Parce que tout à l'heure t'avais pas l'air super enthousiaste que je sois infidèle, que j'aie très envie de jouir avec d'autres garçons, et t'as pas osé l'avouer. T'as menti, et c'est vilain de mentir !

— Pas enthousiaste, oui, c'est le mot... Dafna, tu seras vraiment infidèle ?

— Corps et âme.

— Si tu ne l'étais pas de corps, ça me suffirait...

— Au moins, si je rentre pas le soir, tu sauras ce que je fais ! T'auras aucun doute. Mais j'te jure que je mettrai jamais plus d'un garçon dans mon lit. C'est déjà être un peu fidèle, non ?

— Non, pas exactement..

— Tu vois pas que je te dis la vérité, comme à un vrai Colorié ? insista Dafna. Avoue-le toi aussi que tu me trompperas !

— Mais je ne veux pas ! tonnai-je.

— L'avouer ?

— Non, te tromper.

— Normalement ça nous tombera dessus, alors puisqu'on sera pas des fidèles, ce serait déjà beau qu'on soit pas des voleurs de promesses, non ?

— Moi j'ai envie d'être fidèle, répétai-je.

— C'est mieux.

— Quoi ?

— T'as dit *j'ai envie*, au lieu de *je serai*. C'est déjà plus vrai. Tu progresses...

— Alors, reprit Lulu, est-ce que vous pourriez promettre un truc du genre *je jure que j'ai envie d'être fidèle* ?

185

— Oui, je le jure, dis-je avec la plus extrême sincérité.

— Moi pas, répliqua Dafna, je jure que j'ai pas du tout envie de l'être ! Je crois même qu'Hippo ne dit pas la vérité de son cœur... Comme c'est un filou, il essaye d'acheter ma fidélité en échange de la sienne. Mais en fait, il n'en a pas envie !

— Alors qu'est-ce que tu peux jurer ? postillonna Lulu.

— Que je serai infidèle ! répéta Dafna. Y a encore une ambiguïté là-dessus ?

— Non, aucune, rétorquai-je sonné. Mais... ce n'est pas gentil du tout.

— Tu as raison, se contenta-t-elle de répondre.

— Ça ne te gêne pas de ne pas être gentille ? repris-je, estomaqué. Alors que tu dis vouloir te marier !

— Non, ça ne me gêne pas. Entre la gentillesse et la vérité, nous autres on a choisi.

— T'es dure ! lâchai-je.

— Oui, comme la vérité. Est-ce que malgré ça t'as quand même envie de te marier avec moi ? me demanda Dafna, tremblante d'émotion.

— Je... je ne sais plus.

— Faut savoir p'a ! répliqua Lulu.

— Avec moi, c'est pas jouable d'être truqué, précisa Dafna d'une voix fragile. Faut que tu sois Hippolyte en vérité, ou on se démarie tout de suite.

— Écoute-moi bien, Dafna. Si tu me trompes, je jure devant Dieu que je crucifierai ton amant et que je mettrai du sel sur ses plaies ! C'est clair ?

— Ça commence..., soupira Dafna.

L'assistance salua mon authenticité par une nouvelle salve d'applaudissements qui se mêlèrent aux grondements de l'orage qui arrivait.

— Bon, fit Lulu un peu perdue, mais alors vous vous promettez quoi au juste ?

— Moi, reprit Dafna, que je serai infidèle et lui qu'il crucifiera mes amants quand j'en aurai.

— Mais ça ne me convient pas ! C'est inégal. Moi je m'engage à quelque chose et toi à rien du tout !

— Si, à te tromper. C'est pas rien.

— Tu parles d'un engagement !

— Hippo, faut pas que tu me demandes d'être une autre. Sinon, à force de cachecacher mes vrais sentiments, j'vais devenir une méchante, une agacée, une amoureuse qui se plaint.

— Ce serait tout de même sympa que tu sois un tout petit peu fidèle…

— Mais tu ne comprends pas ? C'est bête d'être gentillet, c'est plus sûr d'être vrai. Sinon on devient vite pas content, reprocheux, méchant même. Le mariage, chez nous, c'est pas un bal masqué. Quand on dit oui, on déchire tous les masques. Et mon vrai visage, c'est celui d'une infidèle.

— Pour moi, c'est insupportable.

— Tu sais, peut-être que j'avais juste besoin que tu l'entendes…

— J'peux pas entendre ça.

— On y vient…, dit-elle submergée par un gros chagrin. J'avais donc raison. T'es qu'un adulte ! Tu veux échanger ma fidélité contre la tienne, qu'on se tienne par la barbichette au lieu de s'apprivoiser. Pourquoi t'as peur qu'on soit différents ? Ça te rassurerait qu'on soit pareils ?

— Ben... sur ce point, oui.

— Hippo, pourquoi tu prends au sérieux tout ce que je dis ? Au lieu d'en rire et d'en faire un jeu ?

— Quel jeu ? demandai-je, dérouté.

— Mais l'amour ! Si c'est pas un jeu, c'est une affreuserie. Je jouais, là. Et toi, au lieu d'entrer dans ma partie, t'as tout sérieusé. T'as répondu en vrai au lieu de jouer pour de vrai. Alors j'me marie plus ! J'te désaime de préférer tes menteries à la vraie vérité qu'est pas dangereuse dans les jeux. T'es même pas digne du masque que je t'ai peint sur la figure !

Dafna éclata en sanglots et répéta :

— T'es qu'une grande personne !

La pluie forcit et commença à faire couler le visage peint de mes dix ans. Ma sincérité et ma candeur partirent en rigoles, le long de mes rides naissantes. Mes pectoraux gouachés de Superman se mirent également à fondre, effaçant ainsi ma grandiloquence musculaire. Blessée, Dafna ramassa son voile et sa traîne ; puis elle escalada la nacelle et bascula dans une autre, comme on franchit un bastingage par une mer démontée. Le vent venait de surgir, d'éclabousser le climat de sa méchante humeur. Échappant à tous, Dafna dénoua les amarres de sa montgolfière, actionna les brûleurs à gaz et s'envola seule dans un ciel rempli de courants d'air. Elle quittait le monde du non-jeu avec lequel je n'avais pas su rompre pour elle, fuyait ma fausseté adultienne.

— Où vas-tu ? hurlai-je.

Ses paroles, étouffées par la bourrasque, ne me parvinrent pas.

Dafna prit de l'altitude dans un panorama chargé. À cet instant, je sus que j'étais condamné à la solitude, comme en exil chez les adultes. Dafna partait avec ma vitalité, s'éclipsait après m'avoir dépouillé de ma sensibilité de gamin. Avec qui allais-je désormais pratiquer l'enfance, ce sport amoral ?

## 12

Du lionceau en liberté que j'avais été avec Dafna ne resta bientôt plus qu'une descente de lit. Ma vie cessa brusquement d'être une fête. Ne polissonnant plus, je me laissais gagner par la mollesse du climat estival. Je débonnairais, àquoibonisais à perdre haleine, biscottais au lieu de cuisiner. Le cynisme ronchonnard me revint. Je râlotais dans le vide, n'étais même plus capable de cultiver ma nullité avec drôlerie.

Amputé de Dafna, le réel ne me passionnait plus. Je me remis à faire la queue au cinéma, à ne plus grimper dans les arbres, à trinquer avec des nonchalants. Désenchanté, César se carapata de mon domicile. Il préférait encore l'imprévu de la rue à mon humeur de pétard mouillé. J'étais nostalgique de la vérité tonique de Dafna, de son accès à toute la palette des sentiments (les avouables et puis les autres). Alors, forcément, le chiqué se glissa dans mes attitudes. Plus aucune remarque tranchante ou vraie ne jaillissait dans mes propos. Je rationnais mon toupet. Je tombai même malade pour éviter d'entrer en contact avec mon chagrin. Lâchement, je réclamais à la fièvre une porte de sortie.

Mais ma déroute la plus grave était ailleurs : je me trouvais envahi par mon passé. Avec Dafna, toujours cramponnée à l'instant, ma mémoire m'avait oublié. Pendant quelques semaines, j'avais vécu sans plus exhumer mes habitudes, comme allégé de mes souvenirs, en cessant tout à fait de m'autocommémorer. Tous les deux, nous nous goinfrions de présent. Rien n'était accompli à date fixe, déterminé par des engagements périmés. Et voilà que je laissais à nouveau mes réflexes d'antan me piloter, mes antécédents me figer. J'avais repris l'exercice de mon métier sans appétit, au motif absurde — on en conviendra — que j'avais suivi des études d'ethnologie dix-sept ans auparavant ! Je n'adressais plus la parole qu'à des gens que je connaissais déjà, les témoins d'un jadis increvable. Ma garde-robe était remplie de fantômes vestimentaires. Tous les matins, je m'imbibais du même journal, remâchais d'antiques convictions au lieu de gambader vers des idées fraîches. Comme la plupart des domiciles d'adultes, le mien recommença à n'être qu'un caveau de ma vie révolue. Dans mon salon, je flânais au milieu d'un décor des années quatre-vingt. Tel bibelot témoignait d'un voyage africain qui jaunissait dans un album de photos, tel autre n'était qu'un fragment usé de mon adolescence. Penché sur ma table de travail, j'étais en réalité courbé au-dessus d'un vestige de mon mariage liquidé. Même ma chasse d'eau fuyait depuis cinq ans. Tout datait, moi y compris.

Dafna me manquait. Cette trublionne était du vif-argent, innovante, entraînante. Ses défauts charmants me hantaient, tout comme ses dérapages. Au fond, je hais les indolents qui ne sont pas des grenades dégoupillées, les falots qui négligent de fusiller les idées reçues, les tièdes qui rendent les sentiments inoffensifs en fonctionnant sur un petit voltage. Gonflée, Dafna m'avait donné envie de réaliser TOUS mes désirs, de me faufiler vers ma liberté. Au diable l'avachissement adulte, le traintrain d'un sort pastellisé, embrumé de compromis ! Ah, vivre copieusement et sans mauvaise conscience !

Mais ma Coloriée ne donnait aucun signe de vie.

Au fil des jours, je me demandais si elle n'avait pas regagné son archipel en douce, histoire de retremper son tempérament dans un climat de spontanéité, loin des adultes truqués qui empestent le calcul et la patience. Ne me restaient de Dafna que les affaires personnelles qu'elle avait négligé de récupérer : quelques objets jouétisés (une poire à lavement transformée en gonfleur de préservatif, etc.), des déguisements subtilisés (une panoplie complète de fliquette, une nouvelle robe de magistrat du siège, un lot de mitres d'évêque, etc.) et... son carnet de voyage rédigé en rébus.

Aidé par Lulu (très forte en rébus), je tentai alors de déchiffrer ce document bariolé dans lequel elle avait consigné ses étonnements. Les hiéroglyphes de Dafna m'apprirent alors par quelles tribulations elle était passée pour rejoindre l'Europe coloniale. Tout était relaté de façon émotionnelle plus que descriptive. À chaque étape, il fallait devinetter un lieu, supputer un pays, une ville. Elle ne dépeignait pas New York mais plutôt son trouble d'entrer pour la première fois dans une femme... une porteuse de flambeau qui s'appelait Liberté. Il fallait décoder son humour allusif, ses farces coquines. Mais toutes ses remarques confirmaient qu'elle était bien partie de Pitcairn, l'île où les Révoltés du *Bounty* avaient blotti leur infortune au XVIIIe siècle. C'était là-bas que demeuraient encore la poignée d'enfants Délivrés qui, en 1980, avaient eu la trouille de demeurer dans leur archipel sans adultes. La Délivrance se trouvait donc à quelques jours de navigation de Pitcairn.

Un soir, une page indiscrète de ce cahier me révéla le lourd secret qui expliquait en partie l'escapade de Dafna si loin de son archipel. Certes, elle désirait retrouver les bras de sa maman, pour elle et sa sœur Salomé ; mais, devant ses croquis bavards, je venais de saisir pourquoi elle n'évoquait jamais le souvenir de son père véritable... M. Silhouette, l'instituteur assassiné par Ari ! Dafna prétendait être la fille du dernier adulte de l'île. Sa mère, affirmait-elle, avait eu autrefois une liaison ensoleillée avec cet homme maudit qui symbolisait le mal absolu : le joug culotté. Dafna disait avoir vécu toute sa vie avec ce secret honteux, sans jamais cesser d'être attirée par la culture de cet homme mythique et honni. Mais était-ce véridique ? Comment Dafna aurait-elle pu être informée de cette histoire d'amour ? Ne s'était-elle pas raconté cette fable jusqu'à s'en persuader ? Avec les Coloriés, je ne devais jamais oublier que leurs idées et la réalité ne se recoupaient que fortuitement. Si cette information avait effectivement marqué l'esprit de Dafna, rien ne permettait de certifier qu'elle était avérée. Pour eux, je le répète, n'étaient considérés comme *vrais* que les récits qui excitaient leur imagination ! Mais, après tout, l'existence n'est-elle pas qu'une histoire à laquelle on a la faiblesse de croire ? Toujours est-il que les crayonnés de Dafna confessaient une fascination extrême pour l'univers interdit de son père, fantasmatique ou réel. Elle était donc venue en Occident pour traquer sa maman et assouvir sa curiosité un brin filiale pour les mœurs étranges de l'univers adulte. Sans doute avait-elle trouvé en moi des bribes de ce père supposé.

Par ailleurs il me semblait nécessaire d'agir vite et de prendre une décision hardie : M. Blanc, ivre de commerce, paraissait avoir percé le mystère de mes attitudes fuyantes. Bientôt le pactole du tourisme industriel se mêlerait de la partie. Le risque de déstabilisation de la société coloriée était bien réel. Et il ne fallait pas compter sur le sifflomètre de l'opinion publique pour condamner ce débarquement ravageur. La rue occidentale voulait toujours plus de destinations exotiques, de séjours chromos, de sanatoriums pour contribuables fatigués de notre système adultien.

J'eus donc l'idée de placer sans délai l'archipel sous la protection des plus hautes autorités adultes, d'avertir mes confrères ethnologues de mon expédition scientifique. Leur mobilisation seule pouvait conduire l'État français à se porter garant de l'intégrité de la civilisation coloriée, comme il le faisait déjà en sécurisant les territoires des Indiens de Guyane, si vulnérables à nos virus et à nos certitudes universalistes. Mon instance véhémente et l'estime que me valaient mes travaux antérieurs me permirent d'intervenir à la première assemblée de la Société Française d'Ethnologie. Quelques-uns de mes pairs voulurent avoir la primauté de mes révélations ; mais je me réservai pour le grand jour, avec la coquetterie orgueilleuse de celui qui prépare un joli coup.

On sait ce qu'il advint lors de mon allocution fiévreuse, un tantinet ridicule d'emphase, trop messianique sans doute. Je n'ai omis de rapporter qu'un seul détail qui m'accabla : l'éclat de rire de l'assistance surcultivée et goguenarde lorsque je voulus apporter la preuve de mes assertions en exhibant le carnet de rébus de Dafna. Aucun esclaffeur ne me prit au sérieux, tous pensèrent que j'avais perdu la mesure des choses. Quoi, l'Enfance, une culture semblable aux autres ? Mon crédit professionnel se volatilisa en un rien de temps. Pfft ! Parti en gloussements ! Ce jour-là, j'eus devant moi une vue imprenable sur la connerie humaine. Il y a des moments où l'on se demande auprès de qui porter plainte. On me railla tant qu'aucune gazette professionnelle ne me fit même l'honneur de m'éreinter. Courtoisement, on m'asphyxia de mépris sous un édredon de silence. La consigne fut de me négliger.

—Vous n'avez pas le droit de passer à côté d'une découverte pareille, d'ignorer un événement ethnologique majeur ! m'insurgeais-je à pleins poumons.

195

Quelques quolibets achevèrent d'éteindre ma verve d'homme amoureux ; car mon enthousiasme découlait bien des sentiments tendres que je nourrissais à l'endroit de Dafna. Sur le trottoir, hébété devant tant d'imbécillité, je ne savais plus que faire pour voler au secours de ce peuple exposé au négoce du soleil. L'ubiquité touristique des foules occidentales vaut toutes les invasions militaires. Dès lors, n'avais-je pas le devoir de me rendre sur cette terre australe pour en rapporter la preuve indéniable de l'existence des Coloriés ? Ne devais-je pas risquer ma vie en pénétrant sur ce territoire où les adultes étaient interdits ?

N'allez pas en déduire que j'étais courageux ; non, *épris* demeurait un terme plus approprié à mon état. Je n'avais que l'éclat de Dafna en tête, et le souvenir obsédant de notre liaison à peine ébauchée. Inapte au désenivrement, je m'inquiétais à chaque instant de son sort, de son errance dans notre univers plein de chausse-trapes. Tracassé par tout ce qui se rapportait à elle, je rappelai un matin la préfecture de police pour m'informer de l'état des recherches de sa maman. Le fonctionnaire qui me répondit resta d'abord muet de sidération :

— Mais…, finit-il par bredouiller, votre épouse ne vous a pas averti ?

— De quoi ?

— Elle est passée à la préfecture, et nous avons eu le regret de lui apprendre que ses parents ont péri en janvier 1980, lors du naufrage du *Melbourn*, au large de l'île de Pitcairn.

— Quand l'avez-vous vue ?

— Il y a une dizaine de jours. Elle ne vous a rien dit ?

L'homme me rapporta la scène, encore ébranlé par la réaction inattendue de Dafna. Avec précaution, il lui avait communiqué les éléments certifiés par la compagnie d'assurances : tous les passagers sans exception étaient décédés, pulvérisés par un cyclone assassin. Dafna s'était alors levée de sa chaise et, au mépris de tous les usages, avait poussé un cri de bête en se recroquevillant dans un coin du bureau. Son hurlement primal avait figé la préfecture de Paris. Pendant dix bonnes minutes, Dafna n'avait pu tempérer sa douleur, limiter l'intensité de ce cri indécent qui s'était prolongé jusqu'à ce que ses cordes vocales, écorchées à vif, se déchirent. Jamais personne n'avait assisté à une telle souffrance exhalée, une douleur dérangeante qui avait avivé les peines anciennes des personnes présentes, réveillé les chagrins trop longtemps tus. À la préfecture, au bout de quelques minutes, certains agents publics s'étaient même mis à chialer, sans explication. On avait vu des sanglots inonder brusquement les visages, secoués de convulsions. Ce hurlement phénoménal avait agi par contagion. Une épidémie de spasmes ! Des litres de larmes s'étaient déversés dans les étages, comme si les adultes d'Occident n'avaient été que des sacs à tourments mal éteints, une somme de détresses. Puis Dafna, titubante, était sortie de la préfecture sans que personne n'ose lui souffler un mot. Sur le dallage à damiers du grand couloir, elle avait alors esquissé une marelle d'un pas guilleret. Son cri formidable l'avait purgée de son affliction. Elle se trouvait tout à coup guérie, alors que tant d'adultes ne savent pas se nettoyer de leur passé.

Je pressentais que Dafna s'était enfuie pour retrouver son peuple. Ne me restait plus qu'à la rejoindre, à bourlinguer vers cette destination lointaine qui fonctionnait au rebours de notre univers. Chez nous, ce qui compte ce sont les faits, les résultats tangibles. Là-bas, m'avait-elle dit, c'étaient les désirs, les chimères ambitieuses. N'était réel dans cet outre-monde que ce qui divertissait. N'était vrai que ce qui suscitait une émotion ardente. Au dire de Dafna, on n'avait pas sur la Délivrance d'autre fierté que celle de vivre sans hypocrisie. J'allais à mon tour expérimenter cette incroyable société de gens qui osaient leurs désirs. En moi, l'amoureux enthousiaste, l'ex-minot et l'homme de science me criaient d'oublier l'Occident.

Je m'apprêtais à laisser un continent où l'amour que les parents infligent à leurs enfants se paye chèrement. Quoi qu'en disent les belles âmes, pour être aimé quand on a la malchance d'être un rejeton de Culottés, il faut devenir qui l'on n'est pas, un clandestin dans sa propre peau, s'éroder le caractère et s'appliquer sur le visage un masque accommodant. Qui ne rampe pas devant les espoirs de ses parents est en général excommunié. Chez les adultes, tout se monnaye, la tendresse comme le reste ! En quittant la France, j'eus donc l'énorme soulagement de m'éloigner de ce chantage immoral qu'on appelle *l'éducation adulte*.

II

II

# 1

Dans l'avion qui m'emmenait vers Tahiti, je me remémorais mes adieux à Lulu et Jonathan. Leur mère, hérissée de principes, n'avait pas voulu les laisser courir le monde avec moi. Pourtant, tous deux se seraient bien vus mettre les voiles pour gagner le pays de Dafna. Ah, rompre avec la condition servile et infamante de gamin occidental ! Appareiller pour de grandes vacances sans fin ! Mais la volubile Nancy veillait. Dans l'art de vitupérer, elle excella comme toujours. De presque pénible, elle s'était transformée pour la circonstance en parfaite emmerdeuse.

— *Bloody hell !* avait-elle vociféré. *I won't leave my kids* s'escapater derrière une *fucking* givrée dont votre *daddy* s'est toqué ! Dans une île de hooligans où ils ont flambé les écoles au rhum !

— Ce serait une chance pour nos enfants.

— La seule chance qui puisse leur tomber dessus, *my dear*, c'est que tu restes là-bas avec tes *crazy ideas* et ton attardée sexy ! Va faire tes chienneries *overseas* !

Le nez calé contre le hublot, je songeais que mon

exotisme, ce jour-là, n'était pas le chapelet d'atolls chromos que je survolais mais bien l'effarante civilisation que je m'apprêtais à découvrir. Chaque société porte en elle son idée de la rencontre, faite d'a priori et de préjugés plus ou moins risibles. Comment notre collision culturelle allait-elle se passer ? Je pensais à un travers adultien tenace : chez nous — en Occident —, les grandes personnes ont hélas toujours le dernier mot sur ce que les moutards doivent exécuter. Serais-je en toute circonstance capable de me défaire de ce ridicule réflexe de supériorité ? Et de leur côté, les Coloriés permettraient-ils mon intrusion ? De toute évidence, elle remettait en cause l'un de leurs dogmes identitaires fondamentaux (l'isolationnisme).

À Papeete, je grimpai dans un petit zinc qui me conduisit jusqu'à l'île principale de l'archipel des Gambier où j'embarquai à bord du *Triomphant*, un bâtiment militaire impeccable qui mit le cap vers Pitcairn, située à six cents kilomètres de Mangareva. Sur cette unité tirée à quatre épingles, servie par des officiers de marine gantés de blanc, j'eus droit à un florilège de comportements culottés. À table, il était de bon ton de s'exercer au cynisme, de ricaner des élans de sincérité, de se distancier avec brio. On répugnait à dire *je*. Personne ne commettait la faute d'afficher ses émotions, chacun avait fixé un masque sur sa physionomie. Lorsque le commandant Kerflorec, patiné d'ironie et féru de litotes, apprit par son radio le décès de sa vieille mère en Bretagne, il se contenta de murmurer *C'est embêtant,* en conservant une attitude froide et râpeuse ; puis ce parfait produit de la Royale lança aux galonnés qui mangeaient un souper fin :

— Messieurs, une femme que j'ai bien connue a cassé sa pipe en mon absence. Brest fut son dernier port. La distance m'exonère de pleurnicheries. Je vous propose donc de n'en rien dire, pour éviter le ridicule du sentimentalisme.

Sa voix n'avait pas frémi. Sans ciller, le commandant avait ensuite fait honneur à un château-chasse-spleen 1995 qu'il avait commenté en termes fleuris pendant dix bonnes minutes, avant d'évoquer le but humanitaire de leur mission. Il s'agissait de profiter de la virée annuelle de ravitaillement en fioul des Pitcairniens pour mener une campagne de vaccination. Les systèmes immunitaires de ces îliens s'appauvrissaient, du seul fait de leur isolement qui est aujourd'hui aussi grand que dans les siècles de la marine à voile. Le flegme adultissime du commandant avait vivement impressionné les officiers, au courant de son deuil. Pour ma part, je fus affligé par cette pantomime glaciale, révolté par le respect qu'inspirait à tous cette falsification prétendument virile. Quelle honte d'escamoter ainsi sa vérité, de glorifier l'artifice ! Je préférais encore le glapissement authentique lâché par Dafna dans les murs de la préfecture de Paris. Ce voyage acheva donc de me fâcher avec les mœurs adultes qui dénaturent si honteusement les êtres qu'on finit par ne plus leur voir l'âme.

Lorsque nous arrivâmes en vue de Pitcairn, à plus de deux mille kilomètres au sud-est de Tahiti, je ressentis pour la première fois la solitude radicale de ces archipels giflés par les quarantièmes rugissants. L'île granitique n'offrait aucune possibilité d'appontement. On n'apercevait pas de port amical, seulement un abri de fortune accessible à de frêles esquifs. Cinq coups de cloche mirent alors les quarante-quatre habitants d'Adamstown en mouvement. Une baleinière blanche vint bientôt nous transborder. Les descendants des Révoltés du *Bounty* nous accueillirent avec la joie pagailleuse de gens qui n'ont pas vu un navire depuis dix mois. Cette information me glaça. Comment Dafna avait-elle pu retourner sur la Délivrance sans transiter par Pitcairn (rocher qui faisait office de capitale de la région) ?

Quarante-huit heures et quelques vaccinations plus tard, le *Triomphant* se faufila vers la haute mer, me laissant seul avec les insulaires qui ne tardèrent pas à me cuisiner dans l'unique bar de la place d'Adamstown. Qu'étais-je venu effectuer sur ce caillou d'exilés volontaires ?

— Rencontrer les Coloriés, dis-je sans ambages. Je cherche à visiter la ville de Coloriage.

Un silence épais et suspicieux s'établit aussitôt. J'eus le sentiment très net que je venais de transgresser un tabou en prononçant le nom des Coloriés.

— Qui t'a parlé d'eux ? marmonna Tom Christian, le maire actuel de l'île, ultime rejeton du fameux Fletcher Christian qui, en 1789, avait conduit la mutinerie.

— Une Coloriée…, répondis-je. Dafna.

— Elle a donc atteint l'Europe, commenta une femme. Dafna ne voulait pas croire au naufrage de ses parents... Il y a si longtemps ! Elle trouvait que ce n'était pas une bonne histoire.

— Étranger, me lança Ronald Christian, un homme boucané de quatre-vingt-deux ans à grande allure, personne n'est jamais revenu de chez les Coloriés. Là-bas, les adultes sont liquidés. Même s'il rit de tout, Ari ne plaisante pas. *He's not joking at all* ! répéta-t-il en anglais.

— Pourquoi n'avez-vous pas parlé des Coloriés au commandant du *Triomphant* ? demandai-je. Il aurait pu les vacciner, eux aussi...

— On voit que tu ne connais pas Ari..., repartit Tom Christian. Ce garnement nous couperait tous en rondelles si nous révélions leur existence. C'est la seule règle du jeu qu'il nous impose. Les Coloriés sont terrorisés à l'idée que les adultes viennent les empêcher de jouir de tout. Et puis, s'ils tombent malades, ils peuvent toujours venir me voir... Je suis médecin.

Quelques individus qui n'excédaient pas trente-cinq ans me racontèrent alors qu'ils n'avaient pas voulu participer au délire d'Ari lors des événements de 1980. Encore très jeunes à l'époque, ils avaient été terrifiés à l'idée de se soustraire définitivement à la protection des grandes personnes. Dans leur panique, ils avaient préféré voler une barque pour se réfugier sur Pitcairn, là où subsistaient encore une poignée d'adultes. L'équipage de sept gamins (dirigé par Casimir, le frère ennemi d'Ari) était parvenu à cingler d'une île à l'autre en s'aidant d'une vieille boussole. Pour ces mioches — le plus âgé n'avait pas treize ans ! —, la réussite de cette traversée de plus de soixante milles nautiques avait tenu du miracle. Depuis, aucun de ces réfractaires n'avait osé remettre les pieds en territoire colorié (sauf Casimir qui avait eu le cran de faire un long séjour là-bas). De toute évidence, le tempérament excessif d'Ari leur inspirait encore une frousse inmaîtrisable.

— Vous comprenez, m'sieur, expliqua la femme, Ari est tout plus que tout le monde. Personne ne lui a jamais appris à calmer ses défauts qui sont... incroyables !

Cette formule se vrilla dans mon esprit : *tout plus que tout le monde*... À quoi pouvait bien ressembler un déluré pareil, un tel caractère ? Sa séduction dangereuse s'exerçait déjà sur moi. J'interrogeai l'assistance. Ari était-il sadique, prodigieusement gentil, têtu à la folie, fabuleusement vicieux, plus clown, plus malin, plus imaginatif que le reste du genre humain ou tout à la fois ?

— TOUT plus que tout le monde, se contenta de répéter la jeune femme en opinant du bonnet.

— Et vous dites qu'il n'y a plus de parents sur la Délivrance, c'est bien cela ?

— Oui, confirma Tom Christian.

— Mais l'île est infestée d'enfants, n'est-ce pas ?

— Oui.

— Comment est-ce possible ? demandai-je, perplexe. Il ne peut pas y avoir des gamins s'ils ne viennent d'aucun parent !

— Là-bas, on ne vient que de soi. L'idée d'être parent n'est pas dans l'esprit des Coloriés, marmonna le vieux Ronald en remuant toutes ses rides. Leurs enfants ne leur appartiennent pas.

— Comment est-ce possible ?

— Sur leur île, pas mal d'idées n'existent plus. La filiation, le travail, le choix d'un métier, tout cela a cessé d'être une fatalité. La pudeur s'est volatilisée. S'ennuyer est un verbe tombé en désuétude. Le temps même a disparu en 1980.

— Mais tout ça est absurde ! C'est le temps qui fait exister les choses ! On ne peut pas l'escamoter.

— Dans votre esprit, pas dans leurs pensées. Ces enfants-là ont leurs propres pensées qui ne sont pas les nôtres.

—Y a-t-il quelqu'un qui puisse me conduire sur la Délivrance ?

—Vous ne trouverez personne ici qui soit assez fou pour braver l'interdit d'Ari.

— Les Coloriés viennent-ils de temps en temps jusqu'ici ?

— Parfois, pour nous jouer des tours, mais rarement.

— Ils vivent en autarcie ?

— Complète. Ils ont peur d'être contaminés par nos limites.

— M'aiderez-vous à débarquer là-bas ?

— Si nous vous prêtions une baleinière, les Coloriés la chiperaient.

— Ne pouvez-vous pas me déposer de nuit ?

— À une seule condition, articula Tom Christian en pesant chaque mot. Nous vous laisserons là-bas, mais

207

ne nous demandez pas de venir vous rechercher à Coloriage. Trop risqué.

— J'ai prévenu le commandant du *Triomphant* de me reprendre là-bas si dans un an jour pour jour je ne suis pas de retour à Pitcairn, avouai-je. Mais il ne sait rien des Coloriés. Il me croit ornithologue.

— Et vous êtes ?

— Ethnologue.

— Vous étudiez les singes ?

— Non, une espèce plus aventurière.

— Les Anglais ?

— Les Anglais aussi.

C'est sur cet accord fragile que je me préparai à aborder le rivage périlleux des Coloriés. Mon sort restait à la merci de la parole d'un militaire adulte, créature légère s'il en est. Les Pitcairniens m'expliquèrent alors que la société coloriée s'était construite dans une vallée circulaire invisible depuis la côte, au cœur même des roches fertiles de l'île volcanique de la Délivrance ; d'où la discrétion de ses habitants au cours des vingt dernières années. C'est là, derrière les remparts d'un volcan tranquille, qu'ils avaient laissé se développer leur naturel immodéré et fantasque. On n'accédait à leur territoire que par un passage souterrain. C'est au sortir de ce long boyau que le voyageur pénétrait dans un siècle d'enfance, pur de tout adultisme.

Tout cela me paraissait plus que jamais teinté d'onirisme, une sorte de chimère qui me réchauffait le cœur. Comment pouvait-il exister un lieu où les hommes et les femmes vivaient leurs envies avec simplicité ? Alors qu'en Occident nous en avons si bêtement peur ! Si je n'avais pas connu une Coloriée en plein Paris, sans doute n'aurais-je moi aussi jamais accepté l'existence de ce peuple atypique, malicieux et fou de liberté. L'honnêteté décoiffante de Dafna m'avait déjà habitué à l'esthétique de la spontanéité ; mais qu'allais-je éprouver face à une multitude de débridés sans aucune bonne manière ? Dafna se trouverait-elle seulement à Coloriage ? Je piaffais d'étreindre cette femme qui m'avait fait à nouveau aimer l'amour et comptais plus que jamais sur son aide pour me protéger d'Ari et de ses escadrons de galopins. Après trente-huit ans d'Occident, j'étais las de laisser mes désirs inassouvis !

2

J'abordai le littoral de la Délivrance le 2 septembre 2003 au petit matin, avec une inquiétude que je n'avais jamais éprouvée en m'aventurant chez d'autres peuples. L'altérité radicale des Iks — la tribu sans amour d'Afrique orientale — ne menaçait guère mes convictions d'Européen. Aucun Papou de Guinée équatoriale ne m'avait jamais converti à ses croyances au point de me faire renoncer à mes a priori de rejeton des Lumières. Les Coloriés, eux, risquaient fort d'enrayer ma machinerie mentale et de détruire mes certitudes ; je le pressentais, le désirais presque et en étais effrayé. J'avais hâte de m'affranchir de mes réflexes de Culotté qui ne sait pas déguster la vie, d'oser être inconséquent à mon tour. En vérité, j'étais déjà fasciné par ce peuple sage qui — anéanti en 1980 par le décès collectif des parents —, loin d'avoir eu la médiocrité de s'adapter au réel, avait eu le culot de le réinventer. Au fond, je n'ai jamais aimé les *adaptés*, ceux qui s'acclimatent à une réalité carencée. J'ai toujours raffolé des furieux qui ont le courage de rêver les yeux ouverts et de rebattre les cartes avec fièvre.

Mais, dans le même temps, j'avais également la trouille d'être assassiné, que ne se déverse sur moi la haine des adultes (qui fonde la culture de cette colonie d'enfants). Dafna m'avait averti : les Coloriés regardaient les Culottés comme d'anciens oppresseurs à traquer, des canailles arrogantes qui rêvaient de les asservir à coups de fessées, de brider leur fantaisie bondissante et de les expédier à la chiourme sur des bancs d'école. Selon l'adage spirituel répété par Ari, *Un bon adulte est un adulte raccourci* — entendez décapité, bref ramené à des proportions d'enfant. Il y avait de quoi réfléchir. Depuis 1980, aucune exception n'avait été tolérée dans l'île.

La tiédeur du seul volcan en activité régnait partout autour de moi. Elle maintenait sur la Délivrance un climat quasi tropical qui dopait une nature excessive. En Europe, les plantes étouffent dans des jardins ou dans des parcs faussement sauvages. Là-bas, elles exubéraient sans que personne ne les châtre, s'amusaient de croître loin des râteaux et des sécateurs de notre vieux continent. Ce désordre végétal me parut semblable à celui des Nouvelles-Hébrides, alors qu'au large on voyait dériver de poétiques icebergs bleu pâle, véritables radeaux à pingouins. L'Antarctique et ses courants d'air n'étaient plus très loin de cette région du globe. La bonification surprenante de la température était l'une des raisons qui avaient conduit le mutin Fletcher Christian à choisir cette terre d'exil qui gît pourtant dans une zone très australe. Ce confetti verdoyant avait déjà été signalé par Bougainville qui l'avait cependant mal indiqué sur les cartes de l'époque en faisant une erreur de deux degrés en longitude (soit deux cent quatre kilomètres). Cette faute cartographique était fréquente au XVIIIᵉ siècle. Les navigateurs excellaient à calculer la latitude en se servant du sextant ; mais ils se trompaient souvent dans la longitude car ils ne disposaient pas encore de chronomètres helvétiques. Fletcher avait voulu profiter de ce positionnement erroné pour mettre son équipage à l'abri de l'humanité civilisée. Un cyclone fâcheux le déporta de soixante milles nautiques et projeta la coque du *Bounty* sur les récifs tranchants de Pitcairn, rocher également peu fréquenté. Naufragés, ils durent s'y fixer. Cependant, la meilleure île pour s'établir en reclus, c'était la Délivrance, plus septentrionale mais bizarrement plus clémente. La chaudière volcanique expliquait ce dérèglement.

Tandis que la baleinière des Pitcairniens s'éloignait, je me sentis brusquement seul au monde. Sur cette plage que je foulais, le passé n'existait plus. L'avenir aussi s'était dissipé. Aucun miroir ne refléterait plus ma physionomie. Qu'allais-je devenir dans cette contrée désadultisée si Dafna ne m'avait pas précédé ? Aux alentours, pas âme qui vive.

À ma grande surprise, je vis alors débouler un zèbre lancé au grand galop sur la grève. L'équidé de petite taille ne paraissait nullement effrayé par ma présence. Plus il se rapprochait, plus je distinguais ses rayures particulières. Son pelage avait été colorié par un membre de notre espèce qui, sans doute, refusait l'atonie du réel, la décoloration du monde ! Je n'en croyais pas mes yeux. Ce zèbre n'était pas noir et blanc mais rouge vif et jaune or, comme s'il avait été chargé de signifier l'énergie d'un peuple pour qui la joie n'est pas une humeur intermittente mais un état stable. Il s'arrêta à quelques mètres, manifestement intrigué par mon apparence et, soudain, se mit à rire en retroussant ses lèvres épaisses. Oui, à pouffer. L'animal, goguenard, avait l'air de me trouver risible ! Pour la première fois de ma vie, je faisais la connaissance d'une bête sarcastique.

Je crus alors que ma tête explosait et perdis conscience.

Quelques heures plus tard, je m'éveillai dans une cabane avec une solide migraine, surplombé par un petit filou de huit ans au regard méfiant. Ce moutard grassouillet se trouvait quasi nu et colorié de la tête aux pieds. Il s'était peint sur le corps et le visage un costume de tigre en trompe l'œil.

— Ne bougeotte pas ! me lança-t-il en se grattant. Sinon je rugis et je te croque. J'suis un tigre. Et toi ?

— Je suis déguisé en adulte, dis-je en essayant de le feinter. Tu ne le vois pas ?

— Non.

— Quoi, non ?

— T'es qu'un Culotté, un adultien pour de vrai. Même que tu pues l'adulte ! Je t'ai vu descendre du bateau des Culottés, en douce, ce matin.

— Que m'est-il arrivé ? dis-je en portant la main sur ma nuque endolorie.

— T'as fait rigoler mon zèbre. Il flaire les Culottés. Alors je t'ai tiraillé une petite pierre à la fronde, pour te capturer. Et maintenant t'es mon prisonnier et celui de Max et Roberto.

— Max et Roberto ?

— Mon cormoran et mon singe.

Il me présenta son oiseau blanc peint en perroquet écarlate et son chimpanzé travesti en clown comme s'ils avaient été des membres de sa famille ; ce qui était d'ailleurs le cas. Les relations affectives que les Coloriés nouent avec les animaux sont sans rapport avec les liens gagatisants que les Culottés d'Occident établissent avec les chiens et les chats. Nous y reviendrons, car ces liens constituent la base de *l'économie* de l'île, fondée sur la fainéantise.

— Qu'est-ce qui m'empêche de partir ? repris-je.

— Regarde, fit l'enfant en ouvrant la porte de sa cabane.

Nous nous trouvions à plus de quarante mètres de hauteur, dans les frondaisons d'un grand kaori ! Comment m'avait-il hissé à une altitude pareille ? La cabane était jonchée d'objets qui évoquaient des inventions de Léonard de Vinci revisitées par un esprit taquin : deux raquettes pour idées folles, diverses machines à provoquer le hasard, des sarbacanes étudiées pour envoyer des mots d'amour, quelques appareils destinés à changer d'avis ou à soulever les jupes des filles. Ce bric-à-brac dénotait une curiosité universelle mêlée d'une grande agitation mentale. Ce gamin n'avait pas été freiné dans sa fringale de science par un pédagogue soucieux de lui transmettre ses infirmités intellectuelles.

—Tu vas rester là, caché, et tu seras qu'à moi, comme une bestiole de compagnie gratuite.

— Gratuite ? repris-je, surpris par ce terme.

— Oui, c'est très important pour moi parce que j'suis pingre et rapace, précisa-t-il en souriant de toutes ses quenottes. Je voulais un adulte rien que pour ma pomme, qui me coûterait zéro, juste pour zyeuter comment vous êtes, t'observer quoi ? ! Et maintenant que je t'ai pour pas un dé...

— Pas un dé ? m'étonnai-je.

— Ici, on achète avec des morceaux de hasard, des dés. Eh ben tu vas répondre à mes questions, gratos. La première c'est... le truc que vous appelez *le temps*, c'est quoi chez les Culottés ?

— C'est... la durée qui s'écoule entre deux moments, ce qui passe.

—Tu dis qu'il passe le temps... mais il passe où ? Ici, personne ne l'a jamais vu le temps.

— Regarde les aiguilles, lui dis-je en indiquant ma montre, elles avancent, c'est ça le temps.

— C'est gratuit ?

— Pas tout à fait...

Perplexe, le loupiot regarda pour la première fois des aiguilles en mouvement et se mit à nouveau à se gratter l'aine.

—T'en crois quoi, Roberto ?

Le singe poussa un cri.

— Il dit que tu débloques, traduisit le gratteux. C'est que des bâtons qui tournent sur un bidule rond.

C'est Ari qui répète ça, que les bâtonnets qui avancent c'est qu'une menterie. Vous essayez de nous faire croire que le temps existe avec des ruses pas drôles de ce genre !

Brusquement, le garnement cassa ma montre avec une pierre et bloqua le mécanisme. Je sentais qu'une chose l'agaçait dans mes propos ; ma pensée disjoignait des choses évidemment reliées à ses yeux : le présent et la réalité. Dans son cerveau, la conscience de l'immédiateté s'accompagnait naturellement de la conscience du réel. Il n'y avait pas là deux catégories différentes. On ne pouvait donc pas séparer le temps de ce qu'il constatait.

— Tu peux arrêter les aiguilles de cette montre, lui expliquai-je, mais par-delà les mers les aiguilles de toutes les horloges du monde entier continueront à tourner. Le temps existe.

— Alors le nôtre est différent, plus rigolo. Je m'appelle Harold, et toi comment que c'est ton nom ?

— Hippolyte.

— Hippolyte, t'es à moi, rien qu'à moi, pour pas un dé ! répéta-t-il avec satisfaction. Si on te trouve, on te tue. Alors faut pas que tu cries. Et ton surnom, c'est quoi ?

— Je n'en ai pas.

— Moi si, un petit nom qui me fout la honte quand les autres se moquent. T'as pas le droit de t'en servir !

— Je ne le connais pas.

— C'est... Gratte-Couilles, avoua-t-il en rougissant. Mais je t'autorise pas à faire le moqueur avec !

— Bien, Gratte-Couilles, répondis-je pour plaisanter.

— Puisque t'es pas cap de tenir ta langue, je me casse avec Max et Roberto !

— Une seconde, Gratte-Couilles !

— T'es qu'un répéteur ! J'vais cafter que t'es là !

Sur ces mots chargés de fureur, Harold s'élança dans le vide avec son singe et son oiseau. Je me figeai d'horreur à l'idée de le voir s'écraser. Mais le gamin se rattrapa à une branche et, passant de liane en liane, s'amusa à dégringoler jusqu'au sol en compagnie de son chimpanzé. Puis il enfourcha le zèbre garé au pied de l'arbre et la petite troupe décampa au galop. Je me retrouvai seul, prisonnier d'un godelureau piaffant, intéressé et capricieux qui m'avait assigné à résidence dans une cabane perchée, au beau milieu de la jungle. Pour la première fois, j'expérimentai la condition de cochon d'Inde détenu par un petiot, histoire de satisfaire sa verte et sadique curiosité.

Harold ne revint que le soir, pour ne pas partager avec moi des ventrées de fruits sucrés et de poissons multicolores cuits dans du jus de citron. Chez lui, rien de parcimonieux ou d'abstinent ; mais il était incapable de générosité :

— Je ne t'en donne pas parce que j'suis mesquin, m'expliqua-t-il avec sérénité. Donner, ça m'arrache le cœur... Alors que garder, amasser, ça m'éclate !

Obnubilé par sa voracité, sa mauvaise humeur s'était dissipée. Il ne m'avait pas dénoncé. Je devais vérifier cette constante par la suite : les accès de colère furibarde des Coloriés se trouvaient rarement suivis d'effets. Ils vitupéraient et passaient à l'émotion suivante. Tout de suite, Harold me harcela de questions en rafale au sujet des adultes. Ce jeune perdreau voulait savoir s'il était exact que les Culottés d'Occident vivaient à l'économie, sans dissipation et en prenant un plaisir minimal à accomplir ce qu'ils faisaient.

— Il paraît que ça s'appelle le *travail*. Ça existe toujours, cette punition ?

— Oui.

— Vous y tenez ?

— Bizarrement, beaucoup.

— Ça alors... Vous êtes punis ? Mais de quoi ?

— Non, pas que je sache.

— Moi, j'ai une paresse occupée de turbuleries, de cavalcades.

— Mais qui rapporte la nourriture, chez vous ?

— Max et Roberto.

Harold m'expliqua que son amitié avec son cormoran et son singe fidèle lui assurait sa pitance. Tous les matins, il liait la gorge de son oiseau pour l'empêcher de déglutir les poissons qu'il capturait.

— Ensuite, je vais les chiper dans son bec ! Il pêche pour moi.

— Astucieux..., dis-je

— Non, j'suis pas astucien. Dans l'île, tous les Coloriés font ça. Et pis j'ai organisé un petit trafic avec Roberto. Les chimpanzés, on les habitue au goût du poisson quand ils sont bébés. Mais comme ils savent pas pêcher, on leur a appris à échanger les fruits qu'ils vont chercher contre du poisson pêché par les cormorans ! Du coup, en jouant avec Max j'ai du poisson et des fruits gratis !

218

Pour un Colorié, posséder un cormoran ce n'était pas encore le bien-être à l'occidentale, mais quelque chose qui y ressemblait, une vie presque aisée, quelquefois large.

— Ton but, c'est de ne faire aucun effort ? lui demandai-je. Tu ne serais pas un peu feignant ?

— Non, mon but à moi c'est de jouer. Quand Max pêche et que Roberto cueille, moi je jouaille. Mais…, fit-il inquiet, il paraît que le corps des adultiens reste sans bougeotter toute la journée, bien raide.

— Le plus souvent.

— Pourquoi ? demanda-t-il estomaqué. Ils ont pas de plaisir à gigoter ?

— Je ne sais pas…

— Et les… *les parents*, ça sert à quoi ?

— À… À protéger.

— De quoi ? s'étonna-t-il.

— De… Tu n'en as pas ?

— Non.

— Tu n'es pas né dans une fleur !

— Non, dans la zézette poilue de la grande Mina. Mais sur l'île, nous on n'a pas besoin de parents. On a des singes et des cormorans.

Harold et moi discutâmes longtemps ; mais il ne put me fournir aucun détail précis concernant Dafna. Nous nous cantonnâmes à des considérations générales sur l'île et ses coutumes. J'appris ce soir-là par cet avare que le critère qui conférait de la valeur à un objet chez les Coloriés, c'était sa *jouabilité*. Par analogie, la valeur intrinsèque d'un être dépendait de sa capacité à s'amuser tout seul ou avec autrui. Les grandes personnes, inaptes au jeu véritable, n'avaient donc à proprement parler aucun prix dans cet univers dédié à la récréation. Alors me vint une idée un peu folle pour me faire accepter :

— Si je devenais ton jouet, Harold ? Tu crois qu'Ari me laisserait vivre avec vous ?

— Mon jouet ? répéta-t-il, intrigué.

— Je vaudrais quelque chose. Tu aurais le plus beau jouet du monde, un jouet humain !

— Gratuitement ? demanda-t-il, l'œil allumé.

— Oui…

Que n'avais-je suggéré autre chose ? Devenir le jouet d'un saligaud de sept ans se révéla vite un sport effarant. Harold, traversé par des idées saugrenues, me suggéra illico de me changer en cerf-volant pour tester ma volonté. Inquiet, je me penchai vers le gouffre qui me séparait du sol. Cela commençait mal. Je flageolais.

— Mais non ! lança Harold. J'vais quand même pas casser mon jeu gratis tout de suite, en faisant des expériences ! Même si c'est marrant… T'as qu'à devenir… un lidiguivredegue ! s'exclama-t-il en deguenais.

— Un livre ?

— Oui, un bouquin parleur qui raconte des histoires drôles, en mettant le ton.

Séance tenante, il me fallut me déshabiller et dessiner des phrases sur ma peau. Mon visage fut converti en page remplie de mots qui devenait un livre mobile chaque fois que je grimaçais. Puis, convaincu de ma nouvelle identité livresque, je m'appliquai à inventer une histoire désopilante afin de divertir mon petit lecteur illettré. Trois heures d'esclafferies plus tard, Harold m'interrompit et me demanda avec malice :

— T'es sûr que t'es un livre pour de vrai ou t'es Hippolyte ?

— Je...

— Je t'ai piégé ! Un livre, ça dit pas *je*... Alors les autres ils vont bien voir que t'es pas un jouet, qu'en fait t'es qu'un vrai adulte déguisé en jouet.

— Comment je peux faire pour devenir ton véritable jouet ?

— En disant plus *je*. Mes cerfs-volants ils n'ont pas d'avis ! Faut que tu deviennes un jouet qui m'obéit comme une marionnette en viande ! Sinon, je peux pas t'emmener. Ils vont te couper le cou.

— Oui, mais je...

— Tu dis plus *je* ! hurla l'autocrate trépignant. Et maintenant, tu vas t'appeler Pinocchio...

J'inclinai la nuque en signe de servitude consentie. Après avoir été le jouet malléable des adultes pendant toute mon enfance, pour empocher un peu d'amour, je redevenais volontairement le jouet de quelqu'un ; mais cette fois je me livrais à la merci d'un gavroche d'Océanie, dans l'espoir d'assurer ma survie. Autre saison, autre tyrannie... On en revient toujours aux mêmes combines pour se garantir de la férocité de ses semblables !

# 3

Après dix jours d'obéissance, Harold consentit à m'introduire dans la cachette merveilleuse de la vallée des Coloriés. En apparence, ma volonté d'être humain s'était dissoute. Ma soumission à ce bambin caractériel était sans faille. Depuis quarante-huit heures j'avais changé de rôle : je n'étais plus Pinocchio mais un avion docile sur lequel Harold se juchait, à califourchon sur mes épaules. Gratte-Couilles était aussi versatile qu'il est possible de l'être. On eût dit qu'un courant alternatif le traversait. Comme toujours, il avait changé d'avis avec entrain, après avoir décidé de m'épiler les poils des jambes et de devenir aviateur. Quasiment nu et entièrement peinturluré en rouge, j'étendais les bras pour simuler des ailes d'aéronef et produisais avec ma bouche le bruit pétaradant d'un bimoteur ; puis je *décollais* en faisant vibrer ma carlingue de chair avant de m'élancer. Mon nez tenait lieu de manche à balai et mes larges oreilles servaient d'aérofreins. Enchanté, Harold manipulait mes appendices avec une vigueur jouissive. L'ethnologie de terrain mène parfois à d'étranges concessions sur le chapitre de la dignité.

C'est dans cette posture quelque peu ridicule que je franchis le 12 septembre 2003 le boyau qui mène à l'intérieur du volcan éteint. Harold était agrippé à mes oreilles, tandis que je fonçais vers l'ex-petite ville coloniale (rebaptisée Coloriage) qui sieste au bord d'un lac translucide. Les bras en croix, je vrombissais avec conviction. Il en allait de ma sécurité. Si les indigènes doutaient de ma condition de jouet, ma peau ne vaudrait bientôt plus très cher. Je persévérais donc, sans m'essouffler. Harold lui-même avait commencé à croire en ma nouvelle identité d'objet volant. En bon Colorié, il se persuadait sans difficulté de la véracité des histoires qui lui plaisaient.

Enfin je pénétrais dans le foyer de cette culture provocatrice, ennemie de toute entreprise pédagogique ! J'étais au bord de mon objectif. J'allais toucher du doigt cette civilisation à qui revenait le suprême honneur de faire la déséducation du monde occidental. Aux abords du bourg, nous croisâmes une fillette qui conduisait une autruche attelée à une carriole. Près d'elle, sur la banquette, une femme à couettes de trente-cinq ans léchait une sucette. Elles se chamaillaient sur la meilleure façon de torturer le cœur d'un garçon, manège dont elles paraissaient raffoler. Les deux gamines au corps gouaché interpellèrent Harold, en me désignant :

— C'est qui, lui ?

— C'est personne. On dirait que c'est mon avion rouge.

— Il pue l'adulte.

— Non, c'est un avion pour de vrai. La preuve : il n'a plus de poils sur les gambettes.

— Ah bon...

L'explication parut convenir à tout le monde. Je repris mon « vol » en direction de la place centrale de Coloriage où circulait en liberté une population sans passé : quelques trentenaires qui baladaient des cerfs-volants, une flopée d'élégantes prépubères, des funambules de quinze ans qui traversaient la rue principale sur des fils tendus, une noria de sulkys tirés par des zèbres. Tout ce petit monde zigzaguait, se courait après, jouait à chat, trémulait en se faisant des farces, tirait la langue, tournicotait autour des poteaux en se mêlant aux nombreux lémuriens farceurs qui fréquentaient les lieux. Chacun « portait » des vêtements peints en trompe l'œil et exécutés avec talent. Un carnaval de couleurs ardentes ! Je croisai même un adolescent faussement velu qui avait fait reproduire sur sa peau un pelage de chimpanzé. Un déluré à lunettes qui répondait au nom d'Hector (il devait avoir trente ans) sortit d'un bar — *Au Bon Goûter* — en enchaînant des pirouettes arrière, tandis qu'un minot surgit en faisant tournoyer une assiette au bout de sa canne. Trois garçonnets mal peignés déambulaient également au milieu de la rue, en équilibre sur de gros ballons écarlates. On se serait cru à une parade de cirque ! Une chose me déconcerta : la quantité de mariées de cinq à trente-cinq ans qui trottinaient sur les trottoirs en s'applaudissant mutuellement. Un tohu-bohu de voiles nuptiaux ! Se nocer constituait pour les filles de cette nation un amusement cent fois répété avec le même enthousiasme. Mais le plus frappant restait l'ahurissante similitude de comportement de tous ces individus d'âge biologique différent. Tous sarabandaient en produisant un vacarme extraordinaire où se mêlaient piaillements, interjections, cris et bruitages divers. On n'imagine pas la gaieté formidable des êtres humains débarrassés du handicap d'avoir des parents, ces nuisibles si enclins à refiler leurs névroses et à borner les aspirations de leurs rejetons ! Si cela se savait en Occident, on botterait le cul des pères et des mères avec moins de culpabilité, sans faire de chichis. Mais quel bienfaiteur osera s'attaquer au pouvoir de ces malfaisants saturés d'angoisses, d'attentes crispantes et d'idées stagnantes ? Une mesure en ce sens soulagerait pourtant tant de minots promis au calvaire interminable d'être *l'enfant d'une famille*... L'amour parental, ce venin sucré, n'est tout de même pas une fatalité !

L'aspect des maisons de bois me fascina. Il ne se trouvait plus un centimètre carré de façade qui ne fût pas enluminé, zébré de couleurs, avec humour plus qu'avec goût. La ville de Coloriage méritait bien son nom. Un peu partout étaient peints des points d'interrogation rouges (l'emblème national des Délivrés). De toute évidence, ce pays préférait les questions aux réponses ! L'horloge de l'église avait été ostensiblement fracassée. Ici, le temps avait cessé de fuir à quinze heures trente, un après-midi agité de 1980. Au centre de la place était érigée la statue de pierre d'un petit garçon qui brandissait pour l'éternité un poing serré sur un jouet ; il s'agissait d'Ari, bien entendu, tel qu'il se présentait à l'époque héroïque de ses dix ans. Les bras étendus, occupé à faire gronder mes moteurs fictifs, j'observais tout.

La population bariolée et jacassière semblait à présent converger vers le théâtre municipal. J'*atterris* dans un vacarme démonstratif et vins me ranger devant l'entrée où l'on vendait des crêpes. Pour payer, on utilisait des cartes à jouer, mais surtout des dés de toutes natures : certains figuraient des chiffres, d'autres représentaient des garçons et des filles, des soleils et des lunes, des points d'interrogation, etc. Mon pilote sauta à terre, avec le baluchon qui contenait les vêtements que je portais du temps où je n'étais pas encore un jouet. Harold entendait confier mes habits au vestiaire du théâtre qui archivait tous les costumes (de grande taille) requis pour jouer la comédie adulte : des uniformes seyants de policier, des panoplies de père de famille, quelques accoutrements d'épouse, trois ou quatre robes de magistrat, que sais-je encore. Ces déguisements permettaient aux Coloriés de *jouer aux adultes* sur scène, activité comique qui faisait se tordre de rire le (très bon) public de la Délivrance.

Ce jour-là, justement, une farce adultienne se préparait. Mais, en tant que jouet, je n'avais pas été convié ; pas plus que les deux girafes déguisées en cocotiers qui nonchalaient en grignotant les eucalyptus de la place centrale. Immobile, je restais les bras en croix pour bien signifier aux passants que je n'ambitionnais pas de pénétrer dans le club des humains. Quelques badauds m'asticotaient de questions ; mais, fidèle à mon statut de bimoteur, je restais muet. L'assistance commençait à s'étoffer autour de moi. Une escouade de galopins montés sur des échasses (de trois à trente ans) venait de débarquer en chevauchant des montures imaginaires dont ils reproduisaient le bruit des sabots en faisant claquer leur langue : *piticlop, piticlop*... Sur leurs corps étaient dessinées des armures fictives aux couleurs arc-en-ciel d'Ari. Ils appartenaient — je l'appris plus tard — à sa police de « Rapporteurs », sorte de milice patriotique chargée de dénoncer toute conduite réputée culottée. Avoir affaire à ces lascars était le début des embrouilles judiciaires.

— C'est qui ? demanda le sinistre Cornélius, chef des Rapporteurs, un môme hirsute de dix ans qui possédait un destrier réel à cornes, une vache peinte en zèbre. Oui, c'est qui celui-là ? Ari a dit : pas de Culotté chez nous !

— C'est mon jouet ! répliqua Harold de retour.

Cornélius ricana, mais froidement. Chez les Coloriés, tout le monde mordait à sa façon dans la vie. Ari raffolait du pouvoir. Dafna avait une inclination incontestable pour le sexe et les pistaches. Harold goûtait fort la radinerie. Cornélius, lui, n'aimait rien : ni les bonbons au miel, ni régler des farces, ni sauter dans les flaques, ni jouer à *on dirait qu'on serait*. Il se livrait corps et âme à l'unique passion qui l'agitait : faire corps avec les volontés délirantes de son maître, être le plus fanatique de l'orthodoxie coloriée. Formaliste, ce Robespierre miniature appliquait les prédications d'Ari avec l'inhumanité que seuls les enfants peuvent développer.

— Ton jouet..., ironisa l'abominable Rapporteur.

— Tu parles ! fit une petite rouquine. C'est qu'un Culotté qui se croit tout permis !

— C'est même pas vrai ! s'insurgea Gratte-Couilles en grand pétard. Pinocchio est ma marionnette. Il fait ce que j'y dis.

— Qu'est-ce qui nous prouve que tu balivernes pas ? reprit Cornélius du haut de son bovin rayé.

— Ris ! m'ordonna soudain Harold.

Surpris, je repliai mes bras engourdis et me forçai à m'esclaffer ; puis, l'élan venant peu à peu, je me lançai dans un authentique fou rire. Je jouais ma survie devant les enfants de main d'Ari. Alors Gratte-Couilles s'adressa à la cantonade ricanante (et de plus en plus nombreuse) :

— Écoutez tous ! Si Pinocchio avait été un vrai Culotté, il m'aurait pas obéi. Les adultes y se font obéir, c'est que des commandeurs ! Tout le monde le sait ! C'est même à ça qu'on les reconnaît... Alors que lui, c'est sûr que c'est une marionnette en viande !

L'attroupement se laissa alors entraîner par ma gaieté de commande. Le fou rire fut bientôt général ; il balaya la méfiance des vétilleux. Même les Rapporteurs — sauf Cornélius — partirent à rigoler. Leurs armures en trompe l'œil se gondolaient. D'un coup, je me taillai auprès de la rue coloriée la réputation d'un jouet obéissant et... rigolo ; critère qui, dans leur esprit, valait tous les bons points. Quelques réticents vite convertis demandèrent même à Harold s'il consentirait à prêter son *jouet viandé* ; mais ce dernier, fier de son coup d'éclat, déclara qu'il entendait me conserver pour son usage personnel. Son intention était de me tenir la laisse courte. Gratte-Couilles pérorait en prétendant qu'il m'avait d'abord sculpté sous forme de marionnette en bois et que, d'un coup de baguette magique, il m'avait ensuite donné le souffle de vie. L'anecdote enchanta tout le monde et fut donc élevée sans délai au rang de vérité. Ainsi fonctionnait ce peuple d'histrions. La vérité était (ici comme partout) une histoire qui séduit le cœur, une galéjade plus que le fruit d'une équation.

Mais où se trouvaient donc Dafna et l'énigmatique Ari ? Celle que j'aimais paraissait encore absente de l'île et le second, malgré son rôle prépondérant, demeurait invisible. Le visionnaire facétieux vivait-il parmi les siens, ou reclus quelque part dans son royaume de poche ? Rien ne le désignait, aucune déférence diffuse ne signalait la présence d'un chef exceptionnel patrouillant dans les rues. Cette sorte d'individu magnétique exhale en général quelque chose d'altier, un grand ton qui se marque par de la superbe, une façon insolente de se draper dans un génie inné. Et je ne voyais que des garnements vitaminés, des loustics peinturlurés qui se couraient après avec des pistolets en bois sans faire tout un plat de leur personne. Ari m'observait-il en retrait ?

À l'intérieur du théâtre, j'eus la chance d'assister à un spectacle improvisé qui relatait les déboires d'une bande d'enfants confrontés à une institutrice sévère (de la race des pinailleuses). L'argument ne manquait pas de sel : les mioches — tous joués par des trente-naires — finissaient par condamner leur maîtresse à subir la scolarité qu'elle avait prétendu leur impo-ser. Tout le comique venait de la souffrance de cette créature confrontée à la position infamante d'élève soumise, notée, manipulée, puis jugée à voix haute sur des critères oiseux et finalement punie. Elle avait beau faire valoir son point de vue, l'ex-dominatrice se trou-vait continuellement disqualifiée par des adultes de composition qui *savaient mieux qu'elle ce qui était bon pour elle.*

— Je ne vais pas apprendre par cœur sans com-prendre, se plaignait l'enseignante humiliée sur sa petite chaise.

— C'est excellent pour la mémoire ! rétorqua un Colorié autoritaire.

— Vous croyez ?

— On ne répond pas ! tonna un pseudo-avorton qui avait du poil aux pattes.

— Pourquoi ?

— Parce que je suis le maître !

— C'est une qualité ?

— Non, une chance et j'en profite !

Plus l'absurdité adultienne s'étalait, plus la salle se gaussait en se félicitant d'avoir échappé à cet ordre colonial féroce, aux coutumes qui les avaient jadis tant meurtris. Puis vint la chute, le moment paroxystique où la maîtresse fut déculottée, ridiculisée avec cruauté et, enfin, fessée. L'assistance en redemandait, laissait sa barbarie se déchaîner. Chacun expérimentait la jouissance grégaire que procure une bonne curée ! En

230

Occident, ceux qui s'y sont adonnés l'ont toujours fait avec des relents de culpabilité qui gâchent le plaisir délicat d'être absolument vil, sauvageon et lâche ; alors qu'ici, à Coloriage, on cultivait ses plus mauvais sentiments avec délectation, sans embarras. À ma grande surprise, je me lâchai moi aussi et osai proférer des invectives ignominieuses, des quolibets infamants. Je me faufilai soudain dans des zones puantes de mon caractère que je n'avais jamais défrichées. Quel délice d'être résolument abject, de se laisser enfin aller à ses instincts les plus crasseux avec la sécurité d'évoluer dans un jeu !

Ma véhémence frappa la foule qui, aussitôt, se mit à scander mon nom en tapant des pieds : *Pinocchio ! Pinocchio !* On réclamait un automate de chair sur la scène pour jouer... à l'adulte.

— Tu veux-tu jouailler au vieux marié culotté ? me lança une sauvageonne de trente ans attifée de vêtements des années soixante-dix.

— Heu..., hésitai-je.

— Mon nom, c'est Salomé. Mais tu peux m'appeler Petite Vitesse, comme tout le monde, parce que j'suis pas une rapide.

— Et moi c'est... Pinocchio, répondis-je prudemment, en reconnaissant soudain dans ses traits ceux de Dafna.

Salomé ne pouvait être que sa piquante petite sœur ! Ses pommettes (enluminées plus que maquillées) et son chignon bricolé signifiaient qu'on lui avait distribué un rôle comique de *dame honorable*. Petite Vitesse se trouvait accablée d'une jupe plissée, de vraies chaussures détériorées et d'un chemisier fripé qui avaient dû traîner dans les garde-robes des grandes personnes disparues en 1980. Pourtant, sa grâce ne s'éteignait pas. Rien ne pouvait guérir cette fille de son éclat. Elle me tendit la main et ajouta sur un ton badin :

— Ne me dis pas non, j'suis allergique aux contrariétés !

Sans trop réfléchir, je saisis sa menotte.

— Joue l'adulte marié ! m'ordonna mon maître Harold. Va mettre ton costume !

Salomé m'entraîna en me soufflant :

— Quand tu seras prêt, on joujoutera une scène : *le retour du mari culotté après une journée de travail.* Mais mollo ; tu te souviens de mon surnom ?

— Oui, oui...

Petite Vitesse me conduisit jusqu'au vestiaire du théâtre, sorte de musée des costumes d'adultes qui avaient été utilisés jadis, du temps où la comédie sociale des grandes personnes se donnait encore dans la rue. On y trouvait tous les rôles amidonnés que j'ai décrits plus haut, et d'autres ; mais j'eus envie de dire adieu à mes vêtements de Culotté en les enfilant pour la dernière fois.

Rapidement, je me débarbouillai le corps, effaçai toute trace de l'aéroplane rouge que j'avais été pendant trois jours. Ma carlingue de peau fit place à mon propre visage qui allait me servir, l'espace d'une comédie, de masque de scène. Jouer ma vérité n'était pas sans risque. Si j'excellais, les Rapporteurs pourraient y voir le signe de ma duplicité, la preuve fla-

232

grante de mon identité réelle. Mais je pressentais que si je parvenais à faire ricaner les Coloriés de mon ancienne condition, ma sécurité serait garantie pour un temps. Qui dans cette société badine oserait lever la main sur un jouet cocasse ? Cornélius restait un péril ; mais la plupart des moutards ne cassent pas tout de suite ce qui les amuse.

En pénétrant sur la scène, je saisis pour la première fois que l'essence du métier de comédien est de... *jouer*, au sens le plus espiègle de ce verbe de polisson. Sans plus raisonner ma conduite, je me laissai folâtrer dans la situation qui m'avait été donnée : *le retour du mari...* Assise devant une cheminée où brûlait un feu — interprété par une fillette peinte en flammes —, Petite Vitesse faisait semblant de lire un roman fatigué qu'elle tenait à l'envers. Les pages flottaient en désordre sous une couverture transformée en coloriage. Elle s'appliquait à feindre l'austérité et lança :

— Alors, qu'est-ce que t'as fait aujourd'hui ?

— Tu veux vraiment savoir ? lui demandai-je.

— Bien sûr ! repartit Salomé. Même que tu dois me rapporter tous tes petits jeux du jour et avec qui t'as été rigoler, sans rien louper ! Et en détail, ou alors c'est que tu m'aimes pas !

— Tu as raison ma chérie, dans un bon mariage, il faut se surveiller du coin de l'œil, et se rendre des comptes ! L'amour, c'est un jeu de surveillance. Ma journée n'est plus à moi puisque nous nous aimons ! D'ailleurs nous ne devrions plus dire *nous nous aimons* mais *nous nous surveillons* !

Indignée, la salle se mit à siffler et à pouffer. Jamais les Coloriés n'avaient imaginé que les couples d'adultes pouvaient s'infliger un contrôle mutuel aussi méthodique ! Porté par l'attention des îliens effarés, je poursuivis en me remémorant mes soirées d'homme marié :

— Mon amour, ou plutôt *ma surveillante*, je préfère qu'on reste tous les deux ce soir, une fois encore...

En aparté, je décryptai aussitôt au public colorié le sens caché de mes paroles :

— *En langage de Culotté, ça ne veut pas dire : « J'ai envie d'être avec toi ma petite chérie » mais : « La baraque que tu me fais est moche. On ne va pas en plus la montrer à des amis ! Je bosse comme un cormoran pour nous et toi tu n'es même pas foutue de me faire une maison aussi jolie que celle que me faisait ma mère ! » Parce que chez les Culottés, ce sont les parents qui se donnent le droit d'arranger les maisons...*

Salomé enchaîna :

— On pourrait inviter Ari et Harold à dîner.

— Pour qu'ils voient dans quoi on moisit ? Non, merci ! grommelai-je.

— Moi, j'en ai marre de notre vie privée, soupira Petite Vitesse.

— Privée de quoi ? répliquai-je, amer.

— De copains, de fêtes ! On n'invite quand même pas nos amis pour qu'ils zyeutent le papier peint ! Qu'est-ce que tu as ? Ça ne va pas en ce moment ?

— Si, si...

En aparté, je repris mon travail d'interprète :

*— Les adultes évitent toujours de dire ce qu'ils ressentent. Ils croient que si on est amoureux, on doit deviner les besoins de l'autre sans qu'il en parle ! Et que l'amour, c'est ça ! Une devinette ! Ce système est assez efficace pour ne pas se comprendre et en vouloir ensuite à l'autre !*

Aux yeux d'un Colorié, cette conduite extraordinaire était à se tordre. Ne pas signaler ses envies réelles, espérer que l'autre les subodore pour, ensuite, lui reprocher de ne pas les avoir comprises était pour eux de l'ordre du gag. Fascinés par la phénoménale imbécillité adultienne, ils commencèrent à en rire comme des cornichons dans les travées.

— Tu as l'air contrarié, insista Salomé. Tu m'en veux ?

— Non, je t'aime.

Aussitôt, je commentai pour la salle cette phrase de gangster :

*— Quand un Culotté dit « Je t'aime », c'est mauvais signe. En général, ça signifie autre chose : « Aime-moi, j'ai la trouille d'être seul, caresse-moi, veux-tu accepter que je te persécute, de supporter mon humeur de cochon... » Parfois, ça veut dire que l'adulte aime vraiment l'autre... mais rarement !*

— Apporte-moi plutôt un petit whisky et mon journal, tu seras gentille...

— C'est que... j'ai oublié de l'acheter, me répondit-elle.

— Ah..., soupirai-je en laissant s'étirer un très long silence.

En aparté, je précisai :

*— Les silences entre adultes, c'est très utile ! Comme de lire le journal le soir. Ça permet d'éviter les questions délicates, d'imaginer l'autre plutôt que de le connaître vraiment.*

Alors, habillé de mes propres vêtements, je me mis à pester, à me parodier, en recyclant mes mots d'antan :

— Tu sais pourtant que je prends un petit whisky avec mon journal à six heures tapantes !

— Tu en as vraiment envie ? demanda Petite Vitesse d'une voix frêle.

— Non, j'en ai l'habitude, et je tiens à mes chères habitudes !

— Et moi, qu'est-ce que je suis ? tempêta Salomé. Une habitude ?

— Oui, mon habitude préférée ! Viens dans mes bras ma petite habitude chérie...

Cette réplique me valut une ovation. Chacun dans l'assistance pouvait mesurer combien il l'avait échappé belle en vivant loin des coutumes malsaines des Culottés. Mais Salomé protesta vivement. Butée dans une posture d'hostilité, Petite Vitesse refusait de toute son âme de se laisser appeler *ma petite habitude*...

Dans la tempête d'applaudissements qui la soutenaient, je poussai le bouchon un peu plus loin :

— Toi aussi tu devrais aimer lire le journal, ça te donnerait du plaisir, vois-tu.

En aparté, je précisai :

*— Ça, c'est le grand truc des Culottés : dire à l'autre ce qu'il devrait éprouver !*

— Évidemment, répliqua Salomé, toi tu t'en fous pas mal que je préfère faire autre chose !

— Ma petite habitude, murmurai-je tendrement, quand tu refuses de prendre du plaisir tu me gâches le mien. Tu ne veux tout de même pas me priver de la joie que j'ai à lire mon journal ? Alors lis-en un toi aussi, en souriant s'il te plaît !

— Je ne veux pas.

— Si tu m'aimais vraiment, tu lirais le journal en même temps que moi !

La bouche de travers, je confiai à l'assistance :

— *Le chantage affectif, c'est comme du miel pour les adultes. Ils en raffolent !*

Déboulèrent alors sur la scène du théâtre deux trentenaires en culottes courtes qui se dandinaient en remplissant de billes des récipients. Aussitôt, ils se mirent à geindre à la façon des chiards infantilisés d'Occident.

— Allez, à table maintenant ! tonnai-je.

— J'ai pas faim, papa ! cria le plus effronté.

— Ça m'est égal. L'heure c'est l'heure.

— Nous on préfère jouer aux billes, plaida le second.

— Qu'est-ce qui te pousse à commander nos vies ? demanda le premier avec étonnement.

— Les enfants ne savent pas ce qui est bon pour eux, dis-je de façon ronflante. (La salle riposta en me conspuant !) Vous cherchez d'abord à satisfaire vos envies…

— Pas toi ? m'interrompit le deuxième.

— Bon…, fit l'autre. Puisque c'est comme ça, je m'en vas !

— Dehors ? Tu n'y penses pas ? éructai-je.

— Pourquoi ?

— Les enfants sont en danger dans la rue, répondis-je en adoptant une posture clownesque. Vous avez un champ visuel riquiqui, vous confondez voir et être vu, vous n'évaluez pas correctement les distances d'arrêt des zèbres.

La salle se gondolait à perdre haleine de ce stock d'idées reçues que, pendant des années, j'avais partagées. Ces adulenfants qui, depuis plus de vingt ans, s'étaient fort bien débrouillés sans grandes personnes, ne pouvaient que s'esclaffer de mon assurance. Et leurs rires frais me faisaient du bien, me distanciaient des certitudes qui avaient si longtemps étouffé mon jugement. Je me sentais comme dispensé de l'esprit de gravité qui avait été le mien. Que n'avais-je toujours vécu dans les parages de la légèreté, en me gavant d'éphémère et de rires ! Comment avais-je pu être si longtemps le produit de mes peurs et de mes chagrins ?

À l'issue de la représentation, j'ôtai définitivement ma chemise de Culotté et redevins la marionnette sans fils d'un minot de sept ans. Ce soir-là, je m'étais purifié de pas mal de mes vieilles idées et commençais à me sentir digne d'être le jouet d'un enfant ; ce qui suppose de cesser toute rumination de convictions, d'abréger ce soliloque stérile qui enlise tant d'adultes. Mais en sortant du théâtre, Harold me glissa une phrase qui me donna des sueurs froides :

— Demain, quelqu'un va te conduire jusqu'à Ari. Il voudrait jouer avec toi. Ça lui plaît d'avoir un jouet en viande.

— Je croyais que tu ne voulais pas me prêter, lui rappelai-je.

— On a joué à la courte paille. Ari t'a gagné. C'est lui ton nouveau maître... Ça fait pas mon affaire, mais c'est comme ça ! J'aurais pas dû frimer en te montrant... ça m'apprendra.

— Tu devrais y aller..., me souffla l'envoûtante Petite Vitesse.

J'étais inquiet. N'avais-je pas été imprudent de m'exhiber ainsi ? De toute évidence, Ari s'était introduit en catimini dans la salle de théâtre. À moins que Cornélius ne m'eût dénoncé. Les avais-je convaincus de mon dégoût sincère pour la civilisation adultienne ?

## 4

Le lendemain, Harold m'emmena trottiner sur la croupe de son zèbre rouge et or jusqu'à une clairière. Ce trou dans la jungle était comme une respiration au sein du désordre végétal qui m'environnait. Ari était, selon la rumeur, imbattable en cachettes. Par précaution et aussi pour s'amuser, Gratte-Couilles me banda les yeux tout au long de notre itinéraire buissonnier.

— J'ai le cœur fendu de te perdre, me confia-t-il. J'aurais bien aimé te martyriser un peu, te déglinguer... Mes jouets, y a toujours un moment où j'ai envie de les détraquer !

— Personnellement, je me félicite que cet heureux moment ait pu être évité...

— J'aurais pas dû te jouer à la courte paille, soupira-t-il. Un jouet en viande, ça se trouve pas tous les jours... En plus, tu ne m'avais rien coûté ! Pour un rapiat comme moi, c'est des trucs qui comptent... Et pis j'ai même pas eu de récompense de t'avoir trouvé !

Quand Harold dénoua le foulard, je restai ébaubi devant les bougainvilliers abondants, vestiges du passage dans l'île du commandant de Bougainville en 1768. En l'espace de deux ans, le navigateur et son naturaliste Commerson avaient distribué des plants colorés sur le chapelet de terres immergées qu'ils avaient visitées : l'archipel Dangereux, celui de Bourbon, les îles des Navigateurs, les Grandes Cyclades et… l'île de la Délivrance. Harold me laissa seul au milieu des fleurs écarlates en m'assurant qu'un guide viendrait bientôt me conduire jusqu'à la cabane secrète d'Ari où, disait-on, le Petit Poucet et le père Fouettard avaient jadis établi leurs quartiers. J'adhérai à cette ferblanterie de croyances, m'accointai sans réserve avec l'univers mental des Coloriés qui fleurait mes lectures d'autrefois.

Par souci de sécurité, j'avais résolu de gommer mes réflexes de Culotté pour me couler dans les attitudes dociles d'une marionnette vivante. La trouille m'aidait à liquider tout ego, à estomper mes manies, à négliger mes points de vue. Dès que je me surprenais à être encore moi-même, j'étais saisi de panique. Ma situation était périlleuse. Ari n'était pas un adulenfant comme les autres mais bien la doctrine coloriée en action, l'ultime garant de sa petite civilisation d'insurgés. Toute conduite teintée d'adultisme déclenchait chez lui, m'avait-on dit, une sainte colère. Ari ne tolérait pas les réfractaires qui ne croyaient pas vraiment aux histoires, les impies qui doutaient que l'imaginaire fût digne de foi. Quant aux réactionnaires qui osaient se ménager une épargne de précaution (alimentaire) ou tracer des cadrans solaires dans le sable pour mesurer la durée des jeux, il les raillait avec la dernière méchanceté. Étaient même déclarés suspects par les Rapporteurs tous les moutards qui, la nuit, continuaient à appeler leur mère dans leur sommeil ! Le premier mouvement d'Ari serait donc de m'étriper s'il voyait en moi ce que j'étais encore : un homme à peine désadultisé.

Dès qu'Harold eut décampé, je vis surgir des fougères géantes un grand dadais glabre de trente ans juché sur des échasses. Une trogne souriante et des cheveux roux. Sur sa poitrine et son visage, deux points d'interrogation étaient peints. Aussitôt, je sentis que ce colosse de plein vent était bâti tout en effervescences et en élans. Il était de ces voleurs de feu qui arrachent la sympathie, cambriolent le cœur des femmes et magnétisent les haines. Souriant, l'énergumène aux allures de gorille se présenta aussitôt :

— Salut, moi je m'appelle Petit Louis, et toi ? me lança-t-il en imitant la voix d'Harold.

— Pinocchio, répondis-je d'un air absent. Mais... pourquoi parles-tu comme Harold ?

— Pour que la voix de ton maître reste la même... Allez, Ari t'attend, suis-moi. On goûtera en route ! J'ai de la citronnade et des sucettes au miel... On rentrera demain. T'as apporté ton pyjama ?

— Non...

— Tant pis. Je t'en dessinerai un.

Louis me tendit d'autres échasses et m'invita à le suivre en faisant hennir un poney fictif. Par chance, j'avais possédé jadis une paire d'échasses, un cadeau de mon grand-père landais. Je pus donc lui emboîter le pas sans faire pâle figure et m'efforçai d'imiter le *piticlop piticlop* qu'il produisait avec sa bouche pour simuler le bruit de sa monture.

— Ces poneys imaginaires sont un peu feignants, il ne faut pas hésiter à les brusquer ! déclara Petit Louis qui devait avoisiner tout de même les quatre-vingt-dix kilos. Et quand on sera arrivés, on se fera une partie de colin-maillard. Ari adore ce jeu. Allez, au galop ! hurla-t-il avec sauvagerie en s'élançant à perdre haleine.

Ce Colorié était l'un des plus saisissants galapiats de la Délivrance. Dafna m'avait déconcerté ; le Petit Louis me jeta dans une sidération complète. Cet animal n'était qu'une exagération, comme si rien ni personne n'avait jamais bordé, calmé ou fixé son caractère. D'ailleurs possédait-il une personnalité stable ? N'était-il pas plutôt un tempérament en mouvement, un artiste de lui-même qui s'autocréait à chaque seconde ? Louis fonçait dans la spontanéité avec une incroyable énergie. Rien chez lui n'était dissimulé sous un masque de placidité, comme chez les Culottés. L'œil perpétuellement écarquillé, à l'affût de tout, Louis était un zigoto prodigieusement présent, peut-être l'être humain le plus réel que j'eusse jamais rencontré, une sorte de dalaï-lama blagueur, glouton et impertinent. En lui, tout était monstrueux, rien n'était nivelé, ni corrigé ! Pas imposteur pour un sou ! Pas hypocrite ! Très vite, je compris pourquoi Ari s'était attaché les services de cet athlète emporté par une vitalité exubérante, mais capable de demeurer toujours authentique — alors même que cohabitaient dans son cerveau enflammé dix natures incompatibles, à qui il attribuait des voix différentes !

243

En l'espace de dix minutes, tandis que nous trottions sur nos échasses, il s'amusa à jouer deux rôles, passa tour à tour d'un timbre à l'autre, entra en conflit contre lui-même de façon ahurissante sur un sujet qui, apparemment, le torturait : la fidélité. Devait-il s'adonner à ce jeu délicat — la fidélité amoureuse — ou cabrioler de bras en bras en excellant chaque jour davantage dans l'art de rompre ? Cet amusement sadique — la rupture — était devenu, à l'entendre, l'un de ses sports favoris. Il avait l'air de jouir véritablement de flétrir le cœur de ses amantes, de saccager leurs rêves, avec la cruauté d'un garnement vicieux qui arrache les pattes d'une sauterelle. Mais, dans le même temps, l'autre voix de Louis — plus éthérée et chantante — paraissait charmée par la perspective de s'engager sans réserve, jusqu'à ce que mort s'ensuive.

De toute évidence, Louis n'avait pas été encombré de parents qui, sans doute, eussent exigé de lui qu'il mît un peu d'ordre dans ses éclats, qu'il arrêtât une opinion sur la question de la fidélité. Personne ne l'avait jamais persuadé de la lugubre nécessité de n'être qu'une seule personne à la fois le même jour ! Et le bouillant lascar se débrouillait fort bien d'être plusieurs, de dire *je* au pluriel. Terrassé par ses interrogations, il s'arrêta, descendit de ses échasses et sortit une marionnette qu'il me présenta :

— C'est Pupucette, mon doudou. Pupucette, c'est l'autre moi.

Pendant quelques instants, Louis dialogua avec lui-même par le truchement de son doudou pour savoir quel parti il devait prendre. Hors de lui, il fulmina contre ses propres opinions et gifla Pupucette ! Un instant, je me demandai s'il n'était pas maboul ; mais je restai subjugué par l'extraordinaire qualité de conscience de ce bambin subtil de trente-trois ans. Quelles que fussent ses idées, il en voyait systématiquement le meilleur côté, ne cherchait pas à neutraliser ses ambivalences, comme s'il avait trouvé ridicule — car trop adulte — d'aspirer à une cohérence de surface. Louis n'était pas prêt à négliger le pire de lui-même ni à méconnaître sa soif de sublime. Retrancher de son caractère une parcelle de sa vérité ou frauder en douce lui était impossible.

Alors, soudain, ce gorille volubile se tourna vers moi en se curant ostensiblement le nez. Cessant tout à coup d'imiter le timbre et les intonations d'Harold, il me demanda :

— Pinocchio, acceptes-tu d'être moi ?

— Toi ? répondis-je étonné.

— Oui, un autre moi. Je suis à l'étroit dans ma peau et j'aurais besoin de vivre double. Tu veux bien être moi ? Me parler comme si on était le même ?

— Oui, dis-je pour ne pas contrarier l'énergumène.

— Alors cire-moi les bottes, parce que je ne me flatte pas assez, alors que j'suis un garçon formidable ! Épatant même ! Un super crâneur ! s'exclama-t-il en assumant ses défauts avec un plaisir non dissimulé.

— Tu es… ruisselant de bonté, beau, gentil…, articulai-je.

— … et méchant aussi ! précisa-t-il avec une pointe de fierté. Tu sais, ce n'est pas facile d'être tout à la fois et en même temps fidèle et infidèle, cruel et adorable.

245

— Oui, répétai-je, tu es à la fois très cruel et adorable !

— Tu… t'es sincère là ou tu dis ça juste parce que je t'ai demandé de me le dire ? susurra soudain Louis avec méfiance.

— Je suis toi. Alors suis-je sincère ou pas ?

— Tu es… authentique, fabuleusement vrai ! explosa-t-il.

— Alors je le suis…

— Tu vas remplacer Pupucette. Je n'ai plus besoin qu'elle me parle.

Sa phrase à peine terminée, Louis jeta son doudou dans la jungle ! Un lémurien en vadrouille s'empara aussitôt de Pupucette et l'emporta dans un taillis de fleurs : un tintamarre de couleurs. Très remué par cette séparation brutale, Louis explosa en sanglots quelques instants, se liquéfia de désespoir. Puis, ragaillardi, il retrouva sa pleine sérénité et son phénoménal sourire. Comme tous les Coloriés, Louis savait d'instinct que les émotions exprimées avec justesse nous réparent et évitent de tomber malade.

— Bon, on va goûter avant de repartir, déclara-t-il, puisque tu as très faim… J'le sais parce que j'ai une fringale énorme, incroyable !

— Oui, moi aussi, incroyable ! répétai-je mécaniquement, sans me douter que sa gourmandise était effectivement hyperbolique.

Avec fureur, Louis ouvrit sa besace pleine à craquer de vivres et dévora deux kilos de plastron de tortue cuit dans du jus de citron, une fricassée de figues et de cassaves, un demi-poulet boucané, du crabe de cocotier bouilli et ne me proposa que… quelques galets sur lesquels il avait dessiné des grives rôties et des bananes. Sans sourciller, je me pourléchai de ce gibier fictif, fis bonne chère de ce plat pictural en le commentant avec transport. Quant aux bananes coloriées, je les avalai en mimant une déglutition d'affamé. Effectivement repu — car ce jeu imaginaire commençait à persuader mon corps qu'il était satisfait —, je déclarai à Louis que je me sentais prêt pour dormir à merveille.

— Si tu n'avais pas mangé ces croquis, Ari t'aurait sans doute étranglé, lâcha-t-il.

— Pourquoi ? demandai-je.

— C'était un test…, répondit l'ogre avec malice. Les adultes, y savent pas se raconter des histoires en y croyant. C'est même à ça qu'on les reconnaît. Quand on joue à *on dirait qu'on serait* avec un Culotté, il y croit jamais tout à fait. Toi, t'as trouvé goûteux ces dessins… et tu t'en es satisfait. T'es pas un Colorié, mais tu crois au pouvoir des histoires. Tu vas donc rencontrer Ari.

— Il est où ?

— Devant toi.

— Pardon ?

— Je suis Ari.

Ravi de sa mystification, le faux Louis se mit à hurler de rire. L'allégresse qui le secouait me laissa déconcerté. Je cherchais un tyran à la fois barbare et philosophe dont j'aurais subi les maximes, un orateur monumental susceptible d'exciter tous les folliculaires de la terre et je tombais sur un garnement plié de rigolade. Il avait de l'allure mon génial créateur de civilisation qui s'applaudissait lui-même ! Mon fervent révolutionnaire censé apostropher l'Occident ! À quatre pattes, Ari se tenait les côtelettes pour ne pas asphyxier tant il était content de m'avoir berné. Tous les traits de sa figure étaient de la fête. Son sourire devenait un arc de triomphe, ses yeux ovationnaient sa petite farce, son nez trompettait sa victoire. Il jubilait d'avoir converti un souci — mon débarquement — en une cocasserie.

— Gamin, me lança-t-il (ce qui était un compliment), tu es digne d'être un petit homme ! Je n'avais pas ri comme ça depuis longtemps !

— Merci.

— Et comme tu me fais rigoler et que tu es mon jouet, je voudrais que tu sois... *Superbêtise* !

— Superbêtise ? repris-je étonné.

— C'est un personnage qui fait rien que des bêtises, avec un vrai costume de super héros ! Allez, viens, on va chercher la panoplie dans ma cabane. Comme ça on pourra canulariser ensemble... et faire des farces aux filles !

— Il y a un instant, je devais être toi, et maintenant je suis Superbêtise... Tu as changé d'avis ?

— Oui, j'adore changer d'avis..., soupira Ari. J'aime pas trop être d'accord avec moi...

L'endroit où il me conduisit reste l'un des lieux les plus déconcertants qu'il m'ait été donné de voir. Nous n'y parvînmes pas tout de suite car Ari, comme tous les Coloriés, ne se déplaçait pas de façon utilitaire, en allant directement d'un point à un autre, mais en zigzag, optant pour le plaisir ou l'amusement plus que pour la commodité : face à une piscine naturelle, je m'attendais qu'il la contournât ; mais, comme il faisait chaud, Ari la traversa inopinément afin de se rafraîchir, sans cesser de m'entretenir de sa passion pour la versatilité. Puis, dédaignant ses échasses, l'énergumène sauta sur des rochers en improvisant une marelle. Quand il eut terminé sa comptine, il me décocha une remarque, l'air navré :

— Tu n'as pas l'air très fort en bêtises !

— Non, en effet...

— Tout s'apprend ! Attrape-moi !

Et il s'enfuit dans les buissons d'eucalyptus. À ce train, il nous fallut quatre heures pour parcourir un petit kilomètre ! Ari avait édifié sa cabane — où vivait Archibald, son cormoran — sur un piton qui surplombait leur vallée secrète, face à l'autre volcan de l'île qui fulminait sans cesse. En contrebas d'une dégringolade de végétation grasse, on apercevait le village des filles construit dans les arbres au début des années quatre-vingt et, plus loin, l'ex-cité coloniale rebaptisée Coloriage. D'un coup d'œil, Ari pouvait embrasser tout son univers dédié à la récréation. Mais, et cela donnait un air étrange à cet ermitage, il avait installé sur le pourtour de sa cabane des cadres dorés anciens qui contenaient des vitres. Au travers de ces énormes tableaux transparents, on voyait le réel qu'il ne cessait de retoucher au pinceau, comme le faisaient jadis les truqueurs de cinéma. Pour effacer tout danger, Ari repeignait le volcan qui se colérait de temps à autre en l'éteignant ; et il croyait sans peine en cette tromperie qui lui permettait de demeurer léger. Lorsque la journée n'était pas assez ensoleillée à son goût, Ari rehaussait les teintes de son territoire pour que sa vallée restât coloriée comme il le souhaitait. Dans la demeure de ce grand vivant, le monde était sans cesse corrigé de ses défauts.

— Qu'est-ce que tu n'aimes pas chez les adultes ? lui demandai-je.

— J'aime pas leurs frustrations et leur goût pour les râleries. Pourquoi ils boudent la vie ? Y z'ont pas l'air d'éprouver une grande joie d'être nés. Moi, l'appétit des Culottés à ne pas rire et à tricher me dégoûte. La sécherie du cœur, ça a l'air d'être leur vocation ! Pourquoi ils camouflent qui ils sont ? Pourquoi ils veulent tout prévoyer, au lieu de profiter ? Pourquoi ils sont remplis à ras bord de passé ?

— C'est pour ça qu'ils sont interdits dans l'île ?

— Oui. Leur culture, elle est contagieuse. Alors on les a mis en quarantaine loin d'ici.

— Ils viennent parfois ?

— Parfois... on en capture un et on essaye de le déséduquer : on lui apprend à ploufer au lieu de raisonner, à vivre avec un cormoran, à parler aux bébés, à jouer d'aimer les filles, à des truqueries comme ça. Et si ça rate de le déséduquer (s'il tombe amoureux sérieusement, par exemple), on le tue.

— C'est une... une image ?

— Non, on ne dessine pas sa mort. On le décapite ou on l'étrangle...

— Ah..., fis-je en blêmissant.

— Et comme tu as des belles mains, la prochaine fois tu seras mon étrangleur d'adultes...

— Je préférerais rester dans le rôle de Superbêtise, si ça ne te dérange pas...

— Mais c'est une super bêtise de jouer à l'étrangleur !

Ari était vraiment taillé sur un autre patron que le reste de notre espèce. En ébullition permanente, talonné par une insatiable frénésie d'amusement, ce capricieux était capable des plus beaux élans compassionnels comme de la sauvagerie la plus déréglée. Plus tard, on me raconta qu'il avait un jour condamné un Pitcairnien à se faire raccourcir les jambes pour que ce dernier voie enfin le monde à la hauteur des enfants ! Muni d'une scie, Ari aurait exécuté lui-même l'effroyable sentence en chantant à tue-tête *Sur le pont d'Avignon* pour se donner de l'entrain. Comme toujours sur la Délivrance, j'ignorai si cette histoire était réelle ou apocryphe ; mais l'animal, un tantinet susceptible, restait à manier avec tact.

— Qu'est-ce qui t'a fait venir ici ? poursuivit Ari.

— Une jolie fille.

— Tu sais qu'aimer sérieusement c'est une faute grave ici ?

— Ça veut dire quoi *aimer sérieusement* ?

— Les Culottés, ils ne s'amusent pas vraiment avec les filles, ils cherchent pas à pirater avec elles, à surprendre leur désir. Un adulte, dès qu'il embrasse, y pense qu'il a décroché l'autorisation de recommencer, même si le charme est rompu. Du coup, il se rompt complètement le charme ! Nous, les Coloriés, on joue comme des fous à se chavirer le cœur. Chaque journée est une partie toute neuve ! Quand tu t'endors avec une Délivrée, elle n'est plus à toi au lever du soleil. Et le jeu recommence !

— Mais… c'est quoi votre but ? La fidélité ou l'infidélité ?

— Le but des bons jeux, c'est d'être sans but. Pourvu qu'on continue à jouer à deux, l'issue on s'en fiche ! Le seul échec, c'est de tomber dans le sérieux. Le vrai perdant, c'est celui qui cherche à limiter l'imprévu dans une histoire, à *faire des projets* au lieu de laisser les choses venir.

— Vous n'avez pas envie d'être un petit peu rassurés ?

— Si on ne laisse pas le hasard jouer, c'est la fin du jeu. Et pis… notre grand truc jouissif, c'est de jouer à *on dirait qu'on serait* avec une fille.

— Je n'ai jamais essayé ce jeu…

— Il rend tout possible, même d'entrer dans un vrai conte ! Il suffit de prononcer la formule magique : *on dirait qu'on serait…* et tes rêves, tu les empoches comptant !

Je restai ébaubi par le programme sentimental de ce petit peuple. Au fond, les Coloriés n'avaient-ils pas raison de préserver leurs liaisons d'attentes trop précises ? N'était-il pas sage de rechercher avant tout la tension ludique maximale entre les garçons et les filles ?

— C'était qui ton amoureuse ? me demanda soudain Ari en bâillant. Une Coloriée ?

— Oui. Elle s'appelle Dafna.

— Celle qu'invente notre journal, *Arc-en-Ciel* ?

— Oui, je crois...

— Ça alors ! fit-il en se frottant les yeux. Elle est rentrée hier et je dois la juger ce soir !

— La juger ? Mais qu'a-t-elle fait ? demandai-je le cœur battant.

— Mes Rapporteurs l'ont dénoncée pour *adultisme aggravé*... C'est pas de pot, si elle condamnée c'est toi qui vas l'étrangler !

— En effet, bredouillai-je, c'est pas de pot...

— Remarque, fit Ari en souriant, ça pimente le jeu...

— Quel jeu ?

— Le jeu du tribunal...

Je me retournai pour lui demander quelques éclaircissements sur les règles de cet amusement. Mais Ari venait de s'endormir subitement, le pouce dans le bec : c'était l'heure de sa sieste ! Ce grand gamin cruel avait rejoint ses songes. Lové sur un kangourou empaillé, il ronflait comme un bienheureux. Le retour de Dafna me remuait jusqu'au tréfonds. Enfin j'allais retrouver ma partenaire de jeux, cette délurée grisante qui m'avait fait oublier les femmes culottées trop sages.

## 5

C'est en qualité d'automate que je retournai à Coloriage le soir même. Mon pas était saccadé comme celui d'une machine mal réglée. Pour satisfaire Ari, j'avais enfilé le costume de Superbêtise, sorte de super héros de pacotille chargé de *faire des bêtises*. Cette activité coloriesque consistait à se délecter d'embêter ou d'excéder autrui, à s'étourdir en transgressant des règles, bref à nuire avec entrain. Malgré mon évidente bonne volonté, je me sentais rouillé, en panne d'initiatives. Sérieusé par des années d'adultisme, je n'avais pas pris de plaisir de cette façon depuis si longtemps !

Mes yeux étaient donc ceints d'un foulard rouge troué et mon buste se trouvait boudiné dans une combinaison rose taille douze ans, agrémentée d'une petite cape en nylon qui achevait d'anéantir mon minuscule sex-appeal. Ainsi accoutré et disposé à perpétrer quelques menus forfaits pour prouver ma nouvelle identité, j'escortais Ari qui se rendait au tribunal — aménagé dans l'ancienne église — en trottinant sur des échasses. Dafna ne devait plus tarder à être jugée.

— Superbêtise, me lança Ari goguenard, fais craquer tes petits doigts, car il faudra peut-être que tu étrangles ta bien-aimée !

— Mais quel crime a-t-elle commis ?

— L'affaire est grave, tu verras... À moins qu'elle ne soit brûlée comme une possédée...

— Possédée par quoi ?

— Par des pensées culottées, pardi ! s'exclama-t-il en s'éloignant.

Je le regardai se diriger vers le tribunal où l'attendait Cornélius, toujours persuadé que la légitimité historique s'était incarnée en son maître. Ari avait fière allure dans le costume de mousquetaire botté qu'il s'était peint avec soin sur le corps. Une plume d'autruche lui tenait lieu de chapeau. Sans doute avait-il trouvé le modèle dans un manuel d'Histoire réchappé de l'incendie de l'école.

En déambulant, je notai la conduite étrange des Coloriés à l'égard de leurs compatriotes peints en blanc : ils les ignoraient délibérément, comme si ces derniers avaient été transparents. Puis je remarquai des œuvres que l'on aurait pu étiqueter comme de l'*art drôle* car elles visaient à désarçonner le passant, à réveiller son humeur badine. Dans la rue centrale, je me fis berner par de saisissantes sculptures de marmots grandeur nature que je pris pour de vraies personnes nonchalantes. De fausses portes fixées sur les façades (sur l'une d'elles était indiquée *Entrée des fantômes*) me laissèrent pantois. On trouvait également des devantures de magasins imaginaires (*Vente d'amis, Location de mamans*) qui, parfois, n'étaient que des panneaux tenus par des poutres, semblables aux décors que l'on dresse dans les studios de cinéma. Certaines échoppes abritaient des petits commerces artistiques. Le loueur de mamans m'intrigua beaucoup. On pouvait y louer des visages de mamans rêvées ; ce qui permettait d'en changer lorsqu'elles devenaient trop casse-pieds. Dans les vitrines s'étalaient des objets réalisés avec des matériaux surprenants : des canapés d'aspect moelleux exécutés en bois durs qui étaient autant de trompe-l'œil déroutants, des avions de papier réalisés en céramique (d'aspect léger mais en réalité très lourds !), des culottes sur lesquelles étaient peints des zizis avantageux très ressemblants, etc. Les effets de matière semblaient très prisés par les Coloriés.

Mais je ne cherchais que Dafna.

Depuis sa dénonciation par les Rapporteurs, avait-elle été arrêtée ? Ou avait-elle été laissée en liberté ? Je furetais dans la rue en imitant le comportement (épuisant !) des Coloriés, afin de ne pas les alarmer. Cette procédure dite *d'apaisement,* bien connue des ethnologues, permet de s'insérer dans une société en réduisant la distance interculturelle. On le sait, l'altérité suscite toujours de l'inquiétude et peut être source de conflit. Je m'appliquai donc à désencombrer mon esprit de réflexions pour le concentrer sur mes impressions physiques. Je gigotais, m'interdisais de me déplacer en ligne droite, sautais sur les troncs d'arbre et n'hésitais pas à sucer mon pouce en traînant un cerf-volant. Quand je croisais un trentenaire qui faisait voler un petit avion de bois en imitant le vacarme d'un moteur, je n'hésitais pas à canarder son appareil pour créer une connivence. Un fugace combat aérien s'engageait alors au milieu des passants, eux-mêmes accaparés par d'autres divertissements.

Superbêtise s'appliqua à faire des siennes afin de mériter le rôle qu'Ari venait de lui confier (et pour mieux endormir la surveillance tatillonne de Cornélius). Je me permis donc d'embrasser une mariée toute fraîche sous le nez de son époux, lequel devait aller sur ses dix ans. Puis je piquai une grosse colère contre la victime éplorée d'un vol de poupée. Je me moquai également des passants timides en imitant leur gestuelle pour faire ricaner les autres et décapitai sans vergogne l'ours en peluche d'une gamine sexy de trente ans qui avait eu l'effronterie de m'ignorer. Toutes initiatives pataudes qui me dégourdirent et me procurèrent quelque satisfaction. Pour la première fois de ma vie, je rayonnais de me conduire grossièrement.

Mais j'avais beau marauder, je n'apercevais Dafna nulle part.

Sa beauté ne me sauta aux yeux que lorsque je pénétrai dans l'église. Dafna se tenait debout près du chœur, face à un Jésus en croix aux traits poupins et à la mine coquine. Le nationalisme enfantesque des Coloriés les avait fait reconsidérer la nature du Christ qui, dans leur esprit, ne pouvait être qu'un marmot malicieux. Les fresques témoignaient de leur volonté de réviser la totalité de l'Histoire sacrée : les tableaux du chemin de croix avaient tous été crayonnés pour que les protagonistes aient désormais des physionomies et des attitudes enfantines. Aux côtés de Dafna, je distinguais un petit morceau de blonde dont le dos m'était familier. Elle se retourna et je reconnus... la frimousse de Lulu, ma fille !

Ma bouche se dessécha. Je crus défaillir. Que faisait-elle là, au sein de cette société dangereuse ? À la barre de ce tribunal où tous les dérapages étaient possibles ?

En chaire, Ari prononça alors une sentence sévère à l'encontre d'Hector, un adulenfant célèbre qui avait eu l'audace de flanquer une fessée à son rejeton de deux ans. Rêveur sans scrupule, Ari ne plaisantait pas : les Coloriés avaient désormais l'interdiction formelle de participer aux jeux de ce géniteur blâmable. L'homme, aux allures de marmot, se mordit la lèvre inférieure jusqu'au premier sang ; puis sa poitrine fut ravagée par d'affreux sanglots tant la peine qui le frappait lui paraissait barbare. Imaginez donc : pendant *quinze dodos* — soit plusieurs années pour nous —, plus personne ne consentirait à jouer avec lui ! Cornélius en soupirait d'aise. Brisé, le réprouvé se retira en cherchant vainement des regards secourables, une main amie. Hector ne rencontra qu'un mur gelé de regards durs. L'ostracisme qui l'accablait semblait sans appel. Il se savait promis à une implacable désocialisation (qui demeurait toutefois provisoire, comme tout chez les Coloriés).

Alors Dafna s'avança dans le chœur de l'église en tenant Lulu par la main. Inquiet à mon tour, je tendis l'oreille. Ari prit la parole sur un ton affligé, avec un tremblement épiscopal dans le gosier :

— Dafna, reconnais-tu avoir nourri trois fois la petite Lulu, âgée de sept Noëls ? C'est ce que m'ont dit les Rapporteurs...

— Oui, fit-elle. Tes Rapporteurs sont super exacts.

— Tu n'ignores pas qu'il est interdit chez nous d'infantiliser les enfants de plus de trois Noëls en leur donnant à becqueter ? Es-tu consciente de la gravité des faits qui te sont reprochés ? Sais-tu que par ce geste tu as failli t'engager dans un toboggan périlleux, une gafferie qui aurait sans doute fait de Lulu une enfant d'adulte, une impuissante puérilisée, incapable de satisfaire ses propres envies ?

— Oui, je le sais...

— Pourquoi as-tu commis ce délit qui n'est pas une simple faute mais bien une crimerie scélérate contre l'enfance ? hurla Ari, déchaîné.

— Pourquoi te colères-tu ? demanda Dafna.

— Parce que ça me fait jouir, répondit Ari le plus sincèrement du monde. C'est délicieux de profiter de ta faute pour te faire rendre gorge !

— Pourquoi ?

— J'suis jaloux de toi.

— De moi ? reprit Dafna.

— De toi et de ton journal, du pouvoir que tu as de raconter des histoires aux Coloriés à ma place... Chaque numéro d'*Arc-en-Ciel* est tiré à une centaine d'exemplaires, mais ton influence s'étend bien au-delà de ce royaume de papier, et tu le sais. Tu es la maîtresse des histoires de cette île et ça me rend malade ! En plus, t'es meilleure que moi en pliage d'avions ! Et aux charades !

— Jaloux !

— Parfaitement ! beugla Ari. Alors aujourd'hui je savoure de me venger ! Et j'vais p't-être même essayer de te vexer, de t'agacer, de te ratatiner...

C'était la première fois de ma vie que j'assistais à une séance de tribunal où les parties ne jouaient pas un rôle. En plein affrontement, Ari et Dafna osaient faire état de leurs émotions réelles et confesser leurs faiblesses : attitudes inconcevables chez les Culottés ! Sans craindre de discréditer sa position en avouant ses mobiles affectifs, Ari poursuivit sur le même registre ; puis il revint à la charge avec des arguments plus politiques :

— Si nous nous adaptons même un chouia à la civilisation adultienne en singeant les pratiques des Culottés, notre identité sera bientôt dissoute ! Car le but même de la société adulte est de faire disparaître notre culture. Ces coquins arrogants veulent nous coloniser et nous assimiler !

En gardien énergique de la culture (et de l'orgueil) des Coloriés, Ari savait exploiter le plus mince délit pour affirmer le particularisme culturel de l'île. Tout groupe minoritaire a un fort besoin de cohérence pour maintenir son devenir collectif, d'où une nécessaire prescription d'assimilation. En stigmatisant les individus qui n'étaient pas porteurs de marques d'appartenance intragroupales, Ari contraignait le plus grand nombre à adopter des schèmes comportementaux qui se révélaient être les instruments mêmes du maintien de son orthodoxie. De fait, il ravivait la culpabilité qu'éprouvait tout Colorié en s'éloignant de son mode de vie national. Tribun hors série, Ari donnait même à ses compatriotes le sentiment que les contrevenants n'étaient pas loin de trahir la cause des révoltés de 1980.

Mais, cette fois, le mécanisme s'enraya ; car Dafna se rebiffa :

— Je suis savante de tout cela, Ari. Mais Lulu n'est pas encore une vraie Coloriée. Elle a voulu venir ici contre l'avis de sa mère américaine, une Culottée de la pire espèce qui pense savoir mieux qu'elle ce qu'est bon pour sa fille ! Je n'ai pas permisé cet abusement d'autorité ! Je l'ai ramenée chez nous, dans notre pays où les enfants sont libres ! Mais les adultes l'ont chiardisée, enfantisée, comme ils font toujours pour dominer les petits. Lulu croyait même qu'elle ne savait pas se nourrir seule. Avais-je le droit d'appliquer nos lois, de laisser tomber une sœur ? Alors qu'elle souhaite se colorier tout à fait ? Car enfin, Lulu a tout risqué pour échapper à la tyrannie des grandes personnes ! Les enfants d'Europe, d'Asie et d'Amérique sont nos frères ! Nous n'avons pas le droit de les abandonner ! Notre devoir est de les délivrer, de les déséduquer !

Toute l'église vibra à ces mots et répondit par une salve d'applaudissements qui eurent le don de colérer Ari et de faire blêmir Cornélius. Pour la première fois, son maître se trouvait chicané, contesté à découvert, dépassé même dans son rôle d'avocat du messianisme colorié. Quelqu'une se levait pour remettre en question le dogme de l'isolationnisme. Et le coup venait de celle qui, sans contrôle, s'amusait à raconter aux

Coloriés l'histoire de leur propre vie dans l'unique journal ! Résolu à ne pas se laisser battre en démagogie, Ari eut alors l'astuce de reprendre en main l'émotion de la foule en déclarant :

— Notre sœur Dafna a raison. Mais parce qu'elle a vu juste nous devons vigilanter encore plus notre conduite ! Si la Délivrance devient le foyer de la révolte des enfants du monde entier, nous ne pouvons plus tolérer ici le plus petit écart. Je déclare donc Dafna libre, mais je suis prêt à disputer tous les fautifs ! Cette rigueur, on la doit à tous les damnés de la terre qui subissent encore les désirs de leurs parents !

La plèbe coloriée salua avec chaleur l'intervention d'Ari. Cette bande de gamins séditieux entendaient délivrer les mineurs du monde entier de la tutelle adulte. Ce soir-là, pour la première fois, avait été formulée publiquement l'idée que le nationalisme enfant devait s'adresser à tous les minots de notre planète, à la diaspora des incompris en culottes courtes. Secoué par la portée de cette vue, je m'apprêtai à rejoindre Lulu et Dafna à la sortie de l'église ; mais cette dernière réclama à nouveau le silence et l'obtint.

— Mes chers Coloriés, lança Dafna d'une voix fêlée, j'ai appris en Europe une affreuserie, une histoire qu'est sûre même si elle n'est pas belle... Il y a plein de dodos, nos parents ne sont jamais revenus. C'était avant qu'Ari ne tue le dernier adulte... Eh ben, nos parents n'ont pas disparu parce qu'on était des mauvais enfants, pour plus nous voir ! C'est pas de not'faute ! En vérité ils sont morts dans le grand bateau qu'a coulé...

Une vive émotion saisit l'assistance, fit frissonner les ribambelles de Coloriés qui cessèrent aussitôt de se dandiner sur les bancs de l'église, de jacasser et de trépigner en se curant les narines. Certains commencèrent même à faire des moues d'affliction, à laisser leurs yeux se gonfler de larmes. On frôla un chagrin historique.

— Sûr que c'est pas une belle histoire, reprit Ari, mais l'affreuserie véritable ç'aurait été que les parents en réchappent ! Imaginez qu'ils soient revenus un jour pour interdire nos jeux, pour nous punir de nos défauts éclatants qu'on aime tant, pour nous persuader que c'est pas juste d'être un Colorié plutôt qu'un Culotté. Imaginez qu'ils nous aient forcés à faire des choses utiles, à cacher nos vraies émotions, à nous gaver d'habitudes et de passé ! Alors moi je dis : un bon parent est un parent mort ! Merci au bateau ! Et vive nos jouissances de mal-élevés !

La foule applaudit longuement. Puis, remuée par un joyeux sentiment patriotique, elle entonna spontanément l'hymne local, le vieux chant révolutionnaire des Coloriés qui stimula les morveux désorientés et réchauffa les jeunes cœurs :

*Aux armes Coloriés !*
*Formez vos bataillons !*
*Colorions, colorions.*
*Qu'un sang d'Culotté*
*Abreuve nos sillons...*

On s'époumonait avec ferveur sur les bancs de bois, comme pour s'assurer qu'on avait eu raison jadis de se convertir à l'enfance, de rompre tout à fait avec l'Occident, d'embrasser la cause d'Ari. Tous avaient l'air de tenir à leurs jeux, à leur sémillante gaieté, à l'anarchie ludique locale. Chacun voulait s'entêter à n'imiter que soi, à ne jamais copier les Culottés ! Personne ici n'aurait accepté de vivre à la remorque d'un adulte empaillé ! Sur cette terre bénie, on résistait à la tentation d'être efficace, de conclure, à la prétention de bâtir. Porté par ce tumulte exubérant et ce tintamarre nationaliste, je m'avançai jusqu'à ma fille, un instant abandonnée par Dafna.

— Papa ! lança Lulu en se lovant contre moi.

— Non, ma chérie, il n'y a plus de papas et d'enfants ici…, murmurai-je. On est tous égaux. Mais rassure-toi, je t'apporterai tous les jours de la nourriture en douce… Tu ne souffriras de rien. Mais comment as-tu fait pour arriver jusqu'ici ?

— Avec Dafna, on a joué à voyager en douce sur un bateau… Un voyage cache-cache. C'était drôle.

— Tu n'as pas eu peur ?

— Non… pourquoi ?

— Où dors-tu, mon amour ?

— Dans le lit superposé de Dafna.

— Tu ne manques de rien ?

— Non, fit-elle tranquillement. J'ai un cormoran. Mais toi… en quoi t'es déguisé ? chuchota Lulu, les yeux écarquillés.

— En Superbêtise… Ici, je fais rien que des bêtises ! m'entendis-je lui répondre. Je peux donc bouger comme je le souhaite, enfreindre les règlements, suivre mes envies. Je m'amuse !

— Enfin ! lança Dafna en s'approchant. Ce n'est pas trop tôt...

— Et à quoi tu joues ? me demanda Lulu.

— À rester calme, distant, alors qu'on dirait que je viendrais de retrouver la femme de ma vie, dis-je en dévisageant Dafna qui s'approchait.

— Et elle, à quoi elle jouerait ? insista ma fille, ravie.

L'œil allumé, Dafna répondit :

— À celle qui aurait envie qu'on lui fasse la cour, parce qu'elle serait très amoureuse. Mais on dirait qu'elle ne le saurait pas encore.

— Alors le prince, poursuivit Lulu, il faudrait qu'il l'aide à s'en rendre compte...

Enchantée de nous voir renouer sur le mode du jeu, Lulu s'éclipsa le sourire aux lèvres.

— Dafna, murmurai-je, à quoi une fille reconnaît qu'elle est amoureuse ?

— Elle a le cœur qui bat quand le garçon est là.

Je posai ma main sur son cœur.

— À quoi d'autre le sent-elle ? ajoutai-je.

— Quand il n'est pas là, il lui manque.

— Alors on dirait qu'après que tu te serais éloignée, tu ressentirais...

— ... un manque terrible, souffla-t-elle.

— Et on dirait qu'on se comprendrait sans se parler, tellement on s'aimerait. Alors, sans se donner rendez-vous, on se retrouverait ce soir à minuit dans l'arbre de l'église pour que je te fasse... une demande en mariage spontanée !

Dafna rougit et leva les yeux au ciel à la manière d'une gamine à qui l'on promet une robe à volants ; puis, étourdie de sentiments, elle disparut dans le tumulte braillard des Coloriés. La foule venait de former une ronde patriotique menée par Harold qui s'était entortillé dans le drapeau clair de l'archipel, frappé d'un point d'interrogation rouge. Enfin j'allais connaître un amour léger, rehaussé de plaisirs imaginaires ! Seule une fille issue d'un peuple d'enfants, culturellement apte à évoluer dans le monde magique et parallèle du jeu, pouvait s'octroyer une telle liberté !

# 6

Ari avait été clair : *on dirait qu'on serait* était bien le plus attrayant des jeux amoureux qui se pratiquaient dans l'île. Juste après avoir proféré cette formule enfantine, les parties des amants coloriés pouvaient démarrer en fanfare. Les tourtereaux essayaient alors des scènes de nature à les faire rêver, mimaient leurs attentes. Cette coutume rigolote et insolite — très appréciée sur la Délivrance — donnait aux couples le loisir d'échapper à un sort trop régulier. Ils gambadaient ainsi dans des contes virevoltants et cabriolaient au sein d'impeccables comédies romantiques. Mais le plus surprenant était que leurs rôles fictifs finissaient par leur procurer des satisfactions véritables. Je pensais donc que Dafna serait ravie de pénétrer avec moi dans la féerie d'une passion ludique où tout ce qui nous arriverait serait exactement conforme à nos souhaits. Nul compromis ne gâterait plus nos amours transculturelles.

C'était peut-être cela le véritable secret de la joie déferlante des Coloriés : leur aptitude à croire aux histoires qu'ils se racontaient. Avec une aisance déroutante, ils sortaient du cinéma obscur de leur esprit pour pénétrer dans une autre salle mentale où l'on projetait le film lumineux qui leur convenait. Abolissant toute lucidité, ils s'élançaient alors pour de vrai dans un univers invraisemblable où leurs désirs et caprices étaient tous jouables.

À minuit, je rejoignis donc Dafna perchée sur un arbre, devant l'église. Toujours déguisé en Superbêtise, je lui confiai avec émotion :

— On dirait que tu serais surprise que je vienne faire ma demande en mariage, au moment où tu en rêvais, OK ?

— OK, fit-elle ravie d'entrer à nouveau dans mon jeu et de profiter de la situation que je lui proposais.

Puis elle précisa, afin de rendre l'exercice plus palpitant :

— Mais on dirait aussi que tu serais un as pour me donner envie de dire oui...

— Hum...

— Oui, tu serais très fort pour calmer mes réticences...

— Parce que tu en as ? demandai-je, inquiet.

— On dirait que j'en aurais et que tu ne saurais pas si je vais dire oui ou non... Si y a pas de doute, y a plus de jeu ! Mais ne panique pas puisqu'on a dit que tu serais le roi de la déclaration !

Jamais encore je ne m'étais trouvé dans la peau d'un *roi de la déclaration* ! En m'attribuant ce talent, Dafna me contraignait à la faire rêver, m'incitait à dépasser mes capacités courantes. La dynamique mentale des Coloriés était toujours la même : ils se supposaient des aptitudes afin de mieux les développer. Leur culture d'enfants semblait considérer la stabilité des caractères comme une pathologie, une infirmité réservée aux grandes personnes encroûtées. Pour eux, vivre c'était changer sans cesse.

Alors, pressé d'avoir de l'inspiration, j'en eus. Obligé d'être irrésistible, je commençai à l'être avec allégresse. Les circonstances me prêtèrent toute l'habileté dans la conduite d'un cœur que je n'avais jamais su déployer avec une Occidentale. Plutôt que de me déclarer platement, j'eus recours à un procédé efficace, irritant et délicieux : l'attente. J'entraînai Dafna au *Bon Goûter*, le meilleur restaurant de cuisine coloriée, en précisant bien :

— On dirait que j'aurais réservé toute la salle pour nous deux... Le grand jeu, quoi !

— Tout le restaurant pour moi ?

— Il y a des choses qui ne se disent bien que dans l'intimité...

Flattée par mon attention imaginaire — à cette heure-là, le *Bon Goûter* était de toute façon désert ! — Dafna rosit de plaisir

— Tu verras, lui dis-je, il y aura tout ce que tu aimes : des Cœurs de Palmier, des Baisers d'Ange en Sucre, des Alliances au Miel, une Promesse Éternelle au Chocolat, un Voile Blanc de Meringue Soufflée et... une bague invisible !

— Invisible ? fit-elle, déçue.

— Sauf pour toi. Je ne voulais pas que les autres puissent voir l'énormité du diamant... Certains bijoux doivent rester des secrets.

— C'est vrai…, murmura-t-elle en piquant un fard.

—Tu seras la seule à voir sa taille fabuleuse.

Ce soir-là, Dafna avait plus envie de croire en mes paroles qu'en ses yeux. Amoureuse comme on l'est à quinze ans, elle ne souhaitait plus regarder la vie qu'à travers moi. Sa candeur ressuscitait la mienne, me redonnait accès à des sentiments purs, vierges de tout passé. On devrait toujours aimer pour la première fois.

En arrivant au *Bon Goûter,* nous entendîmes un salmigondis de notes de musique de cirque qu'un vent tiède portait jusqu'à nous. À l'heure où les gamins et les adulenfants de Coloriage roupillaient, les animaux de l'île investissaient le bar central de la ville pour s'amuser comme des êtres quasihumains. Les zèbres rieurs, les lémuriens précieux, les chimpanzés et les kangourous se mettaient alors au diapason de notre espèce. Oublieux des règles comportementales qui, en pays adulte, corsètent la condition animale, les singes jouaient une musique tonique à la Nino Rota avec les instruments hérités de l'Australian Circus. Je le sais, il ne se trouvera sans doute personne pour me croire, mais la probité m'impose de rapporter les faits tels que je les ai constatés. Dussé-je passer pour un affabulateur ou un maboul, j'affirme qu'au contact d'une culture d'enfants nos cousins velus acquièrent de nouvelles aptitudes, s'engagent dans de sidérantes évolutions. Par simple imprégnation, les Coloriés parvenaient à transmettre leur façon d'être qui n'est que devenir, mutation et métamorphose. Protégée des adultes, la Vie redevenait inattendue, riche, exubérante, joyeuse d'essayer de nouvelles combinaisons. Et n'allez pas croire que j'étais ivre cette nuit-là ou sous l'influence de l'herboristerie locale. En poussant la porte du *Bon Goûter,* je me trouvai bien en présence d'un big band simiesque et d'une piste de danse où une horde de mammifères sifflaient, jappaient en rythme, caquetaient et couinaient sans répit. Quelle gaieté contagieuse saisit les animaux lorsque les maîtres ne sont pas des grandes personnes !

— Et en plus tu as prévu la musique…, me souffla Dafna.

Nous soupâmes de croquis, bercés par des mélodies aléatoires dans une salle de restaurant vide. La faune paradait sur la piste, ne cessant pas une seconde de valser et de se déhancher. Je me sentais au ras de la folie et heureux de m'accorder si bien avec Dafna.

Peu à peu, le vacarme des cuivres réveilla des Coloriés qui rappliquèrent pour se mêler à la fête. Des gamins hirsutes empoignèrent les cuivres, deux lémuriens cédèrent leur contrebasse. Un singe suspendu à un lustre souffla dans une trompette bouchée. Tout le monde se mit à chanter, à taper dans les mains. On ne distinguait plus très bien les chimpanzés réels des enfants déguisés en primates. La foule mélangée enflait de minute en minute. Se côtoyaient des élégantes de dix ans, de jolies trentenaires qui s'étaient dessiné des bustiers délicats sur les seins, une poignée de jeunes dandys en jaquettes peintes à même la peau qui s'étaient ajouté des queues-de-pie en feuilles de bananier. Les Coloriés dansaient ensemble, tous âges mêlés, avec les bébés, les marsupiaux et les filles enceintes. Certains faisaient des claquettes. D'autres foxtrottaient frénétiquement avec des guenons. Je restai saisi par la façon singulière de se trémousser des adulenfants et des bambins : leur gestuelle était avant tout un jeu non répétitif, une création débraillée qui n'obéissait à aucun code. Rien à voir avec les danses classiques des Culottés ! Les Coloriés sautillaient en rythme partout : sur les tables, les chaises, les fils tendus au-dessus de nos têtes pour accrocher les lampions. L'orchestre joua un air à l'endroit puis à l'envers. Chacun s'amusa alors à refaire en sens inverse, et à toute allure, la suite de mouvements qu'il venait d'exécuter ! Ce *rewind* accéléré était à se tordre de rire ! Les Coloriés dansaient en totale liberté, sur les mains, à cloche-pied, en bondissant, à califourchon. Ils exultaient de posséder un corps ; puis, soudain, la marmaille forma une ronde à la queue leu leu !

Je profitai de ce chahut mirobolant pour entraîner Dafna à l'extérieur et reprendre notre tête-à-tête. Il faisait nuit à n'y rien voir.

— On dirait qu'il y aurait un clair de lune, lui murmurai-je.

— Et qu'il y aurait une musique d'amoureux, pas trop forte…

Dafna frémit en imaginant une mélopée de son goût. Elle me croyait enfin disposé à entrer dans des considérations nuptiales ; mais, par jeu, je la fis patienter :

— C'est incroyable, je voulais te demander un truc important et hop, l'idée m'a quitté ! Je l'avais sur le bout de la langue et n'arrive pas à m'en souvenir… Ridicule, non ?

La bouillonnante Dafna n'y tenait plus. Elle n'allait tout de même pas me sommer de la demander *spontanément* en mariage ! Ma requête n'avait d'intérêt que si elle me venait naturellement, avec un brin de fougue, non en me tirant les vers du nez…

— On dirait que tu aurais de la mémoire…, reprit-elle malicieuse, en posant un doigt sur mes lèvres.

— Ça me revient ! déclarai-je en souriant. Mais pour t'offrir ta bague invisible, il faudrait qu'on aille dans un endroit exceptionnel.

— À New York ?

— Va pour New York…, répondis-je sans trop savoir quelle idée elle avait derrière la tête.

— On dirait qu'on irait là-bas dans une belle voiture, me suggéra-t-elle. Et que c'est toi qui conduirais !

— Elle te plaît ma décapotable ? lui demandai-je en indiquant le vide.

— On dirait que tu serais galant…

— Où avais-je la tête…

Je courus autour d'une automobile imaginaire, fis semblant d'ouvrir une illusoire portière. Dafna s'installa fictivement. Mais notre joie de vivre, elle, était bien réelle. Pourquoi m'étais-je si longtemps privé de ma fantaisie ? Dafna me pria de prendre la route du bord de mer, puisque rien ne nous pressait. Je m'engageai sur un sentier pierreux en posant mon coude sur une carrosserie supposée.

— Il y aurait une musique sensationnelle à la radio, me chuchota-t-elle.

Je mimai la recherche d'une station sur un auto-radio chimérique et, ravi, commençai à siffler un air de Joan Baez. Nous étions les amants les plus heureux, les héros de notre propre cinéma.

À ma grande surprise, nous finîmes par débouler dans un faux New York qui n'était pas un mirage (bien que cette cité sylvestre eût tout du songe). À l'écart de la ville de Coloriage s'élevaient, au fond d'une baie mystérieuse, des cabanes verticales aux airs de gratte-ciel. Une série d'arbres très hauts les abritaient. Plusieurs « bars de nuit » étaient ouverts. Au pied d'un grand kaori, nous croisâmes un lascar altier nippé d'un dessin de smoking. Un véritable haut-de-forme était vissé sur son crâne. L'individu montait un zèbre retouché, dérayé, peint en cheval noir. Puis nous rencontrâmes un policier (panoplie complète) qui promenait son long corps en s'interdisant de trottiner, comme s'il avait tenu à contrarier sa nature. Les Coloriés qui pullulaient dans les parages ne ressemblaient pas aux délurés loquaces que j'avais vus en ville. Exagérément guindés, ne produisant aucun bruit, la plupart d'entre eux portaient de fausses lunettes crayonnées sur leur visage grave et arboraient, avec une fierté bizarre, des chaussures réelles. Ce signe distinctif attira mon attention. À Coloriage, on ne fréquentait les soi-disant fournisseurs de souliers que pour se faire dessiner sur les pieds des bottines lacées, des mocassins fictifs, des idées d'escarpins ou que sais-je encore. Ces New-Yorkais de l'hémisphère austral avaient dû chaparder un lot de vieilles godasses dans le vestiaire du théâtre municipal. Je m'étonnai également du grand nombre de Coloriés qui, autour de nous, s'étaient peint sur le corps des costumes à gilet (en trompe l'œil) et des cravates sombres, avec l'intention manifeste de singer les Culottés en cols blancs d'Occident. Presque tous exhibaient d'ailleurs d'énormes et fallacieuses montres dessinées sur leur poignet.

— Tu m'offres un verre ? me lança Dafna.

Nous pénétrâmes dans un bar, au sommet d'un building de bambous. Face à l'entrée trônait un vieux miroir qui réfléchissait la vanité de chaque client. Nous nous installâmes à une table. Devant et derrière moi, des Coloriés lisaient ostensiblement d'épais et vieux ouvrages qui n'étaient pas composés en rébus, tout en fumant des cigarettes en chocolat. L'un de nos voisins, trentenaire, terminait son échange « au téléphone » (deux conques reliées par une liane) avec un mouflet de huit ans déguisé en cambiste de Wall Street :

— Alors on se donne un coup de fil et on goûte ?

Le minot acquiesça et reposa son coquillage avec une distinction affectée.

— Qui sont ces gens ? demandai-je éberlué, à voix basse.

— Des Adulteux.

— Pardon ?

— Ils n'aiment pas Ari et vivent la nuit, en douce, comme ils se figurent que les grandes personnes vivent à New York.

— Qu'est-ce qu'ils font ?

— Ils travaillent…

— Ils n'ont pas l'air de foutre grand-chose !

— *Travailler* dans leur tête ça veut juste dire *ne pas jouer*, alors ils se retrouvent ici pour bouquiner des livres sans images, remplir leurs agendas, parler au futur de projets. Ils le claironnent pas ouvertement le jour, mais ils sont contre la révolte des Coloriés.

— Ari le sait ?

— Y a des Adulteux qu'ont cafté aux Rapporteurs, mais Ari est coulant avec eux parce qu'ils sont à nouveau beaucoup... Ari les a battus une fois, mais ils reprennent du poil de la bête !

— À quoi on reconnaît les Adulteux ?

— Y sont tristes, même quand ils rient. Ils ont des miroirs de poche et essayent de ressentir moins d'émotions. Et pis... ils méprisent les bébés ! Ils ne leur parlent pas.

Ces adulenfants anomiques rejetaient toutes les valeurs communément admises dans l'archipel des Coloriés. Clandestinement, ils avaient bricolé un contre-exotisme, une sorte de culture à l'envers qui prenait systématiquement le contre-pied de la culture locale. Chaque société humaine sécrète sa propre contestation, même si elle se prétend frondeuse. Le monde singulier d'Ari n'échappait pas à ce phénomène ironique. Plus tard je m'aperçus que, loin de menacer la cohésion interne de la civilisation coloriée, ces déviants remplissaient une fonction sociale capitale : ils permettaient à la majorité de se coaliser en les réprouvant. Ce désaveu collectif, accompagné de marques de mépris et de condescendance, attestait la validité du modèle sociétal défendu par Ari.

Sur le moment, je restai tout de même estomaqué par l'aspect cireux et amidonné de ces Adulteux qui singeaient nos mœurs alors que la plupart d'entre eux n'avaient jamais vu de grande personne de leur vie ! D'où une série de décalages absurdes. Dafna m'expliqua qu'ils s'appliquaient à conjuguer les verbes au futur et à réhabiliter les temps sophistiqués du passé (en en faisant un usage assez abstrait). Ils étaient d'ailleurs très aficionados du *temps adulte*, si différent de la *durée coloriée*. L'autre passion de ces réfractaires paraissait être de contracter des habitudes. Ils observaient donc des rituels vides de sens qu'ils respectaient avec solennité dans leurs bars, la nuit venue : vouvoyer les singes en leur serrant très longuement la main, régler *le temps passé* dans les cafés (et non les consommations) avec du numéraire de papier dessiné par eux-mêmes à l'encre noire (ils refusaient les dés en usage à Coloriage). La plupart d'entre eux s'exerçaient à lire des romans à l'envers pour prouver aux autres qu'ils maîtrisaient notre alphabet. Quant aux Adulteux qui ne possédaient pas de chaussures réelles, ils ciraient leurs pieds (ongles compris !) avec une application maniaque. À voix basse, comme si elle eût proféré une obscénité, Dafna ajouta que les plus audacieux *faisaient même l'amour dans le noir* !

— Comme les adultes ! précisa-t-elle d'un air entendu, avant de rire sous cape. Mais... on est allés jusqu'à New York pour que tu me déclares des choses...

— ... sérieuses ?

— Non, c'est pas du jeu !

— J'hésite.

— Ah non ! Je suis humide !

— Pardon ?

— Mon sexe est tout mouillé. Tu veux vérifier ?

— Non, je ne suis pas d'un naturel suspicieux... La confiance ne règne-t-elle pas entre nous ? Mais si l'on fait *tu sais quoi*, ne regretteras-tu pas de l'avoir déjà accompli ?

— On peut se remarier, si ça nous chante !

— Personnellement, je n'aime pas les redites...

Jusqu'au milieu de la nuit, j'eus l'instinct de me dérober. Bien que tenté par les lèvres de Dafna, je m'amusai à décevoir ses attentes pour mieux les affermir. Stratège, je sentais que frustrer Dafna restait la plus sûre façon de la combler. Parfois, l'insatisfaction seule permet à une fille de clarifier ses élans. En la torturant méticuleusement, je la délivrais peu à peu de la morsure du doute, l'aidais à ne plus subir son cœur compliqué.

Après ces esquives, nous quittâmes New York pour balader nos corps affamés qui se cherchaient. N'y tenant plus, Dafna me saisit la main et murmura :

— On dirait que tu ne pourrais plus faire autrement que de me demander ma menotte...

— Menotte... je n'aime pas ce mot !

— On dirait aussi que tu serais un chevalier très pressé de faire l'amour... insista-t-elle.

Une seconde d'attente de plus et elle m'aurait sans doute cassé la gueule. Je m'exécutai :

— Dafna, acceptes-tu de devenir celle qui me dira tous les matins *on dirait qu'on serait* ?

— Oui, mais… aimes-tu les enfants ? me demanda-t-elle en rougissant et en tortillant ses mains devant elle, à la manière d'une grande timide.

— Oui.

— Alors viens m'en faire un… si t'arrives à m'attraper ! lança-t-elle en me souriant.

Dafna s'enfuit dans les arbres en emportant la lampe à pétrole. Je m'élançai à la poursuite de sa silhouette et parvins à la basculer dans le creux d'un banian, notre premier lit. Elle m'embrassa et le reste s'effaça. Troublé par sa convoitise, je fis mine d'éteindre la lumière, trop éblouissante à mon goût. La main de Dafna arrêta la mienne et poussa la flamme à son maximum.

— J'ai peur du noir…, souffla-t-elle.

Notre étreinte eut le charme léger d'une partie de cache-cache dans un arbre. Même ses caresses et ses galipettes érotiques étaient un jeu dont elle se régalait. Dafna aimait ça, chahuter les garçons, c'était visible. Elle avait de l'appétit de partout, de la goinfrerie pour toute ma peau. Ondoyant de la croupe, elle ne chapardait un baiser que pour cesser de rire. Puis, quand elle eut assez joui de s'amuser avec mon sexe, Dafna me tendit un petit pot de peinture et chuchota :

— Dessine-moi un bébé sur le ventre.

Dérouté par cette requête, je trempai un doigt dans la peinture et découvris… que je savais dessiner ! Dans cette île protégée des méfaits de la pédagogie, mes facultés s'épanouissaient. Toute ma nature sauvage et abondante se remettait à croître, à dire non aux bornes que mon éducation adultienne avait logées dans mon esprit. Je ne voulais plus être un caractère de serre ! Le bébé que je fis à Dafna était sans doute le plus beau dessin — et peut-être le plus sensible — que j'eusse jamais tracé.

À cet instant, repu de plaisir, je crus le bonheur à ma portée. Je me sentais le cœur à aimer cette fille authentique, à l'aise dans le chaos de ses ambivalences et friande de récréations. Pour Dafna, vivre n'était pas une somme de tracas à résoudre, seulement une chance à cueillir. J'aimais sa verdeur, ses qualités mal dégrossies et l'éclat de ses défauts. Que n'étais-je né colorié, acclimaté depuis l'enfance aux mœurs de cette nation dissidente qui produisait des rieuses pareilles ? Même accoutré d'un ridicule costume, Superbêtise commençait à préférer son métier de trublion spontané à celui d'ethnologue distancié.

— Bon, bâilla Dafna. Maintenant on va faire dodo, parce qu'aujourd'hui j'ai pas fait de sieste...

Fou d'amour, je la laissai prendre mon pouce gauche et le suçoter comme un doudou en se pelotonnant contre moi. Collé à cette siesteuse, à cette amatrice de funambulisme et de danses improvisées, j'étais le plus heureux des hommes libres.

Mais l'enchantement de cette nuit ne dura pas.

# 7

Le lendemain matin, Lulu tomba très malade. Son cormoran lui rapporta du poisson frais ; mais, enfiévrée jusqu'aux moelles, elle ne voulut pas toucher aux filets que je lui préparai. Les singes chahuteurs lui offrirent également des fruits qu'elle repoussa. Une infection la détraquait sans que les remèdes coloriés eussent sur elle le moindre effet. Nous tentâmes des lectures d'histoires réputées curatives, des séances de pleurs pour la purger d'émotions anciennes nocives. Puis on essaya de prolonger quelques éclats de rire jusqu'à l'étourdissement. Toutes ces prophylaxies étaient supposées requinquer les Coloriés. Hélas, rien ne calma la mauvaise fièvre qui persécutait ma fille.

La veille, Ari avait enjoint à Dafna de flanquer Lulu à la porte de chez elle, au motif qu'elle était assez grande (à sept ans !) pour édifier sa propre cabane. Ari redoutait par-dessus tout la protection excessive des plus jeunes. Son allure de gorille et son mufle de dogue suffisaient habituellement pour obtenir de tous une obéissance immédiate. Mais, devant l'état déplorable de Lulu, le despote bouillant consentit à repousser l'exécution de sa décision. Lulu gisait donc toujours dans le lit superposé de Dafna.

Harold nous rendit visite et formula un diagnostic sans appel, en contrefaisant ma voix :

— Elle va mourir la crâneuse.

— Pourquoi tu dis ça ? répliqua Dafna.

— Parce que c'est une super crâneuse. Elle frime qu'en Europe elle a deux parents pour elle toute seule qui s'occupent d'elle ! Deux !

— C'est vrai, avouai-je. D'ailleurs je suis son père. Et arrête d'imiter ma voix, s'il te plaît.

— T'es pas un jouet ? postillonna Gratte-Couilles en blêmissant.

— Si…, répondis-je agacé. Mais je suis également son père, et je n'ai pas l'intention de la laisser dans cet état-là !

— T'es un père pour de vrai ? reprit Harold, manifestement effrayé.

— Oui.

Sans demander son reste, le minuscule Harold décampa en poussant des cris comme s'il avait vu un loup-garou. Petite Vitesse entra à cet instant par la fenêtre et posa à peu près le même verdict :

— C'est dommage. Lulu pourrit, donc elle va crever.

— Dafna, murmura ma fille en émergeant de son hébétude, j'veux bien mourir mais j'veux pas pourrir…

— Je vais te sortir de là, mon amour, murmurai-je.

282

— Lulu, elle est pour toujours dans mon cœur, lâcha Dafna. Après sa mort, j'vas pas l'oublier.

— Arrêtez d'en parler comme ça ! m'énervai-je.

— On va pleurer beaucoup beaucoup, des très grosses larmes, et pis ensuite c'est fini, ajouta Salomé.

— Mais taisez-vous, bon Dieu !

Personne autour de moi ne s'alarmait, ni Dafna ni Petite Vitesse. Les deux Coloriées avaient l'air de considérer le décès éventuel de Lulu comme si nous avions évoqué celui d'un hamster ! Elles ne voyaient pas dans cette issue une tragédie fâcheuse, ni pourquoi j'en faisais toute une histoire.

— T'agace pas, me souffla Dafna. Si elle meurt, on va lui écrire des lettres en les posant sur sa tombe. Je peux en creuser une à côté de celle de mon premier singe.

— Elle ne sait pas bien lire…, répondis-je, dérouté par la pensée magique de Dafna.

— On n'a qu'à les écrire en rébus ! s'exclama Petite Vitesse en me tapotant l'épaule pour me réconforter.

— Elle ne mourra pas ! tonnai-je en serrant les dents.

J'avais déjà eu l'occasion de repérer le cimetière de Coloriage : un lieu insolite où se côtoyaient des sépultures d'enfants, d'adulenfants, de doudous usés et d'animaux de compagnie. Les tombeaux de chats, d'ours en peluche ou de petites filles servaient de *boîtes aux lettres* où l'on pouvait déposer le courrier *adressé au défunt*. Parmi les Coloriés, nul n'avait l'air de penser que la mort constituait une disparition fâcheuse, une issue irrémédiable. Dans leur esprit, les trépassés trottinaient dans *le monde des histoires* où ils se régalaient sans frein d'une vie imaginaire. Hélas, j'étais né à Paris, dans une culture inquiète qui ne voyait pas les choses avec autant de légèreté. Résolu à sauver la peau de ma petite Lulu — intransportable — je m'enfuis de Coloriage, embarquai à bord d'une barque de pêche et fis aussitôt voile vers Pitcairn où résidait un médecin culotté : Tom Christian, le maire de l'île.

Je débarquai nippé en Superbêtise, suivi de ma petite cape flottante, et suscitai aussitôt une solide frayeur parmi les Pitcairniens ; car ils virent d'abord en moi un Colorié affolé, hors de toute raison. Puis, lorsqu'on m'eut reconnu, on me conduisit en toute hâte jusqu'au domicile de Tom.

— *Bloody hell*, mais qu'est-ce que votre gamine fout chez les Coloriés ! tempêta-t-il.

— Elle a voulu suivre Dafna sur un cargo, pour me rejoindre. Lulu ne voulait plus rester chez les Culottés. Elle ne supporte plus les adultes…

— Si je vais là-bas, Ari ne sera pas content. Il a la trouille de notre médecine autant que de nos valeurs.

— Mais ma fille n'est pas une Coloriée ! C'est une Française ! Elle a droit à un rapatriement sanitaire normal !

— Vous vous croyez où ? reprit calmement Tom Christian. Vous êtes ici dans l'une des régions les plus isolées de la planète. À Pitcairn, même le téléphone satellite ne passe pas ! Quant à votre petite Lulu, c'est une pure Coloriée aux yeux d'Ari puisqu'elle a sept ans.

— Docteur Christian, en tant que médecin, vous avez le devoir de...

— *I know that* ! me coupa Tom. Et vous me faites chier avec votre ethnologie d'irresponsable ! Je vais vous rendre ce *bloody* service, Hippolyte, et ensuite vous me ferez le plaisir de décamper de nos îles !

## 8

Nous atteignîmes les côtes de la Délivrance à la tombée du jour. Notre esquif aborda une plage ornée de rochers sculptés par les Coloriés, en forme de vagues démontées. On aurait dit une tempête pétrifiée. D'immobiles rouleaux de granit menaçaient cette grève artificielle où bouillonnait de l'écume minérale. Une bande de mioches et de grands enfants avaient dû s'amuser à remodeler ce décor naturel. Il faisait lourd, pesant même : un temps poisseux qui faisait espérer de l'orage. Tom Christian sortit un petit pot métallique et quitta enfin sa réserve boudeuse :

— Barbouillez-moi de peinture blanche, *sir.* Puis vous ferez de même.

— Pardon ?

— Ôtez cette cape ridicule, et exécutez ce que je vous dis. N'avez-vous jamais vu de Colorié peint en blanc ?

— Si, mais…

— Ils se blanchissent pour *jouer à être invisibles*. Ne craignez rien, c'est de la gouache.

Un quart d'heure plus tard, nous pénétrâmes comme javellisés dans le cratère géant qui abrite la vallée des Coloriés. Un godelureau à cheval sur un bâton nous croisa en trottinant. Il feignit de ne pas nous voir, continua d'émettre un *piticlop* régulier, fit hennir sa cavale imaginaire et s'éclipsa.

— On dirait qu'on serait invisibles…, me lança Tom, avec un petit rire angoissé.

— Alors nous le sommes effectivement ! lui répliquai-je avec conviction. Vous ne croyez pas aux histoires ?

— Si… quand elles se terminent bien.

En ville, il y avait des éclats de rire, du tapage et de l'émotion. Les Rapporteurs d'Ari venaient de remonter un vieux manège agrémenté de chevaux de bois, récupéré en pièces détachées à Sydney. Ari savait que pour assurer son prestige il lui fallait de temps à autre procurer à son peuple des jeux inédits. Son règne lui coûtait fort cher. Si sa vanité y trouvait son compte, son intérêt matériel ne trouvait certainement pas le sien.

Des Coloriés de tous âges aux bouilles illuminées et une ribambelle de chimpanzés avaient pris d'assaut la rutilante attraction qui resplendissait de tous ses feux. Un groupe électrogène pétaradant avait l'air d'assurer tant bien que mal l'alimentation électrique. Ari, à cheval sur son zèbre, galopait autour du manège en faisant subir à ses compatriotes son éloquence enjouée. Autour de lui rôdaient quelques Rapporteurs dont la trogne paraissait soupçonneuse.

— Ça passe ou ça casse…, me murmura Tom, fébrile.

— On dirait qu'on aurait de la chance…, lui répondis-je.

—Vous croyez ? ironisa le Pitcairnien.

Nous étions déjà engagés dans la rue principale lorsque l'orage creva le ciel. La totalité des eaux de l'océan, transformées en pluie vigoureuse, se mirent brusquement à fouetter nos épaules. Les Coloriés s'égaillèrent sous les auvents des maisons pour protéger leurs costumes peints de l'ondée, tandis que les braillards du manège s'abritaient vaille que vaille sous le toit multicolore. Stoïques, Tom et moi poursuivîmes notre trajectoire dans la bourrasque, désormais seuls au milieu de la rue. À chaque pas, nous perdions un peu plus de notre peinture blanche, diluée par le déluge. En nous lavant, les gouttes épaisses arrachaient notre sauf-conduit. Quand nous arrivâmes sur la place centrale déserte, nous étions presque entièrement *visibles*.

— Que faisons-nous, monsieur l'ethnologue ? me demanda Tom.

— Notre devoir, docteur Christian… Suivez-moi.

Ari et ses lugubres Rapporteurs nous fixaient silencieusement. Jamais encore je n'avais vu sur les traits de ce géant roux semblable éruption d'animosité et de dépit. Sa hure encolérée frémissait. Il fourbissait déjà des sentences tranchantes, acérait des condamnations. Cornélius, lui, se pourléchait de l'inclémence qu'il allait pouvoir manifester devant une telle transgression. Moi, l'humble Superbêtise, indigène de seconde zone, j'avais osé enfreindre la loi fondatrice de l'île : j'avais délibérément introduit un Culotté dans la ville de Coloriage. Sans mot dire, je m'engouffrai avec Tom Christian à l'intérieur de la maison de Dafna.

Lulu vivait encore.

Tom ouvrit aussitôt sa mallette frappée d'une croix rouge, sortit un stéthoscope et commença à frictionner Lulu qui flottait dans un demi-coma. Ses yeux dilatés, perdus dans de profonds cernes, papillotèrent.

— On joue au docteur ? balbutia-t-elle.

— Oui, ma chérie, c'est un jeu. On dirait que tu serais malade et qu'on jouerait au docteur...

Pour la tranquilliser, j'entrai dans le cercle de l'amusement qu'elle nous proposait et dialoguai avec Tom sur un ton badin comme s'il avait été un gamin déguisé en médecin. Saisissant le sens de mes attitudes, ce dernier eut à cœur de me répondre sur le même registre. Nous jouâmes ainsi à soigner Lulu qui se trouvait hélas dans un état physique cruel qui déclinait à vue d'œil.

— Qu'est-ce qu'elle a notre grande malade ? demandai-je, en outrant mon désarroi pour ne pas le laisser paraître.

— Une septicémie, lâcha Tom en se contraignant à sourire.

— Oulala ! m'exclamai-je afin de ne pas défaillir. Est-ce qu'elle aura droit à une piqûre ?

Tom se hâta de la soigner. Le pouls mollasson de Lulu faiblissait encore. Des chancres étaient apparus sur sa peau jaunie, creusaient déjà ses membres dépulpés. Elle s'obstinait à vivre parce qu'elle tenait à participer, même du bout des lèvres, au *jeu du docteur* qui retenait son attention vacillante.

Soudain, la voix fielleuse d'Ari retentit dans la rue :

— Superbêtise ! Sors de là !

— Si t'en es cap ! vociféra Cornélius, l'infâme subalterne.

Par les volets entrebâillés, j'aperçus la foule grimacière des Coloriés qui s'était massée devant la maison de Dafna. Les tout-petits comme les grands portaient des flambeaux, des frondes et des piques. Ce n'était pas exactement des émeutiers ; c'en était une caricature bruyante, carnavalesque mais menaçante. Brandissant un sabre de bois, toujours monté sur son zèbre, Ari avait pris la tête d'un chaos d'enfants de main, de supporters ébouriffés et de claqueurs morveux. Dieu sait ce que le ressentiment historique de ces mutins à l'égard des adultes pouvait leur faire faire ! Mais le péril qui guettait mon enfant m'arracha un acte de courage et d'énergie : je bondis à l'extérieur.

— Quoi ? m'écriai-je en m'exposant à la marmaille armée.

— Tu n'es pas un jouet, articula Ari avec dédain. T'es qu'un Culotté !

— Oui, et ma fille est peut-être en train de rendre l'âme. Alors je me fous de vos théories, de votre haine saugrenue des adultes ! Oui, ridicule dans des circonstances pareilles !

— Ta fille…, reprit Ari éberlué.

— C'est qu'un parent ! hurla Harold en se grattant les couilles. Il me l'a dit !

La foule eut alors un mouvement instinctif de recul et de dégoût, tandis qu'un brouhaha belliqueux montait de toutes parts. Jamais depuis des lustres on n'avait revu à Coloriage un spécimen de cette race détestée.

— Oui, je suis le père de Lulu, et vous me voyez heureux de l'être ! De l'aimer ! De la protéger parce que ma fille est en danger ! Et si vous n'êtes pas capables de comprendre cela, c'est que vous n'êtes qu'une bande de petits monstres qui préfèrent leur doctrine à la vie d'une enfant !

L'argument fit mouche. La mauvaise humeur se calma.

Hors de moi, je leur fis alors sentir que leur terreur du monde extérieur, du plus anodin contact avec les Culottés, était l'œuvre de la peur. Par trouille d'être à nouveau colonisés, ils étaient assez sots pour mettre leurs jours en danger en refusant la médecine adultienne ; par peur de se voir tous renvoyés à l'école, ils se muraient dans une ignorance indigne de leurs talents ; par pétoche d'être soumis à la répression de leurs émotions flamboyantes, ils se conduisaient en barbares rustiques ; par crainte de ne plus jouir sans frein de l'existence, ils en arrivaient à s'interdire de profiter de ce que les grandes personnes pouvaient leur offrir ; enfin, par peur de ne plus avoir le droit d'être déraisonnables, étourdis et folâtres, ils s'enfermaient dans une pusillanimité et une méfiance timorée qui ne leur ressemblaient pas. S'ils conservaient un bout d'idéal, un morceau du grand rêve insurrectionnel de 1980, ils avaient mieux à faire que de constituer une communauté de rancune !

— Soyez fiers d'être ce que vous êtes, de vos chimères ! Le patriotisme colorié, c'est l'amour de l'enfance, pas la haine des Culottés ! La passion du jeu, pas le mépris du travail ! Et laissez-moi soigner Lulu avec le docteur Christian. Quand ce sera terminé, il repartira d'ici et vous ferez de moi ce que vous voudrez.

Sur ces mots déclamés avec emphase, je retournai dans la maison de Dafna en claquant la porte.

# 9

Lulu se rétablit complètement. Tom Christian parvint à regagner Pitcairn sans être molesté par les Rapporteurs. Il avait assez d'estomac pour les tenir à distance par de mordantes répliques et n'aurait pas hésité à les faire dégringoler de leurs échasses. Quant à moi, je fus déféré devant le Grand Tribunal des Coloriés, juridiction où la vie et la mort des prévenus se jouaient lors d'un vote à main levée de toute la colonie (sans oublier les bébés). Mon crime n'était pas tant d'avoir transgressé la loi d'Ari — pour préserver une vie d'enfant — que d'être un Culotté avéré, doublé d'un parent authentique, ce qui aggravait considérablement mon cas.

À cela s'ajoutaient des considérations plus politiques. Le calcul d'Ari était astucieux : en me condamnant, les Coloriés feraient de mon assassinat la preuve de leur sincérité de révoltés. Sur cette décision grave, les fanatiques de la condition enfantine se compteraient de façon indiscutable. Ceux qui rejetteraient mon exécution seraient aussitôt taxés d'adultisme, de complicité avec les Culottés. Ceux qui la voteraient seraient indissolublement unis dans la terreur d'une réaction adulte si, un jour, l'arrogante civilisation occidentale reprenait le contrôle de l'archipel. Ma mort signifiait donc un affermissement de l'identité coloriée. Et puis, ma culpabilité était nécessaire pour que les mutins de 1980 aient eu raison de massacrer leur instituteur. Il fallait également m'abattre afin que la contestation des Adulteux fût matée, ou tout au moins contenue dans ses limites présentes. Personne n'osa parler ouvertement de l'essor de cette contre-culture lors de mon procès ; mais la question épineuse des Adulteux domina pourtant les débats. Ari craignait par-dessus tout le prosélytisme de ces réfractaires persuasifs, de ces porteurs de cravates fictives qui avaient l'impudence d'arborer des montres peintes et de se regarder dans les miroirs.

De surcroît, mon identité litigieuse était une magnifique occasion pour les Coloriés de s'offrir un procès épique, une savoureuse altercation. Dans leur esprit, la chicane, les tracasseries envenimées, tout ce qui était motif à engueulade constituait une friandise. Que dis-je, une gâterie de choix, une divine récréation qu'ils n'auraient manqué pour rien au monde ! Quel plaisir pour eux de gifler une brave victime avec des mots gaillards, de la mitrailler d'invectives !

Cornélius, le teint jaune et la démarche convulsive, jubilait donc à la barre en jouant au yo-yo. Rien qu'à son air chafouin, on sentait le maniaque du crime, le cafteur ivre de délation, le gosse déjà pervers. Enfin arrivait pour lui l'heure délicieuse d'arracher mon masque de fourbe. En son for intérieur, Cornélius ne m'avait jamais cru digne d'être un jouet ; et ma prestation en tant que Superbêtise n'avait pas convaincu son esprit tatillon. Le réquisitoire fielleux qu'il prononça en ouverture — avec extase — témoignait d'un minutieux travail d'instruction mené dans mon dos :

— Mes Rapporteurs et moi sommes cap de prouver que Superbêtise n'a astucé aucune vraie bêtise depuis son arrivée. Chacun ici a pu constater que c'est qu'un raisonnable sans joie qui n'absurdise rien ! Il ne pince personne, zouave peu, ne tire jamais la langue, ne sait pas bruiter ses jeux avec sa bouche, ne s'amuse même pas d'avoir un corps en gigotant ou en sautillant à cloche-pied. Qui l'a vu être sans-gêne pour farcer ? En plus, j'ai ici la preuve qu'il a tenté de nous phylloxérer en réintroduisant ici l'écriture adulte !

Triomphant, mon procureur sadique de dix ans exhiba l'un de mes cahiers d'observation, outil de base de tout ethnologue. Puis, illuminé d'un air vicieux, Cornélius l'ouvrit lentement.

— Regardez ! lança-t-il. Pas un rébus ! Tout est écrit en lettres attachées ! Même pas une image !

Comment s'était-il arrangé pour chaparder ce précieux document ? De crainte de m'enfoncer davantage en le revendiquant — sans doute Cornélius n'attendait-il que cela —, je me tus. Mon frêle accusateur rappela alors que la révolte des Coloriés avait affirmé la supériorité du rébus sur l'écriture latine qui, si elle restait tolérée, devait être regardée avec dédain comme un vestige de l'ère coloniale. Certes, le journal *Arc-en-Ciel* employait encore ces maudites lettres, mais avec parcimonie et uniquement pour faire état des nouvelles secondaires : le niveau des récoltes de céréales, les risques sanitaires, les événements prévisibles, etc. Les plaisirs inopinés, eux, étaient commentés en rébus et jamais Dafna n'aurait commis l'impair de faire composer un gros titre dans notre alphabet sans imagination. Consciente des goûts ludiques de son public, elle n'annonçait les grosses surprises, les périls excitants et tout ce qui enrayait la routine qu'en rébus rigolos.

— Ce cahier prouve que c'est qu'un espion, affirma Cornélius. Il rapporte toutes nos cachotteries, blablate sur nos secrets, commère nos histoires drôles. Pour le compte des Culottés !

— Ce n'est pas vrai, m'insurgeai-je. Je suis venu ici pour vous étudier, parce que je vous estime.

— En plus, articula Cornélius avec mépris, Superbêtise ne parle pas aux bébés.

Un murmure de réprobation se répandit dans la foule, fit enfler des commentaires négatifs.

— Il les ignore, les transparente sans vergogne, poursuivit-il, et ne leur explique rien, comme si c'était des cerveaux creux !

L'attaque, habile, toucha la sensibilité des Coloriés qui n'avaient jamais compris le mépris dans lequel les adultes tenaient la première enfance. Or il était exact que depuis mon arrivée je n'avais dialogué avec aucun bébé, ne les avais même pas considérés comme des interlocuteurs.

En cet instant, j'eus le sentiment très net de servir de bouc émissaire à cette société fragile qui me transférait sa culpabilité. Comme tous les enfants impliqués dans une catastrophe similaire, les Coloriés historiques — Mina, Hector, Marcel et les autres — se sentaient coupables de la disparition de leurs parents. Mon procès leur procurait l'occasion d'extérioriser cette agressivité refoulée en 1980 et de la projeter sur un père étranger. Les plus vindicatifs des Coloriés étaient donc les plus âgés, qui m'en voulaient d'avoir franchi leur seuil de dénaturation culturelle. D'où un phénomène de répulsion, voire de contre-acculturation et de xénophobie à l'égard des adultes.

Se sentant soutenu, mon Fouquier-Tinville haut comme trois pommes se déchaîna :

— Voyez comment il aime Dafna ! En adulte gris, sans la frivoler. Quelle funambulerie lui a-t-il concoctée, depuis leurs retrouvailles ? L'a-t-il fait rire ? L'a-t-il gâtée de surprises ? S'est-il seulement masqué pour déguiser leur rencontre en une autre première fois ? Non, ce Culotté n'est ni Pinocchio, ni Superbêtise, ni un jouet. Il croit au passé et au futur, ces deux menteries d'adultiens. Il ne sait pas jouir. Même qu'il sérieuse tout ! Il étranglote ses émotions, les ratatine sans rougir ! Chose pire encore, il s'inquiète des besoins de Lulu, se colère quand elle lui désobéit, essaye de la persuader qu'elle ne peut pas vivrenjouant sans lui ! Et comme si ça ne suffisait pas, le traître fait venir d'autres Culottés, des renégats qui lui ressemblent...

— Un seul autre, objectai-je, un médecin !

— Regardez, clama Cornélius, en bon adulte il veut toujours avoir raison ! Mais vous allez voir, derrière ce

Culotté d'autres vont venir ! Pour rouvrir les écoles et ligoter nos envies ! Même qu'ils vont nous empêcher de jouer à la cavalcade !

Ma seule défense contre cette prédication fut de n'en présenter aucune, d'abonder dans le sens de Cornélius. J'agissais stratégiquement, pour mieux séduire les Délivrés ; mais aussi parce que j'épousais sincèrement leur cause. J'admirais le courage avec lequel ces effrontés osaient être radicalement eux-mêmes. Si, perdant toute mesure, les Coloriés prenaient souvent pour des attentats les droits les plus élémentaires des parents, je restais malgré tout de leur côté. Quels que fussent les excès dans lesquels ils tombaient, je souscrivais des deux mains à la condamnation des mères et des pères limitants et m'enflammais pour les valeurs pleines de fantaisie d'Ari. À mon tour, j'affirmai sans nuances que les enfants n'avaient pas à imposer silence à leurs appétits, à chipoter leurs sentiments, à juguler les poussées instinctives qui fermentaient en eux. Au diable la soumission à l'ennuyeuse raison, le respect de l'expérience, de la pernicieuse stabilité et de l'ignoble sens des réalités ! En ingénu sans ingénuité, j'usai des ressources de mon esprit cultivé, policé et raffiné pour flétrir le raffinement, la politesse et la culture.

— Permettez-moi d'être le premier Culotté que vous aurez corrigé, assimilé ! m'enthousiasmai-je. Soyez assez confiants dans votre civilisation pour admettre qu'elle puisse convertir des adultes, les amener à déposer leurs convictions afin de rejoindre les vôtres. Si vous me condamnez, c'est que vous ne croyez pas vraiment en la révolution coloriée ! Si vous me tuez, vous tuerez votre ambition de mener à bien une rébellion mondiale ! Je réclame donc le droit d'être déséduqué !

— Déséduqué... toi ? reprit Ari, perplexe.

— Oui.

— C'est qu'une ruse ! vociféra Cornélius.

— Non, une envie ! répliquai-je. Je voudrais apprendre à ne plus savoir, à détricoter mes réflexes. Je souhaite étudier l'art d'être ignorant, me soigner de mes certitudes, quitter mes ambitions, annuler mon passé et ne plus conjuguer mes émotions qu'au présent et au superlatif.

— Pour commencer, reprit Ari, accepterais-tu de ne plus être le père de Lulu ?

— Je préfère être son ami que de lui transmettre mes crampes mentales. Cantonner ses désirs dans les parages des miens me répugne. J'aime trop Lulu pour lui infliger l'horrible poids d'avoir des parents. J'ai trop foi en elle pour continuer de la priver de ses forces en la protectionnant. Je jure donc ici de ne plus la parrainer et de jouer toujours avec elle ! Qu'on se le dise : jamais plus je ne porterai un masque de père !

Bouleversée de me voir affranchir ma fille de toute tutelle, l'assistance applaudit avec frénésie. Lulu, elle, larmoyait. Mais que pleurait-elle au juste ? La confiance authentique que je lui témoignais tout à coup ? L'inquiétude d'être livrée à elle-même à l'âge de sept ans ? Après tout, ce sentiment aurait été légitime. Je pense plutôt qu'elle était soulagée de me voir rompre avec l'homme truqué et sentencieux que j'avais été et qu'elle n'avait jamais estimé. On ne le dira jamais assez : les loupiots exècrent notre carence d'humour, maudissent nos attitudes d'empaillés policés, de modérateurs de sentiments. Notre ironie distanciée — et donc toxique — les inconforte ; car les petits ne rient pas d'autrui mais avec autrui, pour le seul plaisir de partager leurs joies. Nos faussetés blessent leur sauvage candeur. Nos somnolences intellectuelles, physiques et affectives les rebutent. Épris d'émotions réelles — fussent-elles extrêmes —, ils abhorrent la protection que nous leur offrons en lieu et place de notre vérité.

Ari leva le bras et chacun fit silence, comme si tout le pouvoir disponible sur cette île était en lui. La volonté du peuple colorié me parut soudain contenue dans celle de ce grand enfant de trente-trois ans, déguisé pour la circonstance en chef indien.

— Mais qui va te déséduquer ? demanda-t-il.

— Moi, dit Dafna avec simplicité. Il m'a aidée chez les Culottés. À mon tour de l'aider ici.

— T'es sûre de vouloir t'y coller ?

— Oui, parce que je l'aime en vrai.

Enchanté par l'authenticité de Dafna, le tribunal applaudit et consentit à lui confier la tâche difficile de m'émanciper, de me purifier de toute éducation. Sa responsabilité serait de me réconcilier avec ma nature la plus bouillonnante et la moins civilisée.

— Le prévenu est-il également amoureux ? s'enquit Ari, en tant que président du tribunal.

— Oui.

— Alors je vous déclare unis par les liens du mariage jusqu'à demain matin, déclara-t-il selon la formule en usage à Coloriage.

La foule braillarde entonna un *pom pom pom pom* qui fit office de marche nuptiale. Cornélius, cramoisi de haine, rongeait son frein derrière ses petits yeux porcins. Bien que dépourvu de cou, il trouvait encore le moyen de se tasser, tandis que les Coloriés scandaient *Un baiser ! Un baiser !* Je ne me fis pas prier plus longtemps et goûtai aux lèvres de Dafna ; puis je réclamai un peu d'attention et sollicitai une punition minimale auprès du tribunal :

— Pour avoir désobéi à la loi coloriée, je souhaite être condamné à vous raconter une histoire chaque jour avant d'aller faire dodo.

— Une histoire ! Une histoire ! hurla aussitôt la meute enfantine.

De réprouvé, je fus soudain promu au rang de mascotte, de source de plaisir. Ce retournement en ma faveur était si fortuit que je craignais que les Coloriés ne changeassent d'avis promptement. Ma canonisation pouvait virer à l'excommunication sanglante à la faveur d'une pitrerie ou d'un canular mal interprété. Mieux valait prévenir leur extraordinaire versatilité et entretenir leur bienveillance en recourant au stratagème des *Mille et Une Nuits* : raconter une histoire sans fin qui, chaque soir, leur ferait espérer la suite. La fringale de récits de ces galopins me paraissait une meilleure garantie de sécurité que leur humeur toujours provisoire.

C'est ainsi que, contre toute attente, je ne fus pas assassiné ce jour-là mais marié. Cependant, Dafna et moi n'eûmes pas le temps de festoyer : une éruption du volcan de l'île interrompit brusquement nos libations et les ripailles de dessins qui s'annonçaient. La population, réjouie du péril qui se profilait, se porta au-devant des coulées de lave en applaudissant le spectacle rougeoyant qui débordait de partout. À tout instant, l'archipel pouvait exploser ; mais *avoir la frousse* restait l'un des plaisirs favoris du peuple colorié. Dans leur culture, un cyclone était une fête, une tempête un divertissement inespéré ! Aux côtés de ces adulenfants, j'appris moi aussi à changer de point de vue face à l'adversité, à m'amuser de mes peurs, à me délecter de l'excitation que procure l'aspect inquiétant de l'existence. Que n'avais-je développé plus tôt cette compétence propre aux êtres qui ont la sagesse d'accueillir ce qui advient ? Peu à peu, je lâchai toute certitude adultienne et me mis à raffoler de l'imprévu, à estimer le hasard. Rien n'était plus réactionnaire aux yeux des Coloriés que de redouter les surprises et les zigzags du sort.

## 10

Ma déséducation commença le lendemain matin : je fus intégré dans l'équipe des rédacteurs effrontés d'*Arc-en-Ciel*. Tous portaient des chapeaux en papier plié qui permettaient de recycler les vieux numéros. Dafna — qui animait cette rédaction turbulente — me pria de relater chaque jour (en rébus) l'histoire que le tribunal avait bien voulu me contraindre à raconter.

— Ça parlote de quoi ? m'avait-elle demandé.

— De ma déséducation, forcément.

— Oui, mais c'est l'histoire de quoi ?

— Une sacrée histoire d'amour.

— D'amour ? avait-elle repris avec intérêt.

— C'est en t'aimant que j'en suis venu à me colorier. C'est toujours l'amour fou qui fait changer.

—Y aurait un bon moyen pour te déséduquer..., avait marmonné Dafna. Que tu me fasses une surprise d'amoureux par jour !

— Et si je racontais ça ?

Aussitôt, je m'étais mis en peine (ou plutôt en joie) de traduire en minicroquis *l'histoire des surprises que j'inventais pour stupéfier Dafna*. Ma main qui, jadis, m'avait refusé le plaisir de dessiner s'était enfin lâchée. Je griffonnais avec aisance des pages entières de rébus. À ma grande surprise, personne dans l'île n'avait l'air de tenir compte du fait que mon récit restait, hélas, en partie du pipeau ; car je demeurais incapable de mettre en œuvre la totalité de mes idées. Les Coloriés avaient l'air de tenir mes élucubrations fiévreuses pour une relation détaillée et scrupuleuse de mes coups de théâtre d'amant.

— Tout le monde y croit ! Tu ne trouves pas ça bizarre ? avais-je demandé à Dafna.

— Pourquoi ? s'était-elle étonnée. Si le réel n'a pas assez de goût, on ne va tout de même pas s'en contenter en gémissant ! Nous, ce qu'on adore, c'est les bonnes histoires !

Comme toujours, les Coloriés se désintéressaient totalement de savoir si un événement était véridique ou une chimère ; l'essentiel était que mon récit captivât leur curiosité. Le premier jour, avais-je rapporté (cette histoire était réelle), Dafna avait ouvert un énorme paquet avec circonspection. Effarée, elle avait eu l'étonnement d'y trouver... moi, déguisé en robot !

— Je-m'a-ppe-lle Hi-ppo-ly-te-et-suis-à-toi-pour-la-jou-r-née, avais-je ânonné d'une voix hachée. J'e-xé-cu-te-rai-tous-tes-or-dres !

— Dis-moi que des mots d'amour..., avait-elle murmuré.

— En-vers-ou-en-pro-se ?

Douze heures durant, j'avais versifié mes éblouissements, habillé de mots précis mes sentiments diffus. À mesure que je les avais clarifiés, je m'étais lavé de ma réserve rugueuse d'antan, m'étais coulé dans la peau d'un barde amoureux et drôle. En jouant la ferveur, ma sensibilité s'était dégourdie.

Le deuxième jour, je m'étais présenté *pour de vrai* à Dafna comme *l'homme invisible* et l'avais priée de me considérer comme tel. Elle avait consenti à pénétrer dans cette histoire abracadabrante. J'avais eu ainsi le loisir de lui faciliter l'existence avec l'empressement d'un homme épris et transparent. Dafna tendait-elle la main vers une boîte de couleurs ? Je la rapprochai d'elle (et elle feignait de ne pas me voir agir). Apercevait-elle un fruit dans un arbre ? Il venait jusqu'à ses lèvres. La deviner était devenu mon amusement, l'observer ma gourmandise. En la scrutant de très près comme jamais je ne l'avais encore fait, je m'étais éloigné du Culotté distrait, barricadé dans ses pensées, que j'avais été autrefois.

Le lendemain, j'avais eu l'idée de parler à Dafna en esquivant toujours ses yeux, de manière à susciter ce léger malaise qui fait espérer un regard franc. Me fixait-elle ? Mes pupilles fuyaient aussitôt son image, s'arrêtaient sur une fleur, alors que je continuais à m'adresser à elle avec naturel. Toutes nos habitudes — peu nombreuses, il est vrai — avaient été balayées par cette petite altération de mon comportement ; et lorsque enfin, au coucher du soleil, mon regard avait rencontré le sien, nous avions éprouvé tous deux une émotion forte qui tenait du coup de foudre.

Le quatrième soir, j'avais soufflé toutes les bougies et, ignorant volontairement l'obscurité (qui inquiétait

Dafna), j'avais commençé à m'affairer dans sa cuisine comme si nous avions été en plein jour. Puis, de façon inopinée, j'avais rallumé une chandelle en m'écriant :

— Zut ! La bougie s'est éteinte !

Tel un aveugle circulant à tâtons, j'avais alors mimé la recherche d'une boîte d'allumettes. Toute la soirée, nous avions joué à vivre ensemble dans le noir, alors qu'une bougie brûlait. Dafna avait eu assez de malice pour faire semblant d'être effrayée par la fausse obscurité. Elle ne m'avait pas lâché la main, s'était même blottie dans mes bras au moindre craquement de sa cabane. Par instants, nous étions partis dans des fous rires puérils, donc délicieux. Ces heures inversées furent un intervalle à l'endroit : notre amour s'était élevé au rang de jeu, avait échappé ainsi à toute pesanteur.

Au petit matin, Dafna s'était réveillée à quelques kilomètres de Coloriage, au bord d'un lac tiède où se réfugiaient des bancs d'oiseaux multicolores. Je lui avais fait boire un dormitif à base d'herbes avant qu'elle ne chutât dans le sommeil et l'avais transportée à dos de zèbre pendant la nuit. À peine avait-elle ouvert les paupières, sur un lit de fleurs improvisé, que j'avais poussé un cri. Des dizaines de milliers d'ailes bigarrées s'étaient élevées au-dessus des eaux qui reflétaient la palette de leur plumage.

— Je te hais ! lui avais-je dit en souriant.

— Pardon ? avait-elle demandé en s'étirant.

— Je te hais sérieusement…, avais-je répété avec la dernière tendresse. Ta laideur blafarde me laisse totalement indifférent. Jamais je n'ai été aussi triste…

Une journée durant, nous avions proféré l'exact contraire de ce que nous éprouvions. Cet exercice de contre-pied nous avait contraints, de façon légère, à préciser nos sentiments réels. Quel bonheur d'être plus conscient de ses élans !

Le lendemain, je m'étais présenté devant la cabane de Dafna monté sur un zèbre fringant dont j'avais soigneusement repeint en blanc les rayures noires. En ville, je m'étais fait dessiner sur le corps un charmant costume de prince, avec des bottes. Sur mon *cheval blanc*, je lui avais tenu un discours fiévreux :

— Princesse, tu me monopolises. Acceptes-tu de ne pas te marier avec moi ? De ne jamais m'appartenir ? D'être toujours à prendre ? De ne pas te donner à moi plus qu'une nuit ? De rester toujours aussi belle que la femme d'un autre ?

Notre non-mariage avait été célébré l'après-midi même. Quelle apothéose sentimentale ! Cette anti-noce eut la munificence des fêtes de contes. Elle se tint dans un décor inoubliable que chacun fut prié de se figurer en pensée. Les Coloriés assemblés nous avaient dessiné des cadeaux imaginaires fastueux. Déroutés, nos témoins purent assurer que nous nous étions engagés formellement à ne jamais devenir des époux.

Le septième jour, sentant Dafna quelque peu épuisée par mes initiatives frénétiques, je lui avais accordé du repos. Ma surprise fut de ne lui en ménager aucune. Mais le huitième jour...

Concevoir de l'inattendu, le vivre parfois, puis le rapporter sous la forme déroutante de rébus, brisait tous mes réflexes culottés. Je surmontais peu à peu le handicap de mon éducation européenne.

Au sein de la rédaction d'*Arc-en-Ciel*, Dafna m'apprenait à préférer le palpitant à l'exact, m'aidait à prendre parti pour des héros fallacieux mais séduisants, à m'émerveiller de feux d'artifice imaginaires qui n'éclataient que dans les rébus de la une de notre canard. J'apprenais combien il est nécessaire de se raconter des histoires pour orienter son esprit de façon à le rendre créatif, et combien la manie occidentale de *ne pas se raconter d'histoires*, de *refuser toutes les complaisances*, d'*affronter le réel tel qu'il est* relève de la perversion adulte, de l'anémie mentale la plus malsaine. Au fond, la beauté, la psychanalyse, la prospérité ou l'actualité sont toujours des histoires que l'on accepte de se raconter ! Au moins les Coloriés avaient-ils la lucidité de se mentir avec joie, de se baliverner, comme ils disaient, avec pour seul dessein de se réjouir de vivre ensemble.

Néanmoins, une grande partie du journal des Coloriés rapportait des faits authentiques d'une totale impudeur : je fais ici allusion au « Carnet du jour » qui révélait les trouvailles sentimentales et les écarts sexuels de chacun. Toute la vérité était divulguée : les pratiques érotiques les plus marrantes, les vengeances romanesques, les ébauches de liaisons, les flirts poétiques des plus petits, les astuces sensuelles de Robinson Crusoé (avant Vendredi), les ruptures jouées avec drôlerie, la durée envisagée des mariages, les tromperies mimées et celles qui avaient effectivement eu lieu, sans oublier le nom des personnalités empruntées par les Coloriés pour s'aventurer dans la peau des autres. À cette époque, l'un des jeux les plus en vogue dans l'archipel était de se faire peindre sur le visage la physionomie d'un tiers dont on contrefaisait la voix et la gestuelle, afin de goûter à sa vie amoureuse. De nombreux couples s'adonnaient ainsi à un amusement intitulé *on dirait que je serais toi*. Parfois, les garçons restaient coincés dans la personnalité de leur amoureuse — et vice versa — pendant des semaines. Pour une fois précis, le quotidien *Arc-en-Ciel* relatait avec justesse cette actualité vibrionnante.

Au journal — installé dans une cabane perchée —, le soutien que m'offrait Dafna n'était pas à proprement parler une « anti-éducation », puisque le concept classique d'« éducation » n'avait guère de pertinence sur la Délivrance. Les Coloriés ne connaissaient que ce que l'on pourrait décrire comme une socialisation entre pairs qui s'opérait de manière diffuse, inaperçue, non codifiée. On s'imitait en chenapanant ensemble. D'où l'importance de l'interdiction des adultes dans l'île, afin qu'aucune grande personne ne puisse donner de mauvais exemples aux plus petits.

Toutes les rubriques auxquelles je participais étaient pour moi l'occasion de m'*enfantiser*, de repousser les limites irritantes du réel. Les « Pages littéraires » regorgeaient de critiques d'ouvrages qui auraient dû paraître. On s'enflammait pour l'autobiographie d'un homme invisible ou pour un roman d'amour inachevé et non commencé qui avait le pouvoir sulfureux de rendre fidèle. On éreintait les Mémoires d'un Adulteux qui avaient cependant le mérite d'agacer. Les articles consacrés au tourisme proposaient des façons de voyager que l'on n'aurait trouvées dans aucune brochure occidentale : édifier un Paris miniature de sable sur la plage afin de séjourner en France sans se déplacer, se déguiser en Chinois, fermer les yeux huit jours, bourlinguer dans un roman d'aventures, etc. Les sports les plus inattendus étaient commentés par des monomanes spécialisés : courses de rats, jumpings de dauphins ou steeple-chases de doryphores. Un spécialiste des insectes de quatre ans tenait la chronique des fourmis de l'île, déplorait les migrations précipitées, applaudissait l'élection d'une reine, pestait contre l'introduction éventuelle du tapir dans l'archipel. Le « Cahier historique », rédigé par un fou de bricolage ivre de gaullisme, proposait de fabriquer soi-même *un authentique micro du 18 Juin* et préconisait un mode d'emploi pour se confectionner une panoplie complète de général de Gaulle. Il suffisait à cet effet de se procurer des échasses stylées, un tarbouif de carton aux allures de suppositoire et un képi en feuilles de cocotier tressées. Les « Fiches cuisine » me déroutaient tout particulièrement car elles mêlaient des recettes réelles et des suggestions plus oniriques. Les noms des plats me laissaient parfois rêveur : une *Caresse de Maman au Miel*, une *Pierre de Lune en Papillote*, un *Pouce en Caramel à sucer*, un *Cœur en Sucre aux Larmes de Filles*, que sais-je encore.

Le feuilleton le plus populaire avait naturellement pour titre *On dirait qu'on serait*. Il s'inspirait de l'expérience rocambolesque des Coloriés qui avaient usé et abusé de cette formule magique pour agrandir leur destinée et s'offrir de délicieuses lubies. Chaque épisode mettait en scène des héros qui commençaient par proférer un solennel *on dirait qu'on serait* (le dernier jour de notre vie, capables d'être Dieu, de voir sans les yeux, de rire de tout, etc.). Dans ces pages saisissantes, on découvrait jusqu'où l'imaginaire d'un enfant peut stimuler ses facultés assoupies, engendrer des talents amusants, susciter des ressources généralement inhibées dans nos pays d'adultes.

Qu'il me soit ici permis d'insister sur ce point car tous les systèmes d'éducation opèrent une sélection dans l'ensemble des potentialités humaines et en cultivent certaines, le plus souvent sérieuses, au détriment des autres. Sur notre île, l'absence d'éducation répressive et la pratique quotidienne de ce jeu laissaient se développer d'incroyables facultés. On l'a vu, les possibilités phonatoires des Coloriés étaient nettement plus élargies que les nôtres (accents individuels et non régionaux, génie de l'imitation spontanée, aptitude à produire plusieurs voix dans son gosier pour dire en même temps une chose et son contraire, etc.). Notre programme génétique rendant réalisable une perception numérique immédiate, les Délivrés en profitaient. On le sait, dans certaines sociétés pastorales les bergers repèrent d'un coup d'œil l'absence d'une bête dans un troupeau. Notre choix de privilégier le calcul numérique utilise d'autres schèmes et laisse cette aptitude inopérante ; eh bien chez les Coloriés, elle avait reparu le jour où Ulysse, un minot couvert de taches de rousseur, avait zozoté « On dirait que j'saurais compter tout de suite combien de filles y a dans une fête ! ». Ce qui se révéla fort utile pour draguer et lors des scrutins publics à main levée. Le développement de cette faculté facilita l'instauration d'une démocratie directe fondée sur un suffrage universel authentique (les bébés de plus de six mois votaient à Coloriage). De la même façon, chacun dans l'archipel était ambidextre, car notre espèce l'est naturellement. Ce n'est que le dressage de l'école des Culottés qui nous fait perdre cette double habileté que je récupérais peu à peu. Au bout de trois mois, je fus même en mesure d'écrire en rébus de la main gauche tout en malaxant les fesses de Dafna de la main droite.

Mais ma déséducation ne progressa vraiment que parce que j'appris à *jouailler avec les mots* dans les colonnes de notre gazette. La plume à la main, je me *désâgeais* pour plaire à Dafna, *patamodelais* avec rage mon nouveau tempérament, me *récréativais* d'imaginaire, me *vacançais* en *loirant* sans vergogne. Après avoir savouré un *Baiser de Maman au Miel*, je me *doigtsuçais* en rêvant de *marmailler* Dafna qui, j'en étais certain, serait bientôt ronde de moi ! Elle me *monopolisait* infiniment, vous l'avez saisi. Point n'est besoin d'empanacher mon style pour *claironner* que je n'avais de cesse de l'*embuscader* de baisers, de la *provocater* à des jeux divers, de l'*esbroufer* de câlins. Ce festoiement verbal faisait de nos *parleries* quotidiennes un ravissement. En retouchant mes vieux mots de Culotté, en culbutant nos substantifs (pour les pervertir en verbes) et notre conjugaison (pour la dérider), j'établissais avec mes nouveaux compatriotes cette connivence qui rend la dérision plus efficace, la joie de *sabirer* plus complète.

En un mot, je me coloriais.

Mais j'allai plus loin encore dans ma conversion. Bientôt je me mis *à croire aux histoires des livres*, comme si j'avais été un enfant authentique ou un écrivain véritable (ce qui revient sans doute au même). Je *prenais au mot* les romans que je chapardais, m'emportais contre Emma Bovary, écrivais des lettres indignées à Bel Ami. Par la suite, à mon grand étonnement, je me découvris un jour capable d'*écrire* des articles quasi schizophrènes, compris sans difficulté par les membres de cette société qui n'éprouvaient aucun besoin puéril de cohérence. Les Coloriés acceptaient de suivre plusieurs vérités à la fois, souvent incompatibles, sans trouble apparent. Je pouvais donc faire l'éloge de l'infidélité et de la fidélité dans une même phrase ou condamner à la fois la pêche et son interdiction. Les Délivrés savaient d'instinct que pas mal de choses certaines sont contredites et que bon nombre de mensonges restent incontestés. Dans leur esprit, l'existence d'une contradiction ou d'une cohérence n'était donc la preuve de rien.

Plus je me désadultisais en m'intégrant dans un perpétuel présent — depuis combien de temps avais-je rompu avec l'Europe ? —, plus se posait la question très cactus de mon avenir. Lulu était résolue à s'établir dans sa nouvelle patrie vacancière. En bon Colorié, je me fichais bien de l'opinion de sa mère et des impératifs dont Nancy avait l'usage. Seul m'importait le désir de ma fille affranchie. Mais j'avais laissé à Paris mon petit Jojo qui me manquait chaque jour davantage. Et quand bien même je serais retourné avec lui chez mes

Coloriés, ce séjour inespéré n'était-il pas un songe dangereux qui devait connaître un terme ? Je commençais déjà à perdre contact avec l'homme que j'avais pu être en Europe, ce vieux moi que je ne me résolvais pas à bazarder. Pourtant, tout mon être périmé s'effilochait par bribes, au point d'endormir la méfiance des Rapporteurs et de Cornélius lui-même. Mais Dafna me suivrait-elle si je décidais de rejoindre les Culottés, de retourner vers les miroirs de l'Occident ? Je savais que sa réticence tenait pour une grande part à sa répugnance pour le goût du malheur des adultes. Il faut dire que sur la Délivrance, aucun Colorié ne s'enlisait dans le chagrin. Les névroses se résolvaient spontanément, car personne n'était coupé de sa capacité d'apprentissage. Le psychisme n'était jamais privé de ce remède qui immunise les êtres contre eux-mêmes et les sort du bourbier de leurs croyances.

Un autre « détail » de la culture des Culottés révulsait Dafna : les inégalités entre les garçons et les filles qui n'avaient pas cours dans l'archipel ; car c'est en général la division sociale du travail qui transforme les différences de sexe en inégalités fâcheuses. Or le travail — au sens adultien du terme — n'existait pas à Coloriage. Les cormorans déguisés en perroquets et les babouins ricaneurs se chargeaient de l'approvisionnement en vivres. Si les filles avaient participé à la révolte de 1980, c'était bien parce qu'elles avaient contesté l'idée lugubre de prendre la place de leurs mères. Quand M. Silhouette les avait sommées de succéder aux adultes pour faire redémarrer l'économie de l'île, toutes s'étaient raidies. Certaines avaient même fait de l'eczéma. Par la suite, les fillettes s'étaient débrouillées sans parents avec le même humour que les garçons. Or la hiérarchie sociale adulte leur était de toute évidence défavorable !

Pour finir, une interrogation ne cessait de me tarauder : étais-je réadaptable chez les Culottés ? J'avais contracté l'habitude d'aborder les gens à la terrasse des cafés, comme un mioche en interpelle un autre dans un bac à sable. Friand de contacts immédiats, je ne disais plus ni *bonjour* ni *au revoir*. Toute courtoisie de Culotté m'avait quitté. Chez les Coloriés, aucune forme de politesse n'était requise ; car la politesse vise à réduire les frictions, à diminuer la violence au sein d'un groupe. Pour ces joueurs invétérés, l'agressivité ne devait pas être esquivée. Au contraire : toute émotion les intéressait ! La haine comme le reste. Et puis, Ari et les siens s'étaient mutinés pour avoir la permission d'être authentiques, par pour observer des protocoles de civilités ! On trouvait donc désormais chez moi une rudesse très coloriée, une franchise aussi percutante que la leur, un penchant à crier immédiatement ce que j'éprouvais, à sangloter sans pudeur, à m'esclaffer de presque tout. Toutes caractéristiques qui faisaient de moi un enfant irritant, oublieux du passé et ne croyant déjà plus à l'avenir. Étais-je même encore salariable dans l'économie culottée ? Quelle entreprise accepterait de s'acoquiner avec un loustic tel que moi ?

Le 14 juillet de l'an adulte 2004, un événement prévisible — donc lié à une puissance coloniale de grandes personnes — brusqua mon destin.

Ce matin-là, je devais participer à un match de cavalcade, le sport national des Coloriés. Le capitaine de l'équipe victorieuse gagnerait un baiser de Lady Dafna (déguisée en princesse charmeuse). J'étais donc prêt à tenter bien des tricheries pour ne pas laisser ce privilège à mon rival. Bien entendu, ce polisson de trente-cinq ans ne me ferait pas de cadeaux. Ma témérité m'avait valu d'accéder au rang de capitaine d'une illustre équipe de cavalcade, celle des Farciens.

La cavalcade était un sport rude, sorte d'adaptation locale du polo, imaginé par les enfants de l'Australian Circus. À la place de montures en os et en muscles, les joueurs chevauchaient des bâtons équipés d'un dessin de tête de cheval (si possible racé). La qualité de l'effigie faisait celle du yearling supposé. L'uniforme à damiers de chaque équipe était en général peint avec méticulosité sur le corps des participants. Des bottes imaginaires d'équitation se trouvaient également dessinées sur les jambes nues des joueurs. Le seul élément réel de leur panoplie était un long maillet de bois qui permettait de frapper la balle blanchie constituée par… le crâne du défunt Claque-Mâchoire, le dernier adulte. Ce qui n'était pas sans poser certaines difficultés à Dafna qui, rappelons-le, s'imaginait être la fille secrète de la balle dont nous nous servions.

Le match s'annonçait bien. Je montais avec fierté une jument qui se réduisait à un bambou piaffant, orné d'un joli croquis de tête de canasson. De bonne humeur, je ne ménageais pas ma peine pour produire des *piticlops* nerveux en faisant claquer ma langue. Quelques échauffements avec un maillet de bois de santal — les meilleurs — m'avaient permis de me dérouiller le poignet et de m'assurer de la vigueur de mon pur-sang. Altier, je pénétrai sur le terrain, sous les vivats de la foule coloriée. Dans les tribunes officielles trônaient Ari, une escouade de Rapporteurs et la belle Dafna, escortée de Lulu. Elles n'avaient d'yeux que pour leur cavalier favori : moi. Mon équipe était constituée de sept enfants, de trois bébés capables de marcher, auxquels s'ajoutaient cinq adulenfants et trois singes vigoureux. Mes dix-huit Farciens chevauchaient des bâtons de belle allure, trottinaient en dandinant du postérieur et trépignaient en attendant le premier engagement. Leur livrée (à damiers blancs et rouges) achevait de leur donner un chic ultra colorié.

J'étais certain de remporter le baiser de Dafna.

Maillet en main, je m'apprêtais à jouer cette partie avec l'incroyable sérieux qu'un gamin peut dépenser dans un sport. Aucune distanciation d'adultien ne me permettait de douter que je talonnais un cheval réel.

J'étais en cet instant un authentique Colorié, fasciné par le présent, emprisonné dans un perpétuel maintenant. Quand un détachement de Rapporteurs accourut soudain. Blêmes de panique, ils foncèrent vers Ari en faisant haleter et hennir leurs échasses. Affolé, le plus petit déclara à la cantonade :

— Les Culottés débarquent !

La foule, croyant en une plaisanterie destinée à battre les Farciens sur leur terrain, se mit à applaudir en scandant :

— Une autre ! Une autre !

Mais le minuscule messager sauta sur place de rage et mit les choses au point avec autorité :

— On ne dirait pas que les Culottés arriveraient ! Ils arrivent pour de vrai !

— Les Culottés d'Occident, ceux qui se croient tout permis ? demanda Cornélius inquiet, du haut de ses échasses.

— Oui, fit le garçonnet excédé.

— Tu peux certificater qu'il ne s'agit pas d'Adulteux déguisés en Culottés ? reprit Hector.

— Oui ! explosa le mioche peint en arc-en-ciel. Y a un grand bateau gris avec des canons devant l'île. Il a bondi de derrière l'horizon. Sûr que c'est un navire culotté ! Même que les grands qui en sont sortis portaient des montres…

— Des montres…, murmura-t-on autour de moi avec horreur.

— … des vêtements bleus tous pareils et des visages cartonnés, comme des masques. Et pis, ajouta-t-il en sanglotant, ils ont piétiné mon château sur la plage…

Chacun parut scandalisé par ce saccage qui témoignait d'un odieux manque de savoir-vivre. Dans les travées, on commença à jacasser, à brandir des lance-pierres et des sarbacanes. On s'apprêtait à batailler sportivement pour préserver les jeux de l'île, la non-éducation des Coloriés, bref tout ce qui faisait l'exotisme de leur civilisation de poche. Personne ne semblait prêt à *collaborer* avec un envahisseur aussi barbare. Ari tendit le bras pour demander le silence et s'adressa à son peuple d'ébouriffés en se grattant, tant il était nerveux :

— Coloriés ! On ne peut pas laisser les Culottés se croire tout permis ! Nous envoyer au lit le soir quand ça leur chante ! Nous permissionner de jouer ou pas ! Nous engalérer à l'école alors qu'on est innocents ! Nous parentiser sans vergogne ! Nous sommes les libres enfants de la Délivrance ! cria-t-il à toute force en levant le poing. Nos désirs sont galopants et sans limites !

La clameur caquetante qui s'éleva de partout ne laissait aucun doute : les Coloriés de tous âges étaient disposés à se faire trucider — et donc à basculer dans le pays des histoires — plutôt que d'accepter le retour du colonialisme culotté. Jamais cette marmaille indisciplinée ne consentirait à déchoir de grandir, à s'aplatir devant l'arrogance des grandes personnes.

— Coloriés ! lança à nouveau Ari très gaullien (donc très enfantin). Déguisons-nous en Indiens sur le sentier de la guerre ! Peinturlurez-vous des armures de chevalier sur le corps et armez vos frondes, vos fusils de bois et vos lassos !

319

— Non ! hurlai-je soudain, en faisant ruer mon destrier imaginaire que cette atmosphère rendait nerveux.

Les révoltés se calmèrent un instant.

— Faire la guerre aux adultiens n'est pas un jeu ! poursuivis-je. L'histoire se terminera mal.

Quelques sifflements indignés accompagnèrent mon emploi illicite du futur ; mais l'argument de *la fin de l'histoire* toucha ces fanatiques de récit qui se termine bien. On cessa vite de me quolibéter.

— Il n'y a qu'une solution pour qu'ils repartent sans découvrir votre vallée : leur donner ce qu'ils veulent.

— Et que veulent-ils avec leurs canons ? demanda Ari.

— Moi, dis-je solennellement en tapant avec mon maillet sur le sol.

Frappée au cœur, Dafna redressa la tête. Ses lèvres se mirent à trembloter. Toute sa physionomie désemparée donnait l'heure juste sur l'état de ses sentiments.

— Toi ? murmura-t-elle.

— Il y a plein de dodos, j'ai demandé à ce bateau militaire de venir me chercher. Les soldats culottés ne repartiront pas tant qu'ils ne m'auront pas trouvé. Et s'ils me cherchent, ils vous trouveront…

Au loin, un coup de canon retentit. Tous les chevaux imaginaires des équipes de cavalcade tressaillirent. Le *Triomphant* me signalait sa présence, me rappelait à mes origines adultes. Ainsi fut sonnée la fin de mon année de récréation. Tétanisés par la lugubre détonation, les Coloriés s'empressèrent d'accepter ma suggestion.

— Et si on se racontait qu'on serait tout de même les plus forts ? hasarda Ari, en rebelle tenace.

— Même si on disait ça, on perdrait. Crois-moi, lui répondis-je en descendant du bâton qui me tenait lieu de monture.

— Remarque, fit Ari bouleversé, même si je t'affectionne fort, j'suis content que tu t'escapates, parce que des fois je te jalouse. Hippo, je t'aimedéteste à la folie.

Bien qu'il fût l'heure de la sieste, la nation enfantine tout entière me reconduisit jusqu'au théâtre où, l'âme en peine, je me débarbouillai le corps et le visage. Au vestiaire, je repris mes effets de grande personne avec une émotion qui me tordit le ventre. Depuis mon arrivée, je m'étais tellement éloigné de cette panoplie de mort vivant ! Dafna se fraya un passage parmi les costumes de scène.

— Viens avec moi, l'implorai-je.

— J'suis soumise à ma liberté, répliqua-t-elle en pleurant.

— Je te ferai une cabane en France.

— C'est trop dur de survivoter là-bas…

— Et toi, Lulu, que souhaites-tu faire ?

— Jamais je ne retournerai à la chiourme sur des bancs d'école, sanglota-t-elle (en usant d'une tournure très locale). Je suis une libre enfant de Coloriage.

— Bien…, fis-je la gorge serrée, en respectant la décision de ma fille de huit ans.

On mesure combien je m'étais dégagé de ma suffisance d'autrefois. La parole de ma fille valait désormais la mienne ou celle de sa mère. J'avais rompu avec l'antique dogme culotté qui veut que les parents sachent par principe mieux que leur progéniture *ce qui est bon pour eux.*

— Si tu souhaites revenir jouer ici avec moi, je t'attends, me souffla Dafna au creux de l'oreille.

Elle m'embrassa sur les lèvres et précisa :

— On dirait que je serais la vraie Belle au Bois Dormant et qu'un jour tu reviendrais te marier avec moi. Voilà ce qu'on dirait...

Sans attendre ma réponse, Dafna s'éclipsa du vestiaire en entraînant Lulu qui me lança à toute vitesse :

— Dis à Jojo de rappliquer ! Dis-y qu'on est libres ici !

Dans la rue, le petit peuple colorié s'était massé. J'avais devant moi un océan de chevelures indociles, de coiffures en débâcle. Tous ces grands et jeunes enfants allaient bientôt me manquer. Des brochettes de mariées pleurnichaient en étreignant des doudous ou des poupées. De grosses larmes faisaient fondre les visages que les uns et les autres s'étaient composés à la gouache pour assister au grand match de cavalcade. Les plus acrobates des Coloriés étaient suspendus aux branches des flamboyants en fleur, aux côtés de singes sentimentaux, ou assis sur les fils tendus en travers de la grande rue. Un Zorro désemparé chialait. Harold se faufila avec son cormoran sur l'épaule et me tendit son yo-yo préféré en précisant bien :

— Ça me coûte de te faire un cadeau si dispendieux, mais j'te l'offrande de bon cœur.

Étouffé de tristesse, il détala.

Petite Vitesse me sourit sans regret. Elle n'avait pas eu le temps de m'aimer ; mais son plaisir était de goûter les événements à son rythme.

La foule se fendit alors pour laisser passer Ari qui tenait par la bride un zèbre peint en cheval anglo-arabe. L'exécution de ce trompe-l'œil de chair était à s'y méprendre.

— Voilà la cavale qu'il te faut pour rejoindre les Culottés. Mais avant que tu files d'ici, promets-nous de ne jamais rapporter aux adultes à quoi qu'on joue sur la terre des Coloriés.

— Je jure de vous protéger des adultiens autant que je le pourrai ! déclarai-je à mes compatriotes d'adoption. Croix de bois, croix de fil de fer, si je mens, j'vais en enfer !

Je montai dignement sur mon faux cheval de selle — mes jambes touchaient le sol ! — et fis volte-face pour m'éloigner. En silence, les Coloriés m'escortèrent jusqu'au boyau qui permettait de quitter la corolle du volcan. En pénétrant dans le souterrain, tout seul dans le noir, je fus alors secoué par des pleurs irrépressibles. Quel désespoir de regagner un siècle de grandes personnes ! Comment allais-je me défaire de la fascination que le présent exerçait désormais sur moi ? Comment réintégrer le temps adultien ? Pendant presque un an, j'avais vécu épargné par les morsures de mon passé, à l'abri du poison sucré de la nostalgie. Je pleurais soudain de retrouver le handicap de mes souvenirs, de m'insérer à nouveau dans la contrainte d'une filiation. Quelle douleur de vivre dans une culture lestée d'Histoire, congestionnée d'émotions périmées ! À mesure que je progressais dans le souterrain, je sentais la foule de mes fantômes qui ressuscitait dans mon esprit : mes parents, un frère mort, mes amitiés évanouies, l'inénarrable Nancy et tous ceux qui continuaient à sévir dans le cœur du Culotté que j'avais été, à négocier âprement leur amour. L'air devenait épais de leur présence, alors qu'à Coloriage il était pur de tout revenant.

Au sortir du passage secret, mon zèbre peint prit peur, fit un écart et me désarçonna. Il avait flairé une mauvaise odeur : des adultes qui rôdaient par là. Inquiet, l'animal se carapata. Derrière des buissons, j'aperçus une escouade de Culottés qui, en rangs serrés, jouaient aux soldats à pompon sur la plage. L'exagération de leur conduite mécanique m'indiqua tout de suite qu'ils étaient en train de *s'amuser*. Leur gestuelle n'avait de sens que si l'on pénétrait dans les codes de leur partie en cours : raidissements brusques pour saluer avec une main pointée sur la tempe, façon de regarder dans le vide lorsque leur commandant les passait en revue, etc. Ces conduites relevaient de l'aberration pour le Colorié que j'étais devenu. Mais — et cela me pétrifia — ces militaires avaient l'air d'ignorer qu'ils jouaient (et qu'ils pouvaient donc interrompre la partie engagée) ; alors que mes compatriotes, même au plus fort de leurs divertissements, conservaient toujours la faculté de dire *pouce*. Pourtant, à vingt mille kilomètres de l'Europe, ces grands garçons auraient dû se rendre compte que leur rituel de majorettes n'impressionnait personne, sinon quelques tortues. Un peu de relâché dans leur maintien n'aurait diminué en rien leur valeur militaire (dérisoire dans ces parages déserts).

Je m'avançai à découvert. Le commandant Kerflorec toisa mon abondante tignasse et, un rien dérangé par le débraillé de ma mise, me susurra du bout des lèvres :

— Monsieur Le Play, je présume ?

— Oui.

— L'observation des volatiles de l'archipel a-t-elle été fructueuse ?

— J'en ai vu de très colorés...

— Je regrette que, malgré l'isolement, vous ne soyez pas resté plus... *français* dans votre apparence. Mais au risque de brusquer vos adieux avec cette terre, je vous annonce que nous appareillons dès ce soir, à l'issue des festivités.

— Quelles festivités ?

— Nous sommes le 14 Juillet, professeur. Pour raisons de service, j'ai dû avancer de deux mois votre récupération. Est-ce là tout votre bagage ?

Il désigna du menton mon chétif paquetage.

— Oui, je n'emporte que mes cahiers d'observation et ma boîte de peinture.

— En ce cas... Je vous saurais gré de prendre place à bord de notre baleinière. Deslauriers, mon second, vous indiquera vos quartiers, et vous m'obligeriez en vous rasant de près avant de vous présenter au carré des officiers. Le négligé n'est pas dans nos façons...

Le mini-périple en baleinière pour rejoindre le *Triomphant* grisailleux m'angoissa jusqu'à la moelle : les hommes et le quartier-maître maniaient les avirons à la cadence, tels des androïdes correctement réglés, en marmonnant un chant à la fois guttural et prétendument viril. Aucun sentiment ne paraissait traverser leur physique aussi net que leur uniforme.

— J'ai envie de faire pipi, dis-je soudain.

En officier stylé de la Royale, Deslauriers m'adressa un sourire crispé, comme s'il avait mal entendu.

— Vous dites, professeur ?

— J'ai envie de faire pipi, répétai-je en prenant soudain conscience du caractère inconvenant de mes paroles.

La physionomie des marins me renseignait assez sur leur malaise. Ils avaient l'air de se demander s'ils avaient affaire à un simplet ou plutôt à un individu que la solitude prolongée avait détraqué. Naturellement, la vérité était ailleurs : dix mois chez les Coloriés m'avaient accoutumé à dire à haute et intelligible voix la totalité des pensées qui m'animaient. Le mécanisme ordinaire de l'inhibition adulte s'était enrayé dans mon cerveau.

Craignant de froisser *l'homme sauvage* que j'étais devenu, Deslauriers ordonna à ses musclés de ramer un peu plus vite. La baleinière bouscula l'écume et nous atteignîmes rapidement le pont du *Triomphant* sous un ciel assombri. Le temps s'alourdissait. Le commandant en second me conduisit jusqu'à ma cabine privée et m'annonça d'une voix forte :

— Les festivités commenceront dans trente-cinq minutes !

En automate courtois, Deslauriers prit congé en claquant des talons.

Dans ma cabine, une horloge poussait ses secondes sans état d'âme, fractionnait le temps en portions égales sans tenir compte de la durée des sensations de chacun. C'était la première fois depuis presque un an que je voyais un tel appareil barbare. Spontanément, par réflexe colorié, je bloquai la trotteuse. Mais à peine avais-je retiré mon doigt qu'elle poursuivit sa course. Contrarié dans toutes mes fibres, j'arrachai les aiguilles pour entrer en résistance. On frappa trois coups vifs.

— Oui, dis-je.

La porte s'ouvrit.

Un homme sec et grisonnant apparut. Il portait un uniforme repassé sur un cintre qu'il me tendit.

— Bonjour, professeur, les festivités débuteront dans trente minutes.

— Et s'il se met à pleuvoir ?

— Le 14 Juillet, c'est le 14 Juillet. Vu l'état de vos vêtements, je me suis permis de vous dénicher cet uniforme neuf qui conviendra mieux pour la cérémonie, n'est-ce pas ?

— Vous êtes qui ? lui demandai-je en reniflant son eau de Cologne.

— Excusez-moi, je ne me suis pas présenté : major de Boislieu, médecin-chef à bord.

— Vous êtes médecin...

— En effet.

— ... parce que vous en avez envie aujourd'hui ou parce que vous avez fait autrefois des études de médecine ? lui demandai-je en articulant chaque syllabe.

— Heu..., bredouilla-t-il. Pressez-vous, le commandant aime la ponctualité et les tenues impeccables.

Il jeta un coup d'œil sur sa montre et ajouta :

— Il vous reste vingt-cinq minutes pour vous préparer, professeur.

Mal à l'aise, le major disparut en me laissant sur les bras l'uniforme amidonné. Dans sa hâte, il avait oublié son parapluie noir. Je soulevai la veste et la contemplai avec répugnance. Ce déguisement austère me faisait l'effet d'un linceul. Je le déposai aussitôt et ouvris mon cabinet de toilette pour me raser. Le reflet de mon visage d'homme surgit alors dans le miroir. J'en demeurai abasourdi. Depuis plus de dix mois, je m'étais rêvé avec une frimousse d'enfant ! Je fus alors assailli par une nausée inmaîtrisable. Tout ce que je voyais depuis mes retrouvailles avec les Culottés m'indisposait ou m'agressait : mes traits réels, des horloges dictatoriales, un ordre du jour à l'impératif, un navire métallique et vaniteux, des figures désertées par l'émotion et, surtout, du passé, toujours du passé ! De Boislieu était médecin parce qu'il avait opté pour un destin sans inflexion un quart de siècle auparavant. L'équipage momifié de ce vaisseau s'apprêtait à *fêter* (quel dévoiement de mot !) une révolution terminée depuis plus de deux cents ans, ou pour être plus exact la prise d'une Bastille qui était déjà un vestige médiéval en 1789 ! À l'extérieur, j'entendais la voix rugueuse du commandant Kerflorec qui, sur le pont supérieur, évoquait devant ses officiers l'histoire édifiante de leur unité navale qui plongeait ses racines dans la Royale voulue par Louis XV, mais rêvée par Colbert. C'en était trop.

Dans cet univers sans surprise, je pris une résolution et ouvris ma boîte de couleurs.

## 12

Je parus sur le pont principal du vaisseau à l'heure qui me convenait, après avoir rédigé une lettre à mon fils en forme de manifeste. Plus de cent marins se trouvaient alignés sous une pluie épaisse. D'une voix rauque, ils chantaient l'hymne des adultes de France. L'équipage et les officiers ne formaient plus qu'une poitrine, un seul souffle, un regard unique qui fixait le drapeau tricolore humide. Leur façon immobile de *faire la fête* m'inspira un sentiment de dégoût mêlé de fascination. Même pour rire, les Coloriés ne seraient jamais parvenus à un tel effacement de leur individualité, à une pareille annulation de leur passion pour le désordre. Remplis de passé jusqu'à la gueule, ces soldats commémoraient une identité nationale qui n'était qu'un ragoût de souvenirs communs ; peut-être un projet d'avenir ; certainement pas une façon de rafler les roses du présent. Tous avaient l'air de mettre un point d'honneur à récuser leurs sensations immédiates. De toute évidence, les trombes d'eau qui les détrempaient ne leur procuraient aucune satisfaction.

Leur seule émotion paraissait être de n'en éprouver aucune.

Quand *La Marseillaise* fut terminée, le commandant Kerflorec fit pivoter sa tête de quelques degrés et dirigea ses yeux éteints dans ma direction. Toute sa physionomie brouillée indiquait qu'il ne comprenait pas pourquoi je me tenais devant lui nu sous un parapluie. Sur mon visage, j'avais tracé un point d'interrogation rouge. Je m'étais entièrement zébré la peau de peintures vives pour me transformer en un vivant arc-en-ciel. Le large parapluie oublié par le major préservait de la pluie la gouache encore fraîche qui me rayait le corps. À bord de ce vaisseau gris, je faisais tache.

— Professeur, que signifie cette mascarade ? me demanda Kerflorec qui commençait à bouillir.

— Sauf votre respect, commandant, je hisse les couleurs à ma façon. Que voulez-vous, ça me fait jouir de résister aux grandes personnes ! dis-je avec le sourire triomphant d'un garnement.

— Jouir ? reprit-il, sidéré.

— Ce verbe délicat me paraît assez bien choisi.

— Êtes-vous devenu fou ? répliqua le médecin-chef.

— Oui, d'enfance.

Sur ces mots, je repliai le parapluie sombre et le rendis fort civilement au major de Boislieu. Puis je montai sur le bastingage, exécutai dans les règles un salut militaire adressé aux Culottés médusés et plongeai dans la mer pour regagner ma nouvelle patrie, ce vestibule du bonheur. Pas un marin ne bougea pour tenter de me rattraper. Sans doute crurent-ils que j'étais effectivement devenu cinglé et qu'un séjour volontaire sur cette île valait mieux qu'un internement dans une clinique européenne.

En prenant plaisir à nager vers la Délivrance, je laissai derrière moi un sillage de couleurs dans les eaux du Pacifique. Ma trace était une palette. L'amour vécu comme une récréation m'attendait. Protégé de l'Occident, j'allais oublier le triste scepticisme, le garrottage des émotions et l'esprit de gravité qui corrompt tout. Vivre ne serait plus l'art de cultiver un héritage mais l'occasion unique de foncer vers soi, en échappant à la noyade du vieillissement.

Sur la plage de la Délivrance, Dafna parut avec un seau et munie d'une pelle. Elle montait un zèbre polychrome. Effarée et pimpante, elle s'avança vers moi. Cette grande petite fille constatait avec simplicité que son prince était déjà de retour et que l'histoire de sa vie avait l'air d'un conte qui se terminait bien. Sans doute perçut-elle mon soulagement de quitter l'adultie à jamais. Dafna sauta de sa monture et me serra dans ses bras, comme pour me consoler d'avoir subi pendant si longtemps un sort navrant de grande personne ; puis elle me tendit sa pelle en déclarant :

— Fais-moi un château de princesse. Je m'emprisonne dans le donjon et tu viens me délivrer. Ou alors on joue à s'étonner !

— Je n'ai rien contre la deuxième solution.

— *Bloody hell* ! s'écria-t-elle en imitant tout à coup la voix de Nancy, la mère de mes enfants. Alors comme ça, tu t'escapates *overseas* pour rejoindre cette *fucking* givrée de Dafna ! Va faire tes chienneries avec cette greluchette *mentally deficient* ! *Go away* dans ce pays de *fairy tale* ! Mais je t'obstaclerai !

— Finalement, balbutiai-je effrayé, l'histoire de la princesse dans le château de sable me paraît préférable...

— Ah ah ! poursuivit la fausse Nancy. Tu bats en retraite dès que j'élève la voix, *little* fripouille ! *Old* dégueulasse ! *Disastrous lover* !

J'attrapai la pelle en bois et, sans trop réfléchir, m'attelai à la construction d'un donjon convenable pour une fée. Il faisait très beau, un temps à zouaver sur une plage, à ne pas sérieuser avec cette fille inespérée. Après tout, la vie valait d'être vécue si l'on avait la maturité de la colorier. Je recommençais mon enfance, pour toujours.

## NOTE DE L'AUTEUR

Ne cherchez pas l'île de la Délivrance sur les cartes du Pacifique. Ce récit est (à peu près) fidèle à la réalité ; mais j'ai pris la liberté de changer le nom de l'archipel où cette petite civilisation de résistants a vu le jour en 1980. Par prudence, j'ai également falsifié sa localisation afin de préserver la tranquillité du peuple colorié.

Aux dernières nouvelles, Dafna et Hippolyte Le Play poursuivent leur conte de fées. Ils ont le plaisir de vous annoncer la naissance de leur petite fille — dénommée Fleur — qu'ils n'éduqueront pas. L'existence de Fleur s'annonce joyeuse : elle vivra protégée des craintes, des désirs et des certitudes de ses parents.

A. J.

P.-S. : Si vous souhaitez entrer en relation avec Hippolyte, Dafna ou Ari, adressez votre courrier à mon nom chez Gallimard, 5 rue Sébastien-Bottin, 75007, à Paris. Par courtoisie, ayez la délicatesse de rédiger votre lettre en rébus. Merci.

*Achevé d'imprimer
sur Roto-Page
par l'Imprimerie Floch
à Mayenne, le 27 février 2004.
Dépôt légal : février 2004.
Numéro d'imprimeur : 59275.*

ISBN 2-07-076734-5 / Imprimé en France.

14954